David Foster Wallace Essays

거의 떠나온 상태에서 떠나오기

데이비드 포스터 월리스　　　이다희 옮김　　바다출판사

차례

일러두기

- 이 책은 데이비드 포스터 월리스의 산문집 세 권《재밌다고들 하지만 나는 두 번 다시 하지 않을 일A Supposedly Fun Thing I'll Never Do Again》(1997),《랍스터를 생각해봐Consider the Lobster》(2006),《육체이면서도 그것만은 아닌Both Flesh and Not》(2012)에서 다섯 개의 글을 선별하여 엮은 것입니다. 이 글들은 우선 산문집이 발표된 순서대로, 그다음 각 산문집에 수록된 순서대로 나열했습니다. 국역본은 〈거의 떠나온 상태에서 떠나오기〉를 표제작으로 삼았습니다.
- 원서에서 강조하기 위해 이탤릭체로 표기한 부분은 고딕체로 표기했습니다.
- 본문 하단에 있는 주는 모두 저자가 쓴 것입니다. 옮긴이 주는 괄호 안에 담아 '옮긴이'라고 꼬리표를 달았습니다.
- 속표지 뒷면에 들어간 작품 상세 정보는 이다희 옮긴이가 작성했습니다.

거의 떠나온 상태에서 떠나오기

Getting Away

from Already Being Pretty Much Away from It All

◎ 고향 일리노이주에서 열리는 주 축제에 대한 취재기로 1994년《하퍼스》에 '축제로 가는 티켓'이라는 제목으로 실렸다. 첫 번째 산문집《재밌다고들 하지만 나는 두 번 다시 하지 않을 일》에 수록되었다.

1993년 8월 5일 8시. 축제는 개막 약 일주일 전 언론에 먼저 공개된다. 나는 축제 현장의 일리노이 빌딩에 약 9시쯤 가서 기자 출입증을 받기로 했다. 출입증은 페도라 모자 띠에 꽂을 수 있는 작고 흰 카드가 아닐까 상상해본다. 나는 한 번도 기자 신분이었던 적이 없다. 내가 기자 출입증을 갖고 싶은 주된 이유는 공짜로 놀이 기구 등등을 즐기기 위해서다.

나는 미 동부 지역의 어느 호화로운 잡지 기자 신분으로 일리노이주 축제Illinois State Fair에 가기 위해 동부에서 방금 도착했다. 호화로운 동부 지역 잡지가 왜 일리노이주 축제에 관심이 있는지 그 이유는 정확히 알 수 없다. 편집자들이 이따끔 이마를 치며 미국에 동부와 서부 해안만 있는 게 아니라 나라의 90퍼센트가 그 사이에 펼쳐져 있다는 사실을 떠올리는 것이 아닌가 싶다. 그런 뒤 뭔가 시골스러운 미국의 심장부 지역에 피스 헬멧(더위를 막기 위해 유럽인들이 혹서 지방 식민지에서 주로 썼던 단단한 모자—옮긴이)을 쓴 인류학자처럼 접근할 누군가에게 일을 맡기면 되겠다고 생각했을 것이다. 그리고 나에게 일을 맡긴 이유는 아마도 내가 여기서 차로 두어 시간밖에 걸리지 않는 일리노이주 남부의 스프링필드에서 자랐기 때문인 것 같다. 하지만 나는 어린 시절 주 축제에 한 번도 가본 적이 없다. 카운티 축제(미국의 주는 다시 카운티로 나뉜다—옮긴이)보다 큰 축제에는 가본 적이 없다.

8월에는 새벽안개가 말라 없어지는 데 몇 시간이 걸린다. 공기는 젖은 양털 같다. 8시. 자동차 에어컨을 틀기에는 너무 이르다. 나는 I-55 고속도로를 타고 남남서 방향으로 가고 있다. 태양은 흐리다기보다 거의 불투명한 얼룩에 가깝다. 갓길 바깥으로 곧바로 옥수수밭이 시작되고 하늘 가장자리까지 이어진다. 8월의 옥수수는 키가 큰 남자만 하다. 비료와 제초제의 발전으로 일리노이 옥수수는 5월 4일경에는 이미 무릎 높이로 자라 있다. 온 밭에서 메뚜기가 찌르르 울고 차의 빠른 속도로 인해 이 금속 전자음 같은 소리에서 기이한 도플러 현상이 느껴진다. 옥수수, 옥수수, 대두, 옥수수, 고속도로 출구, 옥수수, 그리고 이따금 저 멀리 아득히 전초 기지 같은 집, 타이어 그네가 달린 나무, 헛간, 위성 안테나 등이 보인다. 곡물 저장탑만이 제대로 된 스카이라인을 형성한다. 주간州間 고속도로는 밋밋하고 창백하다. 가끔 눈에 띄는 다른 차들은 한결같이 귀신스럽고 운전자들은 높은 습도에 정신이 나간 얼굴을 하고 있다. 벌판 위로 안개가 마치 땅의 생각처럼 드리워져 있다. 기온은 이미 27도를 넘었고 태양과 함께 점점 더 상승하고 있다. 10시쯤에는

32도가 넘을 것이다. 느낌으로 알 수 있다. 공기가 조여드는 듯하다. 마치 긴 포위 공격에 대비해 움츠러드는 것 같다.

9시 출입증 교부, 9시 15분 환영 인사 및 브리핑, 9시 45분 취재진 투어를 위해 특별 트램 탑승.

나는 일리노이주 시골에서 자랐지만 아주 오랜만에 돌아왔고 이 시큼한 열기, 옥수수가 끝없이 우거진 황무지, 평평함이 그리웠다고 하기는 힘들다.

하지만 어떤 면에서는 자전거 타기와 좀 비슷하다. 이 땅에서 자란 내 몸이 자동적으로 그 평야에 재적응하는 것이다. 그리고 운전을 하는 동안 좀 더 정교하게 조정이 이루어지고 나면 완벽한 수평을 이루는 듯한 평탄함이 사실은 그렇게 보이는 것뿐임을 깨닫게 된다. 고르지 못한 땅은 미세하게, 그러나 어떤 리듬에 따라 오르락내리락한다. 죽 뻗은 I-55 고속도로는 아주 은근하게, 1마일 구간에 걸쳐 5도 정도 올라갔다가 마찬가지로 미묘하게 내려오고 어느덧 앞에는 강을, 솔트포크 강이나 상거민 강 등을 가로지르는 고가도로가 나타난다. 강에는 물이 불어나 있지만 세인트루이스 주변의 강에 비하면 아무것도 아니다. 이처럼 은근히 높아졌다가 강을 향해 가면서 다시 낮아지는 지형은 빙하로 인한 퇴적물이다. 중서부를 수평으로 깎은 오래된 얼음 덩어리의 가장자리인 것이다. 이런 적당한 크기의 강들은 빙하가 녹은 물에 그 기원이 있다. 달리는 내내 완만한 삼각함수 그래프처럼 오르막과 내리막이 이어지는데 한참 배를 타고 있다가 막 내린 사람이 받는 느낌과 비슷하다. 이곳에서 수년을 살아본 사람이 아니라면 절대로 느끼지 못할 것이다. 동부와 서부 사람들에게 일리노이주 시골의 지형은 악몽과도 같다. 웅크린 채 속도를 내서 빨리 지나가버려야 하는 어떤 것이다. 하늘은 흐릿하고 밭의 탁한 녹색은 끊어지지 않으며 땅은 평평하고 지루하고 끝없이 이어진다. 단조로운 지속음을 눈으로 보는 기분이다. 그러나 이곳 출신들은 다르게 느낀다. 적어도 나는 갈수록 오싹하게 느껴졌다. 대학으로 떠날 무렵 나에게 이 지역은 지루하다기보다 텅 비고 쓸쓸하게 느껴졌다. 마치 바다 한가운데에 있는 듯한 쓸쓸함이었다. 이웃을 보지 못한 채 몇 주가 지나갈 수도 있다. 이런 것에 영향을 받지 않을 수 없다.

8월 5일 9시. 축제 개막까지 아직 일주일이나 남았고, 지도가 존재할 만큼 거대하고 복잡한 주차장이 텅 비어 있는 광경은 다소 초현실적이다. 주차장에 들어서면서 내 눈에 보이는 축제의 현장은 절반은 상설 구조물이고 절반은 천막, 그리고 이제 막 짓고 있는 전시장들이다. 전체적인 느낌을 말하자면 옷을 절반만 입은 채 아주 중요한 데이트에 나가는 사람 같다.

8월 5일 9시 5분. 기자 출입증을 발급하는 사람은 밋밋하고 창백한 얼굴에 콧수염이 있으며 반팔 니트 셔츠를 입고 있다. 내 앞에 줄을 선 기자들은 《오늘의 농업Today's Agriculture》《디케이터 헤럴드 앤드 리뷰Decatur Herald & Review》《일리노이 수공예 뉴스레터Illinois Crafts Newsletter》《4-H 뉴스4-H News》《주간 축산업Livestock Weekly》 등에서 왔다. 기자 출입증은 단지 증명사진을 코팅한 것으로 주머니에 달 수 있게 악어 입 모양의 작은 집게가 달려 있다. 주변에 페도라를 쓴 사람은 단 한 명도 없다. 내 뒤로는 지역 원예 잡지에서 나온 나이 든 여성 둘이 있는데 나를 업무와 관련된 대화에 끌어들인다. 한 사람은 일리노이주 축제의 비공식 역사 전문가라고 자신을 소개한다. 요양원이나 로타리클럽 점심 모임에 가서 축제에 대한 슬라이드를 보여주며 설명한다고 한다. 그리고 아주 빠른 속도로 역사적 정보를 나열하기 시작한다. 축제는 1853년 시작됐고 남북전쟁 중에도 매년 열렸지만 제2차 세계대전 때는 열리지 않았다. 그리고 1893년에도 어떤 이유에서인지 열리지 않았다. 개막일에 주지사가 리본을 자르지 않은 해는 단 두 해밖에 없었다. 기타 등등. 문득 메모장을 가져왔어야 했는데 하는 생각이 든다. 또한 이 안에서 티셔츠를 입은 사람은 나밖에 없다. 우리가 있는 곳은 일리노이 빌딩 시니어 센터라는 건물에 위치한 식당으로 형광등 불빛이 환하고 냉방은 되지 않는다. 지역 TV 제작진은 탁자 위에 장비를 펼쳐두었고 벽에 기대어 휴식을 취하며 서쪽으로 이웃한 지역에서 현재 겪고 있는, 처참한 1993년도 수해에 대해 이야기 나누고 있다. 다들 콧수염이 있고 반팔 니트 셔츠를 입었다. 그러고 보니 여기서 콧수염이나 골프 셔츠가 없는 남자들은 지역 TV 기자들뿐인데 네 명 모두 유럽 스타일의 슈트를 입고 있다. 다들 말끔하며 땀도 흘리지 않고 눈이 아주 새파랗다. 이들은 무대 옆에 다 함께 서 있다. 무대에는 연단과 깃발이 있고 그 위로 현수막이 걸려 있는데 현수막에는 "한 바퀴 빙 돌아보세요!"라고 적혀 있다. 고등학교 졸업 무도회에 주제가 있듯 올해의 축제 주제가 현수막에 적힌 바로 이 문구라고 추론해볼 수 있을 것이다. 하나같이 금발인 데다 오렌지빛의 화장을 한 지역 TV 기자들은 반질반질한 모습으로 주의를 끈다. 발랄한 모습이다. 이들에게 표를 던져야 할 것 같은 이상한 충동이 느껴진다.

내 뒤에 선 나이 든 여성들은 내가 자동차 경주나 대중음악 관련 취재를 하러 왔을 것이라고 자신 있게 말한다. 나쁜 의도를 가지고 하는 말은 아니다. 나는 내가 여기 온 이유를 말하며 잡지 이름을 말한다. 두 사람은 반색하며 서로를 바라본다. 한 사람은(역사 전문가가 아닌 사람) 심지어 두 손을 뺨에 갖다 댄다.

"저 거기 나오는 레시피 정말 좋아해요." 여자가 말한다.

"레시피 진짜 너무 좋아요." 비공식 역사 전문가가 말한다.

두 사람은 마흔다섯 이상의 여성들로 가득한 테이블로 나를 끌고 가다시피 해서 잡지 《하퍼스》에서 취재를 나왔다고 소개하고, 다들 스타를 본 것처럼 좋아하면서 레시피가 정말 견줄 데 없는 수준급, 최고라는 데 동의한다. 누군가 아마레토와 이른바 "베이커스 초콜릿"으로 만드는 엄청난 레시피를 기억해내고 이야기하려는 찰나, 확성기에서 날카로운 소리가 나면서 공식적인 언론 환영식과 브리핑이 시작된다.

브리핑은 따분하다. 축제 관계자들, 후원사 홍보 담당자, 중간 관리자 격의 주 정부 정치꾼들은 말을 건넨다기보다 우리를 수식어로 쥐어패는 듯하다. 흥분된다는 말, 자랑스럽다는 말, 절호의 기회라는 말이 76번째 나오자 나는 다른 데 정신이 팔려 더는 셀 수도 없다. 문득 나와 함께 앉아 있는 나이 든 여성들이 《하퍼스》를

《하퍼스 바자》로 착각하고 있다는 깨달음이 온다. 중서부 지역 요리 경연 수상자를 최고 살림꾼들의 영역으로 올려세워주기 위해 온 음식 관련 기자, 혹은 레시피 사냥꾼이라고 나를 생각하는 모양이다. '미스 일리노이주 축제'는 내가 본 중 가장 높은 머리 모양(올린 머리 위에 또 머리를 층층으로 올려 그야말로 결혼식 케이크 부럽지 않은)을 하고 그 위에 작은 왕관까지 올렸다. 그리고 정장 차림으로 실컷 땀을 흘리고 있는, 눈이 흐리멍덩한 두 대기업 관계자를 소개하며 자랑스럽고 흥분된다고 말한다. 이어서 두 관계자 역시 맥도날드와 월마트가 이번 축제의 주요 후원사가 될 수 있어서 흥분되고 자랑스럽다고 말한다. 그 순간 나는 깨닫는다. 만약 내가 《하퍼스 바자》의 음식 전문 기자라는 오해를 내버려둔다면 기자 출입증을 들고 디저트 경연 대회장에 나타날 수 있을 것이며 수상 경력이 화려한 디저트들을 들것에 실려나갈 때까지 먹을 수 있을 것이다. 중서부 지역 아주머니들의 제과제빵 실력은 기가 막히다.

8월 5일 9시 50분. 취재진 투어가 시속 6킬로미터로 진행 중이다. 우리는 바퀴 달린 일종의 바지선 같은 탈것 위에 세로로 놓인 벤치에 앉아 있는데 벤치가 너무 높아서 발이 바닥에 닿는 사람이 없다. 우리를 끌고 가는 트랙터에는 에탄올과 바이오 연료로 운행 중이라고 적힌 표지가 붙어 있다. 나는 카니발 일꾼들이 현장의 '해피 할로Happy Hollow' 구역에 놀이 기구를 설치하는 모습이 특히 궁금하지만 우리는 먼저 대기업과 정치권 천막으로 향한다. 거의 모든 천막이 아직 설치 중이다. 작업자들이 구조물 위로 기어 다닌다. 우리가 손을 흔들자 그들도 손을 흔든다. 어이가 없다. 우리는 고작 시속 6킬로미터로 가는 중이다. 어떤 천막에는 "날마다 우리의 삶과 만나는 옥수수"라고 적혀 있다. 맥도날드, 밀러 제뉴인 드래프트, 오스코, 모든 커머셜 스트럭처, 랜드 오브 링컨 소이빈 어소시에이션(반쯤 걸린 현수막에는 "우리의 대두(소이빈)는 어디로 갈까요?"라고 적혀 있다), 페킨 에너지사("세련된 컴퓨터 제어 공정을 자랑합니다"), 일리노이 돼지고기 생산자 조합, 존 버치(미국 선교사—옮긴이) 소사이어티(이 천막은 틀림없이 투어에 포함될 것이다) 등이 후원한 거대하고 다채로운 천막들이 널려 있다. 각각 공화당과 민주당이라고 적힌 천막도 두 개 있다. 기타 작은 천막은 다양한 일리노이 공직자들이 세운 것이다. 기온은 32도를 훌쩍 넘었고 하늘은 오래된 청바지 빛깔이다. 일련의 언덕마루를 넘어 농기구 엑스포를—살이 바늘처럼 가늘고 사악하게 생긴 써레, 트랙터, 수확기, 파종기 등이 5만 제곱미터(1만 4,000평)에 걸쳐 펼쳐져 있는 곳을—둘러보고 9만 제곱미터(2만 7,000평)에 걸쳐 펼쳐진 공간이지만 정확히 뭘 보존conservation하자는 것인지 알기 힘든 '컨서베이션 월드'로 향한다.

그런 다음 거대한 상설 구조물 뒤편을 돌며 아르티장 빌딩, 일리노이 빌딩 시니어 센터, 엑스포 센터(박공지붕 아래에는 가금류라고 적혀 있지만 엑스포 센터가 맞다)를 구경하는데 해피 할로가 코앞이지만, 설치가 끝나지 않은 놀이 기구들이 거대한 원호와 반지름 등을 그리며 세워져 있고 웃통을 벗은 문신한 남자들이 렌치를 들고 그 주위를 어슬렁거리며 상당히 위협적인 분위기를 발산하는 동시에 인간적인 흥미를 유발하지만, 안타깝게도 그냥 지나친다. 나는 해피 할로가 개장하기 전에 그들과 이야기를 나누고 싶은데 그 이유는 일단 개장하고 나면 카니발 놀이 기구에 타야 할 것 같은 부담감이 들 테고, 나는 빈사 체험을 제공하는 카니발 놀이 기구를 타면 몸에 탈이 나는 사람이기 때문이다. 우리는 아스팔트 길을 따라 오르막을 올라 축제 현장의 서편(바람이 축제 현장 바깥을 향하는)에 있는 가축 전시장으로 간다. 이쯤 되자 취재진 대부분은 투어의 일부인 요란하고 가혹한 안내 방송에서 벗어나기 위해 트램에서 내려 그 곁을 걸어간다. 말 전시장. 소 전시장. 돼지 축사. 양 축사. 가금류와 염소 축사. 이 건물들은 모두 양옆이 뚫린 긴 벽돌 막사다. 안에는 칸막이가 설치된 경우도 있고 알루미늄 난간을 이용해 공간을 정사각형으로 분리한 우리가 있는 경우도 있다. 내부는 회색 시멘트로 어둡고 냄새가 고약하며 머리 위로는 거대한 환풍기 날개가 돌아간다. 멜빵바지와 긴 고무장화를 신은 사람들이 사방에 물을 뿌려대고 있다. 아직 가축은 없지만 작년의 냄새가 여전히 남아 있다. 말의 날카로운, 소의 풍부한, 양의 기름진, 돼지의 형언할 수 없는 냄새. 가금류 축사의 냄새는 알 수 없는데 차마 들어갈 수 없었기 때문이다. 어린 시절 샘페인 카운티 축제에서 닭에게 쪼인 트라우마가 있는 나는 가금류에 대한 오랜 공포증 같은 것이 있다.

에탄올 트랙터의 배기가스에서는 말 그대로 방귀 냄새가 나고 우리는 기어가듯 특별 경기장을 지나간다. "세계의 가장 빠른 1마일 비포장 트랙"이라는 이곳에서는 저녁 음악 공연, 마차 경주, 자동차 경주 등이 열릴 예정이다. 우리가 향한 곳은 주지사 부인 브렌다 에드거와 마주하게 될 이른바 '헬프 미 그로Help Me Grow' 천막이다. 1.5제곱킬로미터(45만 평)에 걸쳐 펼쳐진 축제 현장에는 일리노이주 남부치고는 지나치게 구릉이 많다는 생각이 문득 스치고 지나간다. 특이 지형이 아니면 인공 언덕일 것이다. 헬프 미 그로 천막은 해피 할로를 내려다보는 잔디 능선에 있다. 내가 주차한 위치에서 멀지 않은 것 같다. 아래에 펼쳐진, 마치 해체된 듯 보이는 놀이 기구들로 인해 시야가 복잡하다. 할로 건너편 반대 능선에 서 있는 엑스포 센터와 원형 경기장은 외벽이 특이한 신新 조지안 양식으로 되어 있어 샘페인에 위치한 주립대학의 오래된 건물들과 많이 닮았다. 자연경관으로만 따지면 아주 아름답다. 심각한 수해가 난 지역은 스프링필드에서도 서쪽으로 좀 떨어져 있지만 이곳에도 똑같이 비가 내렸고 잔디는 깊은 초록으로 푸르르며 나무들은 프라고나르의 그림 속 나무처럼 잎이 터질 듯 부풀어 있다. 하나같이 즙이 많고 먹을 수 있을 것 같아 보이며 내가 모든 것이 지치고 건조했다고 기억할 한 달 뒤에도 여전히 자라고 있을 것 같다. 헬프 미 그로 구역에서 가장 처음으로 눈에 띈 것은 로널드 맥도날드(맥도날드의 마스코트 광대―옮긴이)의 메스껍도록 새빨간 머리카락이다. 줄무늬 천막 아래 플라스틱 많은 작은 놀이터에서 깡충깡충 뛰어다니고 있다. 축제는 분명히 개막 전이지만 우리가 다가가자 아이들 한 무리가 어디선가 나타나고 연습을 한 양 어색하게 놀이를 한다. 그중 두 아이는 흑인이다. 축제 현장 전체를 통틀어 처음 본 흑인이다. 부모들은 보이지 않는다. 천막 바로 바깥에는 주지사

부인이 냉혹한 눈빛의 보좌관들에 둘러싸여 있다. 로널드는 넘어지는 시늉을 한다. 취재진은 일종의 원을 그리며 선다. 황갈색 유니폼을 입은 주 경찰관들의 넬슨 에디(캐나다 기마경찰 역할을 했던 미국 배우—옮긴이) 모자 밑으로 땀이 주르륵 흘러내린다. 내 위치에서는 부인이 잘 보이지 않는다. 에드거 부인은 차분하고 단정하고 윤기를 낸 듯 예쁘며 여성의 경우 항상 뒤에 '언저리'가 붙는 연령대다. 아주 안타까운 결함이 있다면 목소리인데 헬륨을 마셨다고 해도 될 정도다. 에드거 부인과 맥도날드가 협력하는 헬프 미 그로 프로그램은 각종 수사를 덜어내면 결국 벼랑 끝에 몰린 부모가 아이를 때리는 대신 대화로 풀 수 있도록 일리노이 주민을 위해 마련된 상담 전화다. 에드거 부인은 올해 걸려온 상담 전화 횟수만 봐도 놀라운 동시에 우울해진다고 말한다. 반들반들한 안내 책자가 배포된다. 더위에 말이 어눌해지고 분장이 코티지치즈처럼 되어버린 로널드 맥도날드는 아이들을 불러 모아 허접한 마술을 보여주고 선문답을 주고받는다. 진정한 언론인의 살해 본능이 없는 나는 동그라미의 가장 뒤쪽으로 밀려났고, 취재진 투어에서 그 역할이 여전히 불분명한 미스 일리노이주 축제의 우뚝 솟은 올림머리가 나의 시야를 가리고 있다. 비방은 삼가고 싶지만 로널드 맥도날드는 신선한 시골 공기만을 마신 것 같지는 않다. 나는 살며시 빠져나가 금속 물통이 있는 천막 밑으로 간다. 하지만 컵이 없다. 천막 아래는 오히려 더 뜨겁고 새 비닐 냄새가 고약하다. 모든 장난감과 플라스틱 놀이 기구에는 대기업 이름과 함께 '후원'이라고 적힌 팻말이 달려 있다. 원을 이루고 있는 사진기자 다수가 탁한 녹색의 사파리 조끼를 입고 태양 아래 가부좌를 틀고 앉아 낮은 위치에서 에드거 부인의 사진을 찍고 있다. 기자들은 곤란한 질문은 하지 않는다. 트램의 일부인 트랙터는 시퍼런 배기가스를 두꺼운 양말 모양으로 꾸준히 배출하고 있다. 나는 천막 가장자리에 있는 잔디가 좀 달라 보인다는 사실을 발견한다. 천막 아래 잔디는 다른 종류다. 소나무의 푸른색에 가깝고 더 뾰족해 보이는 것이 미국 남부 한가운데에서 볼 수 있는 세인트어거스틴 잔디에 더 가깝다. 상체를 숙여 진지한 탐사 보도를 실시한 끝에 나는 그것이 인조 잔디임을 밝혀낸다. 줄무늬 천막 아래, 둔덕을 덮은 실제 잔디 위로 거대한 플라스틱 인조 잔디 매트가 깔려 있는 것이다. 그날 하루를 통틀어 내가 완벽히 동부 사람다운 냉소를 보낸 것은 이때가 유일하다. 가짜 잔디 매트의 가장자리를 재빨리 들어 올려 그 밑을 훔쳐보니 진짜 잔디가 눌려 있었는데 이미 누렇게 변해 있었다.

내가 아직도 그리워하는 몇 안 되는 것 가운데 하나는 내가 중서부에서 보낸 어린 시절에 가지고 있었던 이상하고 망령된, 그러나 굳은 확신으로서 내 주변의 모든 게 다 오직 나만을 위해 존재한다는 생각이었다. 이런 기묘하고 묵직한 기분을 정말 나만 느낀 걸까? 내 외부의 모든 것이 나에게 영향을 미치는 한에서만 존재한다는 생각을? 모든 게 어른들의 어떤 신비한 활동을 통해서 나를 위해 특별히 준비되었다는 생각을? 이런 기억이 있는 사람이 또 없을까? 아이가 방을 나서면 그 방에 있던 모든 것은 그 아이가 볼 수 없는 한 어떤 가능성의 허공으로 녹아들거나 아니면(내 어린 시절의 가설에 따르면) 신비로운 어른들에 의해 실려가고 저장되었다가 아이가 방에 들어가는 순간 다시 아이를 위해 열심히 봉사한다는 생각 말이다. 터무니없는 생각일까? 물론 극도로 자기중심적인 확신이며 상당히 편집증적이다. 뿐만 아니라 엄청난 책임감을 떠안게 되는 생각이다. 만약 내가 눈을 깜빡일 때마다 온 세상이 사라졌다가 다시 나타난다면, 내가 눈을 다시 뜨지 않을 경우에는?

아마도 내가 정말 그리워하는 것은 아이의 지나치고 망령된 자기중심적인 생각이 어떤 갈등이나 고통도 불러오지 않았다는 사실일 것이다. 아이의 자기중심적인 생각은 조지 버클리 주교의 하느님이 가진 제왕적이고 순수한 유아론에 가깝다. 하느님의 눈이 무無로부터 불러오기 전에는 어느 것도 존재하지 않는다. 하느님의 감각 반응이 세상의 존재 자체를 결정한다. 어린아이가 깜깜한 곳을 무서워하는 이유가 이런 것일 수도 있다. 어둠 속에 송곳니가 날카로운 보이지 않는 무언가가 있을 수 있다는 생각 때문이 아니라 앞이 보이지 않는 상태가 지워버린 모든 것의 부재 그 자체 때문일 수 있는 것이다. 인자한 미소를 지어주었던 우리 엄마 아빠에게는 미안하지만 적어도 나에게 취침등이 필요했던 이유는 바로 이것이다. 취침등이 있어야 세상이 계속 돌아갔던 것이다.

게다가 온 세상이 오직 '나만을 위해' 존재한다는 생각 때문에 아이는 특별한 의례를 치르기 위한 공식 행사가 벌어지면 신이 나서 혼이 나갈 지경이 되는지도 모른다. 명절, 퍼레이드, 여름휴가, 스포츠 경기 등이 여기 속한다. 그리고 축제. 여기서 아이의 광기 어린 흥분은 사실 자기 자신의 힘에 대해 느끼는 환희다. 세상은 오직 '나만을 위해' 존재할 뿐 아니라 '나만을 위해 특별히' 모습을 드러낸다. 모든 현수막, 풍선, 화려한 부스, 광대의 가발, 천막을 세우기 위한 렌치의 회전 하나까지 모든 반짝이는 것은 의미와 지시 대상을 갖는다. 특별한 행사까지의 날들을 손꼽는 동안 시간 그 자체에도 변동이 생긴다. 섬광과 빛줄기로 이루어진 고리 모양의 체계가 선형적인 시간의 흐름으로 좀 더 어른스럽게 바뀌어 앞날을 기대한다는 개념이 생기고 연이은 찰나가 달력에 X로 표시된 텔로스, 새로운 종류의 만족스럽고 종말론적인 목적, '특별한 행사'가 벌어지는 0시를 향해 달려간다. 그 화려하고 모든 면에서 훌륭한 특별한 광경은 아이가 있게 한 것이며 그것이 절대적 중심에 독존하는 오직 '나만을 위한' 것임을, 아이는 취침등을 필요로 하는 마음과 동일한 불분명한 깊이에서 직관적으로 깨닫는다.

8월 13일 9시 25분. 공식 개막일. 개막식과 개회사, 장황하고 판에 박힌 말들, 주 출입구에 늘어뜨린 리본을 자르기 위한 아주 큰 황동 가위. 구름이 없고 건조하지만 이마가 당길 정도로 뜨겁다. 정오가 되면 불가마가 될 것이다. 니트 셔츠를 입은 기자들과 과격할 만큼 일찍 나타난 축제 관람객은 주 출입구에서부터 상거먼 대로까지 늘어서 있다. 상거먼 대로의 주택 소유주들이 든 플라스틱 깃발에는 5달러에 집 앞 주차 공간을 빌려준다고 적혀 있다. 기자들은 주지사 '리틀 짐' 에드거에게는 별 관심이 없는 것처럼 보이고 대다수는 마이클 조던의 아버지 차가 발견되었으나 아버지는 여전히 행방불명이라고 숙덕거렸다. 피스 헬멧을 쓸 자격이 있는 인류학자라면 생기발랄한 지역민의 조언이 꼭 필요한 만큼 나는 오늘 하루만 토박이 친구Native Companion를 데리고 왔으며(기자 출입증이 있으면 동행인도 무료로 입장시킬 수 있다) 우리는 뒤쪽에 서 있다. 에드거 주지사는 50세 정도로 보이고 그레이하운드처럼 홀쭉하다. 금속 안경을 쓰고 있으며 머리는 마치 장석을 조각한 것처럼 보인다. 앞서 나온 정치꾼들에 비해 그들의 소개를 받고 나온 에드거 주지사는 정직한 분위기를 풍기며 솔직하고 정상적인, 그리고 내가 보기에는 꽤 좋은 연설을 이어간다. 1993년 수해가 가져온 끔찍한 고통, 그럼에도 주 전체가 서로를 돕기 위해 힘을 모으는 모습에서 되찾는 기쁨에 대해서 이야기하고 공동체 의식, 일리노이 주민들 간의 연대, 동지 의식, 자부심을 자각하고 긍정할 기회로서 올해 주 축제의 특수성을 언급한다. 에드거 주지사는 지난 몇 달간 일리노이주가 호된 타격을 입은 것은 사실이지만 일리노이는 끈기 있고 생기 넘치는 주이며, 무엇보다도 오늘 이곳을 돌아보며 다시 한번 느낀 바지만, 힘들 때도 즐거울 때도, 가령 이 축제 기간처럼 즐거울 때도, 다 함께 하나로 단결하는 주라고 덧붙인다. 그리고 다들 주저하지 말고 축제를 즐기고 다른 사람이 즐거워하는 모습을 지켜보며 기뻐하라고 권했는데, 요컨대 이번 축제가 시민 윤리에 대한 성찰의 기회가 될 수 있다는 말이었다. 다른 기자들은 별 감흥이 없어 보였다. 하지만 나는 주지사의 말에 상당한 힘이 있다고 생각했다.

그리고 이 축제는—그 관념은, 그리고 다가온 현실은—정말로 주라는 공동체, 주 전체의 대동단결과 어떤 특유의 관련이 있는 듯하다. 축제장 안으로 들어가기 위해 폐소공포증이 생길 지경으로 밀집한 사람들만을 말하는 것이 아니다. 뉴저지주 축제에 비해 일리노이주 축제가 특별히 공동체적인 이유에 대해 콕 집어 말하기는 힘들다. 메모장을 사기는 했는데 어젯밤에 자동차 창문을 내려놓아 비에 젖어 망가졌다. 그리고 토박이 친구가 외출 준비를 하는 동안 나를 기다리게 만들어서 새 메모장을 살 겨를이 없었다. 사실 알고 보면 펜도 없다. 반면 에드거 주지사는 니트 셔츠 주머니에 색이 다른 펜을 세 자루나 가지고 있었다. 더 이상 여러 말이 필요 없다. 펜을 여러 자루 가진 사람은 늘 신뢰할 수 있는 법이다.

축제에는 공간이 필요하고 일리노이주 남부에는 공간이 조금도 부족하지 않다. 축제 현장은 스프링필드 서쪽으로 1.2제곱킬로미터(36만 평) 이상의 면적을 차지하고 있다. 스프링필드는 인구 10만 9,000명의 암울한 주도州都로 어디로 침을 뱉어도 링컨 사적지 표지판에 가서 맞게 되어 있다. 축제는 넓게 펼쳐져 있고 눈으로 봐도 그렇다. 언덕 위에 있는 주 출입구는 두 개로 잘려 늘어져 있는 리본 사이로 전 구역이 멋지게 전반사되는 지점이다. 햇볕 아래 빛나는 순결한 모습이며 심지어 천막도 갓 색을 입힌 것처럼 보인다. 지나치게 화려하고 순수하며 끝이 보이지 않고 격하게 '특별'하다. 아이들은 왠지 모든 것을 한꺼번에 받아들여야 한다는 욕망에 사로잡혀 온 사방에서 짤막한 발작 같은 것들을 일으킨다.

이곳의 공동체 자각의 문제는 공간과 관련이 없지 않을 것이다. 중서부 시골 주민들은 사람이 살지 않는 땅에 둘러싸여 산다. 그 땅이 주는 공백감은 점점 물리적인 동시에 정신적이 되어간다. 사람만 그리운 게 아니다. 어떤 면에서 내 주변에 있는 공간으로부터도 소외되는데 여기서 땅은 환경이라기보다 상품이기 때문이다. 땅은 말하자면 공장이다. 내가 일하는 공장에서 살기도 하는 것이다. 땅에서 엄청난 시간을 보내지만 그래도 어떤 면에서 여전히 소외되어 있다. 자연을 일구어 생계를 꾸려야 한다면 자연과 어떤 낭만적인 영적 관계를 느끼기 힘들 것이다. (이런 식의 사고를 마르크스적이라고 할 수 있을까? 일리노이주 농부들은 아직 자기 땅을 소유하고 있으므로 아닐 것이다. 이것은 전혀 다른 종류의 소외다.)

하지만 나는 토박이 친구에게(고등학교 때 나와 함께 여름 옥수수의 수염을 떼는 일을 했던) 이런 가설을 내민다. 일리노이주 축제를 움직이는 테제는 이 축제가 이웃, 그리고 공간과의 교감을 유발하는 어떤 인위적인 기간이라는 점과 관련이 있다. 축제에서 기념하는 것은 땅이라는 그 순수한 사실이다. 땅에서 수확한 것들을 갈망하듯 바라보고, 가축을 잘 손질해서 퍼레이드에 참여시키고, 모든 것이 화려하게 전시된다. 여기서 '특별한' 것은 바로 소외로부터의 휴가다. 이곳에서의 현실이 사랑할 수 없게 만드는 것을 잠시나마 사랑할 수 있는 기회. 라이터를 찾아 가방을 뒤적이던 토박이 친구는 내게 말한다. 내가 아까 차 안에서 경험론자 하느님으로서 아이의 망상이 어쩌고저쩌고 개소리를 했을 때와 마찬가지로 자기는 아무 관심이 없다고.

8월 13일 10시 40분. 가축 행사장에 가축은 만원이지만 개막식이 끝나자마자 가축을 구경하러 온 축제 관람객은 우리뿐인 듯하다. 이제는 어떤 축사에 어떤 동물이 있는지 눈을 감고도 알 수 있다. 말들은 각각 저마다의 칸막이 안에 들어 있고 칸막이에는 높이가 보통의 절반인 문이 달려 있다. 말의 주인과 관리인들은 문 옆에 있는 등받이 없는 의자에 앉아 있고 졸고 있는 사람도 적지 않다. 말들은 건초 위에 서 있다. 어느 젊은 관리인이 틀어놓은 듯한 빌리 레이 사이러스의 노래가 크게 울려 퍼진다. 말들은 가죽이 팽팽하고 사과만 한 눈이 물고기처럼 머리 양옆에 달려 있다. 나는 훌륭한 가축 옆에 이렇게 가까이 와본 적이 없다. 말들의 얼굴은 길고 왠지 관을 연상시킨다. 경주용 말은 호리호리한 것이 뼈대 위에 벨벳을 입힌 느낌이다. 짐수레용 말이나 전시용 말은 거대하고 털이 티끌 하나 없이 잘 다듬어져 있으며 냄새가 없다시피 하다. 다만 코를 찌르는 듯한 냄새는 말의 소변 냄새다. 모든 근육이 아름답다. 가죽은 근육을 더 돋보이게 한다. 꼬리는 이중 관절인 듯 우아하게 흔들리고 파리가 어떤 협공도 할 수 없도록 막는다. (말파리라는 것이 정말로 있다.) 말들은 키 작은 문 위로 머리를 내놓고 한숨을 쉴 때 하나같이 방귀를 뀌는 듯한 소리를 낸다. 하지만 말을 만질 수는 없다. 가까이 가면 귀를 납작하게 접고 커다란 이를 드러낸다. 우리가 깜짝 놀라 물러서자 관리인들이 소리 내어 웃는다. 이 말들은 대회를 위한 특별한 말들이고 정교한 교배로 태어났으며 예민한 예술적 기질을 갖고 있다. 당근을 가져오지 않은 것이 후회스럽다. 동물의 마음은 매수할 수 있는 법이다. 말들은 칸칸이 끝도 없이 들어차 있다. 말들의 색깔은 규정에서 벗어나지 않는 일반적인 색깔이다. 말들은 밟고 선 건초를 먹기도 한다. 이따금 보이는 사료 주머니는 방독면처럼 생겼다. 갑자기 누군가 호스로 물을 뿌리는 듯한 요란한 소리가 들려서 보니 번지르르한 초콜릿색 수컷이 오줌을 누고 있다. 녀석은 칸막이 사이에서 문이 열린 채로 빗질을 받고 있고 우리는 녀석이 오줌 누는 모습을 지켜본다. 오줌발은 직경이 2~3센티미터는 족히 되고 바닥에 있던 먼지와 건초, 작은 나무조각 등을 튀어 오르게 만든다. 우리는 웅크리고 앉아 위를 올려다본다. 순간 나는 특정한 인간 남성을 수식하는 특정 표현들을 처음으로 이해할 수 있다. 들어보기는 했지만 제대로 이해하지 못했던 표현을 몸을 낮추고 공포와 경외심이 섞인 시선을 위로 향한 지금에야 제대로 깨닫게 된 것이다.

소들이 내는 소리는 말 전시장까지 울려 퍼진다. 소들이 들어선 칸에는 문이 없어 시야를 가리지 않는다. 소가 탈출할 위험은 크지 않을 것 같다. 이 안에 있는 소들은 흰 바탕에 갈색이나 흑색점이 있고 그렇지 않으면 흰 바탕에 갈색이나 흑색 얼룩이 아주 넓게 펼쳐져 있다. 입술이 없고 혓바닥이 넓적하다. 눈동자를 굴릴 줄도 알고 콧구멍은 거대하다. 나는 농장의 동물 중에 콧구멍이 큰 동물은 언제나 돼지라고 생각해왔는데 소의 콧구멍은 정말 만만치 않게 크고 축축하며 분홍색 혹은 검은색이다. 한 소는 머리털이 모호크족 스타일과 비슷하다. 소똥 냄새는 아주 좋다. 풀 내음이 섞인 따뜻한 냄새이며 비난할 여지가 없다. 반면 소 자체에서는 풍성한 미생물로 인한 특이하고도 고약한 냄새가 나는데 젖은 장화 냄새에 가깝다. 어떤 주인들은 원형 경기장에서 열릴 소고기 심사에 대비해서 참가 동물을 목욕시키고 있다. (월마트의 후원으로 제작된 자세한 안내 책자인 취재진용 미디어 가이드에 나와 있다.) 이 소들은 캔버스 천으로 만든 끈에 꼼짝없이 묶인 채 철제 틀 안에 서 있고, 축산 전문가들은 호스와 솔이 붙어 있고 비누 거품도 나오는 도구를 이용해 소를 문질러 닦는다. 소들은 이를 조금도 즐기지 않는다. 우리가 한동안 지켜보고 있던, 얼굴이 영국 전 총리 윈스턴 처칠과 오싹할 만큼 닮은 이 소는 끈에 묶인 채 몸을 부르르 떨고 진저리를 치더니 틀 전체가 시끄럽게 흔들리게 만들었다. 그리고 흰자위가 다 보이게 눈알을 굴리며 음매 음매 울었다. 토박이 친구와 나는 몸을 움츠리며 낮게 겁먹은 소리를 냈다. 이 소가 음매 울자 다른 모든 소도 운다. 다가올 운명을 예상하는 것일 수도 있다. 소의 다리가 자꾸 풀리고 주인은 발길질을 (다리에) 한다. 주인은 일에 열중한 얼굴이지만 무표정하다. 소의 입에서 흰 점액이 흘러내린다. 다른 곳에서도 불길한 액체가 뚝뚝 떨어지거나 세차게 흘러나온다. 소는 어느 순간 철제 틀을 거의 넘어뜨릴 정도로 버둥대고 주인은 소의 갈비뼈에 주먹을 박는다.

돼지도 털이 있다! 나는 돼지에게 털이 있다고 생각해본 적이 없다. 사실 후각적인 이유에서 돼지에게 가까이 가본 적조차 없다. 어배너 근처에서 자란 나에게 일리노이 주립대 돼지 축사에서 바람이 불어오는 더운 날들은 실로 암울했다. 아버지가 마침내 굴복하고 중앙 냉방을 설치한 것도 일리노이 주립대 돼지 축사 때문이었다. 토박이 친구의 아버지는 돼지 냄새에 대해 "죽음의 신이 똥을 싸는" 냄새라고 말했다고 한다. 주 축제 돼지 축사에 있는 돼지들은 전시용 수퇘지로 폴란드차이나 품종이다. 이 품종의 흰 털은 분홍색 살갗 위로 짧게 깎은 듯 덮여 있다. 축사의 높은 열기 때문에 수많은 돼지가 모로 누워 혼미한 상태로 괴로워한다. 깨어 있는 돼지들은 꿀꿀거린다. 돼지들은 낮은 울타리 안 아주 깨끗하고 큼직하게 뭉친 톱밥 위에 서 있거나 누워 있다. 몇몇 거세된 돼지들은 톱밥과 제 배설물을 함께 먹고 있다. 여기에도 관람객은 우리뿐이다. 나는 개막식에서 농부나 농업 전문인을 단 한 명도 보지 못했다는 사실도 깨닫는다. 마치 두 무리의 사람들을 위해 두 개의 축제가 열리는 듯하다. 벽에 달린 확성기에서는 염소 축사에서 주니어 피그미 염소 심사가 있다는 공지가 흘러나온다.

돼지는 실로 뚱뚱하고 이곳의 돼지들 다수는 정말 거대하다. 폭스바겐 자동차의 3분의 1은 되는 것 같다. 이따금 농부가 돼지의 공격을 받았다거나 공격을 받아 죽었다는 소식이 들릴 때가 있다. 지금 돼지의 이는 보이지 않지만 발굽으로는 공격할 수 있을 것 같다. 발굽은 갈라져 있고 분홍색이며 약간 저속해 보인다. 이것을 발굽hoofs이라고 하는지 그냥 발이라고 하는지 나도 잘 모른다. 다만 중서부 시골에 살면 2학년만 돼도 발굽의 복수형이 무엇인지는 (hooves가 아니라 hoofs라는 것 ― 옮긴이) 잘 안다. 어떤 돼지 앞에는 커다란 선풍기가 돌아가고 있고 천장에는 거대한 환풍기 열두 대가 굉음을 내고 있지만 그래도 안은 숨 막힐 듯 덥다. 구토와 배설물이 섞인 냄새가 난다. 끔찍한 소화기 질병이 대대적으로 발병한 듯하다. 콜레라 병동의 냄새가 이와 비슷할 것 같다. 주인들과 돼지 관리인들은 모두 장화를 신고 있는데 동부 사람들이 신는 엘엘빈 부츠는 여기 비하면 아무것도 아니다. 서 있는 돼지 몇몇은 우리 창살 사이로 입을 거의 맞대고 교감한다. 잠자는 돼지들은 꿈을 꾸는지 뒷다리를 차며 뒤척인다. 편안한 상태의 돼지는 낮고 일정한 음조로 꿀꿀거린다. 듣기 좋은 소리다.

　그런데 지금은 버터스카치색의 돼지 한 마리가 비명을 지르고 있다. 고통스러운 돼지가 내는 소리다. 그 소리는 인간의 소리와 비슷한 동시에 비슷하지 않아서 온몸의 털이 곤두선다. 이 고통스러워하는 돼지의 소리는 축사 전체에 울려 퍼진다. 전문 관리인들은 이 돼지를 무시하지만 우리는 부지런히 소리가 들리는 곳으로 간다. 토박이 친구는 내가 그만하라고 할 때까지 걱정스러운 듯 아기를 달래는 말투로 돼지에게 말을 건넨다. 돼지의 옆구리가 올라갔다 내려갔다 한다. 돼지는 앞다리를 떨며 마치 개처럼 앉아 끔찍한 비명을 지르고 있다. 주인이나 관리인은 어디에도 보이지 않는다. 울타리에 달린 작은 표지에 따르면 이 돼지는 햄프셔종이다. 아무리 봐도 호흡이 문제인 게 분명하다. 톱밥이나 배설물을 들이마셨을 것이다. 아니면 축사 안의 냄새가 더 이상 견디기 힘들었을지 모른다. 곧 돼지의 앞다리도 풀리고 돼지는 모로 누운 채 경련을 일으킨다. 그러다가 들숨이 충분해지면 비명을 지른다. 도저히 견딜 수 없을 지경이지만 우리로 달려와 도움을 주거나 하는 축산 전문가는 없다. 토박이 친구와 나는 안쓰러워 두 손만 비틀어 쥐고 있다. 우리 둘 다 돼지를 안심시키려고 구슬픈 소리를 낸다. 토박이 친구는 그렇게 넋 놓고 서서 손가락만 빨고 있지 말고 누굴 좀 데려오라고 한다. 나는 엄청난 스트레스에 휩싸인다. 정신이 혼미해질 것 같은 냄새, 무력한 연민, 게다가 뒤처진 일정 때문이다. 지금 우리는 엑스포 빌딩에서 열리는 주니어 피그미 염소 심사, 우표 수집

심사, 클럽 미키디라는 곳에서 열리는 4-H 클럽 도그 쇼, 링컨 스테이지에서 열리는 중서부 팔씨름 대회 준결승, 여성 캠핑족을 위한 세미나, 그리고 베일에 싸인 컨서베이션 월드에서 열리는 스피드 캐스팅 토너먼트를 놓치고 있다. 한 돼지 관리인은 우리에 좀 더 많은 톱밥을 채워 넣기 위해 폴란드차이나 암돼지를 발로 차 깨운다. 토박이 친구는 고통스러운 듯 신음을 내뱉는다. 이 돼지 축사에는 정확히 두 명의 동물권 보호주의자가 있음이 분명하다. 우리 둘 다 이 안에 있는 축산 전문가들의 행동에서 일종의 무감각하고 냉담한 전문성을 관찰한다. 공장인 땅으로부터의 소외를 아주 잘 보여주는 사례일 것이다. 다만 동물을 아끼는 마음이 없다면 왜 그 고생을 해서, 특별한 녀석을 교배하고 훈련시키고 돌보아 일리노이주 축제까지 데리고 오는 것일까?

나는 문득 내가 어제 베이컨을 먹었고 지금도 축제에서 맛보게 될 첫 콘도그의 맛을 기대하고 있다는 점을 떠올린다. 고통받는 돼지를 보며 손을 비틀어 쥐지만 이따가 콘도그를 먹어치울 예정인 것이다. 내가 당장 돼지 전문가에게 달려가 이 괴로워하는 햄프셔종을 위해 응급 소생술을 요구하지 않는 이유는 이와 관련이 있다. 그 전문가가 나에게 지어 보일 표정은 뻔하다.

그다지 심오한 깨달음은 아니지만 돼지의 비명과 가쁜 숨소리 사이로 나는 이 축산 전문가들이 가축을 반려동물이나 친구로 보지 않는다는 사실을 깨닫는다. 저들은 단지 무게와 고기로 환산되는 농산업의 종사자들이다. 자의식에 '특별하게' 와닿는 연결의 계기인 이 축제에서조차 그들은 연결되어 있지 못하다. 왜 그럴까?

축제에서도 그들의 상품은 침을 흘리고 냄새를 풍기고 자기 배설물을 먹고 비명을 지르며 일은 끊이지 않기 때문이다. 축산 전문가들이 돼지를 어르는 우리를 보고 뭐라고 생각할지 상상이 된다. 우리 축제 관람객은 고기를 기르고 먹이는 일을 신경 쓰지 않아도 된다. 우리의 고기는 콘도그 매장에 저절로 나타나고 우리는 우리의 풍부한 식욕을 털과 비명과 희번덕거리는 눈동자와 분리할 수 있다. 우리 관람객은 베이컨으로 배를 채우고 동물 권리에 대해 마음껏 안타까운 마음을 가질 수 있다. 무뚝뚝한 농부들이 아이러니에 대해 얼마나 잘 알지는 모르지만 동부에 살면서 아이러니에 대한 감각을 제대로 갈고닦은 나로서는 돼지 축사 안에서 바보가 된 기분을 지울 수 없다.

8월 13일 11시 50분. 토박이 친구를 이곳으로 유인할 때 괄약근이 느슨해지는 고속 놀이 기구를 공짜로 타게 해주겠다고 약속한 만큼 우리는 서둘러 해피 할로로 향한다. 아직 놀이 기구 대부분은 지옥 같은 회전을 하고 있지 않다. 라쳇 렌치를 든 남자들은 여전히 '링 오브 파이어'에서 뚝딱거리고 있다. 거대한 '곤돌라 페리스 휠'은 절반만 조립된 상태이고 의자가 걸려 있는 하단부는 이를 드러낸 음흉한 미소처럼 보인다. 그늘 밖은 38도를 훌쩍 넘어간다.

해피 할로 카니발 구역은 일종의 직사각형 분지로 주 출입구 부근에서 가축 전시장 바로 아래 길이 없는 가파른 비탈까지 동서로 뻗어 있다. 중심을 가로지르는 미드웨이는 흙길인데 길가에는 카니발 놀이 부스와 매표소, 놀이 기구가 있다. 회전목마를 비롯해 어린아이들을 위한 좀 정상적인 속도의 놀이 기구가 두어 개 있지만 대부분은 그야말로 빈사 체험 기구 같다. 개막 첫날 오전 해피 할로는 사실상 가동이 되고 있지 않고 매표소에는 사람이 없지만, 매표소 유리창에 뚫린 돈을 주고받는 작은 구멍으로 냉방이 된 공기가 약하게 새어 나와 마음을 흔든다. 관람객도 많지 않고 축산 전문가나 농장 사람들도 전혀 눈에 띄지 않는다. 눈에 띄는 사람들은 바로 카니발 일꾼들이다. 다수가 차양의 그늘 속에 몸을 웅크리고 축 처져 있다. 그리고 한 사람도 빠짐없이 줄담배를 피운다. '틸트 어 휠'의 운전기사는 제어판에 부츠 신은 발을 올린 채 모터사이클과 벗은 여자가 나오는 잡지를 읽고 있고, 두 남자가 이 기구의 중심에 육중한 고무호스를 연결하는 중이다. 우리는 이야기를 나누기 위해 조심스레 다가간다. 운전기사는 스물네 살이고 아칸소주 비브랜치 사람이다. 귀걸이를 했고 삼두근에는 벌거벗은 여자가 모터사이클을 탄 거대한 문신이 있다. 남자는 나보다 내 토박이 친구와 이야기하는 데 더 관심이 있다. 이 일을 한 지 5년 됐고 그동안 지금 있는 회사에 소속되어 일했다고 한다. 이 일이 마음에 드는지 묻자 잘 모르겠다고 한다. 뭐랑 비교해서? 처음에는 접시에 동전 던지는 게임부터 시작했고 1991년에 '틸트 어 휠'로 옮겼다. 말보로 100'S를 피우지만 윈스턴 담배 회사 모자를 쓰고 있다. 남자는 내 토박이 친구에게 보기 드문 구경을 시켜줄 테니 해피 할로 저편으로 걸어가자고 한다. 우리 주위로는 다양한 카니발 게임 부스가 있다. 게임 부스의 호객꾼들은 각자 마이크 달린 헤드셋을 쓰고 있다. "마이크 테스트"라고 하는 사람도 있고 홍보 문구를 연습하며 입을 푸는 사람도 있다. 드러내놓고 성적 뉘앙스를 풍기는 홍보 문구도 많다. "일단 올려. 그리고 집어넣으면 됩니다." "꺼내서 눕히세요. 단돈 1달러." "딱 세우면 됩니다. 2달러에 다섯 번의 기회. 딱 세워봐." 부스 안에는 봉제 인형들이 숙성 중인 사냥감처럼 거꾸로 매달려 있다. 한 호객꾼은 마이크를 시험하며 '테스트'가 아니라 '테스티'(고환testicle을 의미한다—옮긴이)라고 하고 있다. 이곳에서는 윤활유와 모발 영양제 냄새가 나고 썩고 있는 쓰레기 냄새도 풍긴다. 미디어 가이드에 따르면 1993년 해피 할로의 운영권은 "국내 최대 놀이기구 회사 가운데 하나인" 블룸스네스 앤드 테보 올스타 놀이 기구 회사에 주어졌다. 일리노이주 시카고 근처 크리스털레이크에 위치한 곳이다. 그러나 카니발 일꾼들은 죄다 중남부, 즉 테네시, 아칸소, 오클라호마 주 출신들인 것 같다. 일꾼들은 내 셔츠에 달린 기자 출입증에 조금도 감탄하지 않는 기색이 뚜렷하다. 반면 내 토박이 친구는 마치 잡아먹을 기세지만 친구는 일꾼들에는 관심이 없다. 모든 게임과 놀이 기구가 특별하고 나만을 위해 존재했던 것 같은 어린 시절의 기분은 거의 남아 있지 않은 것 같다고 해야겠다. 나는 미니 농구공을 '올려서' 기울어진 바구니 안에 도로 튀어나오지 않도록 '집어넣느라' 순식간에 4달러를 잃는다. 호객꾼은 등 뒤로 공을 던져도 바구니에 집어넣을 수 있지만 그 사람은 바구니에 아주 가까이 있다. 내가 2.5미터나 떨어진 곳에서 던지는 공은 도로 튀어나온다. 짚으로 만든 바구니는 부드러워 보이지만 공이 들어갔을 때 바닥에서 수상한 금속성 소리가 난다.

날이 너무 더워서 우리는 그늘과 그늘 사이로 엇갈리는 궤도를 따라 재빨리 움직였다. 나는 셔츠를 벗으라는 제안을 거절했는데 그러면 기자 출입증을 차고 다닐 수가 없기 때문이다. 우리는 지그재그를 그리며 해피 할로를 가로질러 서쪽으로 향한다. 나는 13시에 시작될 주니어 소고기 심사로 향하고 싶은 생각이 굴뚝같다. 게다가 디저트 경연 대회도 있다.

해피 할로의 서쪽 끝에는 조립이 다 끝난 놀이 기구들도 있는데 그중 하나가 바로 '지퍼'다. 아무도 타고 있지 않지만 격렬하게 움직이고 있다. 암페타민에 취한 대관람차 같다고 할 수 있겠다. 새장처럼 생긴 여러 개의 칸은 세로로 긴 타원을 그리며 도는 동시에 각각의 축을 중심으로 회전하도록 매달려 있다. 이 기구는 지퍼보다는 전기톱의 머리 부분 같다. 상아색 페인트는 벗겨져 있으며 소리는 진동이 심한 12기통 엔진 같다. 평소 같으면 나는 이 놀이 기구를 피하기 위해 꼭 끼는 신발을 신고도 1킬로미터 반은 뛸 수 있을 것이다. 그러나 우리가 지퍼에 다가갈수록 토박이 친구는 손뼉을 치며 신이 난 듯 깡충깡충 뛰기 시작한다. (이 친구는 쉽게 말하자면 번지 점프를 하는 친구다.) 그러자 조종석에 있던 운전기사가 이 친구를 보고 손을 흔들며 "타고 싶지? 그러면 얼른 와서 타봐야지" 하고 외친다. 기사가 지퍼를 시운전해봐야 된다고 둘러대며 철제 승강장처럼 생긴 곳에 서서 옆에 있는 동료 기사를 팔꿈치로 쿡 찌르는데 영 느낌이 좋지 않다. 나는 표가 없다고 말한다. 현금으로 표를 살 수 있는 매표소에는 사람이 없다. 하지만 우리는 어느새 승강장과 조종석으로 올라가는 계단 앞에 와 있다. 운전기사는 개막일에, 그것도 이토록 이른 시각에 표가 없는 것은 "거시기의 땀방

울만큼도 중요하지 않다"고 내게는 눈길도 주지 않고 말한다. 동료 기사가 토박이 친구를 데리고 와플 무늬가 있는 철 계단을 올라 새장 안에 넣고 벨트를 채운 뒤 운전기사에게 엄지를 들어 보인다. 운전기사는 마치 폭도처럼 쾌재를 부르더니 레버를 당긴다. 토박이 친구가 탄 새장이 위로 올라가기 시작한다. 철창 사이로 작고 가냘픈 손가락이 나타난다. 지퍼 운전기사는 몇 살인지 모르겠고 햇볕에 그을려 새카맣다. 기름을 잔뜩 바른 콧수염은 마치 수소의 뿔처럼 몹시 날카롭게 다듬어졌다. 기사는 한 손으로는 드럼 담배를 말고 다른 한 손으로는 레버를 가볍게 민다. 그러자 타원이 속도를 내고 각각의 새장이 독립적으로 각각의 축을 중심으로 돌기 시작한다. 새장 안의 토박이 친구는 흐릿한 색의 혼합으로만 보일 뿐이지만 운전기사와 동료 기사는(이 자는 청바지를 얼마나 내려 입었는지 엉덩이 골의 윗부분이 분명하게 드러나 있다) 돌아가는 새장을 골똘히 쳐다보고 있으며 텅 빈 새장들은 철컹거리며 약 1초에 한 번 타원을 한 바퀴 돈다. 나는 큰 회전 안에서 작은 회전을 하는 것들에 대한 오래된, 특별한 공포가 있다. 바라볼 수조차 없다. 지퍼는 잘 닦지 않은 치아 색깔인 데다 잔뜩 녹이 슬어 있다. 운전기사와 그의 동료는 검은 손잡이가 달린 레버로 가득한 조종석 앞 작은 철제 벤치에 앉아 있다. 고환에서도 땀이 날까? 온도에 매우 민감하다고는 한다. 운전기사의 동료는 씹는 담배 스콜을 손에 든 깡통에 뱉더니 운전기사에게 말한다.

"그럼 8로 올려봐, 소심한 새끼야."

지퍼가 낑낑거리고 새장이 얼마나 빠르게 도는지 만약 분리되었다면 공전 궤도로 진입했을 것이다. 동료 기사는 작은 성조기를 두건처럼 접어서 머리에 쓰고 있다. 빈 새장들은 진동하면서 철컹철컹 돌아가고 각자 독립적으로 회전한다. 토박이 친구의 새장에서는 긴 비명 소리가 도플러 효과로 인해 떨리듯 전해진다. 이 새장은 축을 중심으로 돌고 또 돌고 있으며 그 안의 형체는 마치 건조기에 들어간 물건처럼 구르고 또 구른다. 특유의 신경학적 체질 때문에(나는 매우 예민해서 차멀미, 비행기 멀미, 고소공포 멀미 등을 하며 동생은 내게 "인생 멀미"를 한다고 말한다) 나는 바라보는 것만으로도 엄청난 개인적 용기를 발휘해야 한다. 비명은 멈추지 않고 이어진다. 돼지의 비명과는 전혀 다르다. 그러다가 운전기사는 토박이 친구의 칸이 꼭대기에 있을 때 기구를 멈춘다. 나는 친구에게 큰소리로 괜찮은지 묻지만 대답은 귀가 찢어질 듯한 소리일 뿐이다. 두 일꾼을 보니 손으로 볕을 가리고 아주 열심히 올려다보고 있다. 운전기사는 생각에 잠긴 듯 콧수염을 쓰다듬는다. 새장이 거꾸로 매달린 탓에 토박이 친구의 치마가 들추어져 있다. 두 사람은 친구의 아랫도리를 보며 껄떡거리는 게 분명하다. 그야말로 '낄낄'거리며 웃고 있다. 나보다 덜 예민한 신경 표본이었다면 이 시점에 나서서 이 역겨운 행위를 다 멈추었을 것이다. 나는 스트레스 상황에서 해리 상태 쪽으로 기울어지는 체질이다. 반바지를 입은 한 아이의 엄마가 유령의 집 앞 계단 위로 유아차를 밀어올리고 있다. 〈쥬라기 공원〉 티셔츠를 입은 아이는 최면 기능이 있을 법한 나선이 그려진 거대한 사탕을 핥고 있다. 우리가 상거먼 대로에서 지나온 주유소에는 손으로 쓴 간판이 있었는데 거기에는 'TV에 소개된 청색

광 차단 선글라스'라고 적혀 있었다. I-55 고속도로를 달리다 보면 나오는 엘크하트 근처 셸 주유소에서는 자판기에서 코담배를 캔으로 팔고 있었다. 여성 축제 관람객의 15퍼센트는 머리를 말고 있다. 25퍼센트는 임상적으로 비만이다. 중서부의 비만인들은 반바지를 입거나 어깨를 드러내는 데 조금도 거리낌이 없다. 한 라디오 기자는 에드거 주지사의 개회사 때 녹음기 마이크를 스피커에 너무 가까이 갖다 대서 끔찍한 하울링을 만들어냈다. 어느새 운전기사는 초크 레버를 흔들고 있고 지퍼는 이리저리 앞뒤로 털털거리며 움직인다. 그러자 토박이 친구가 탄 꼭대기 칸이 축을 중심으로 돌고 또 돈다. 동료 기사의 티셔츠에는 약에 만취한 채 대마초를 피우는 닌자 거북이 그려져 있다. 토박이 친구는 마치 천천히 구워지고 있는 듯 빙빙 도는 새장 안에서 A# 음조의 비명을 내지른다. 내가 무슨 말이라도 따끔하게 한마디 하려고 입안의 침을 모으고 있는데 어느새 기사들이 친구를 내려주기 시작한다. 운전기사는 조종간을 능숙하게 다룬다. 친구가 탄 칸은 구름을 탄 듯 부드럽게 내려온다. 레버를 다루는 남자의 손은 비웃듯 친절하고 상냥하다. 하강하는 시간이 마치 영원 같다. 토박이 친구의 칸에서는 불길한 침묵만이 흐른다. 두 일꾼은 무릎을 치면서 웃어댄다. 나는 두 차례 헛기침을 한다. 토박이 친구가 탄 새장이 승강장에 덜커덕 고정된다. 새장이 이리저리 기우뚱하더니 문의 잠금장치가 천천히 돌아간다. 나는 종이처럼 창백한 얼굴의 인간 껍데기가 액체를 질질 흘리며 엉거주춤 나오기를 기대한다. 그러나 친구는 통통 튀어나온다.

"진짜 죽인다. 봤어? 저 새끼가 날 열여섯 번을 돌렸어. 봤냐고?" 이 친구는 내 고향 출신으로 중서부에서 죽 살았다. 12년 전 나와 졸업 무도회에 함께 가기도 했다. 지금은 결혼했고 아이가 셋이며 비만인과 병약한 자들에게 수중 에어로빅을 가르친다. 친구의 안색은 밝다. 친구의 원피스는 지상 최악의 정전기로 인해 몸에 착 들러붙어 있다. 그리고 맙소사, 아직도 껌을 씹는 중이다. 친구가 카니발 일꾼들에게 말한다. "네미…… 정말 죽여줬어요. 아주 나쁜 놈들이네." 동료 기사는 운전기사 위로 쓰러져 있다시피 하고 둘은 폭소를 멈추지 못한다. 토박이 친구는 두 손을 허리에 얹고 혼낼 듯한 자세를 하고 있지만 입은 히죽 웃고 있다. 지금 여기서 벌어진 노골적인 성희롱을 감지하고 있는 것은 나뿐인가? 친구는 철제 계단을 세 개씩 내려오고 음식 부스를 향해 언덕을 오르기 시작한다. 해피 할로의 서쪽 끝에 있는 매우 가파른 언덕에는 제대로 된 길이 나 있지 않다. 뒤에서 운전기사가 외친다. "자기야, 내가 괜히 지퍼왕이 아니야." 그러자 친구가 콧방귀를 뀌고 등 뒤로 고함을 지른다. "설마, 누가 그래?" 그러자 둘은 또다시 웃음을 터뜨린다.

나는 허덕이며 간신히 친구를 따라 언덕을 오른다. "들었어?" 내가 묻는다.

"맙소사, 마지막에는 진짜 죽는 줄 알았어. 최고였어, 저 새끼들은 재수 없지만. 꼭대기에서 빙빙 도는 거 봤어?"

"지퍼왕 어쩌고 하는 소리 들었냐고?" 내가 말한다. 친구는 내 팔꿈치를 잡고 내가 미끄러운 잔디 위를 오르도록 돕는 중이다. "그 메스꺼운 상황 내내 뭔가 성희롱 같다는 느낌 없었어?"

"지랄하지 마, 민달팽이야. 재밌었으면 됐어." (별명은 잊어주기 바란다.) "저 새끼가 열여덟 번을 돌렸어, 내 칸을."

"네 치마 속을 보고 있었어. 너는 안 보였겠지만. 널 저 높이 거꾸로 매달아서 네 치마가 올라가게 한 다음에 껄떡대며 봤다니까. 손으로 별을 가리고 둘이 농담하면서. 내가 다 봤어."

"염병한다."

내가 살짝 미끄러지자 친구가 내 팔을 잡는다. "불편하지 않아? 중서부 사람은 불편하지 않은 거야? 아니면 아까 무슨 일이 있었는지 정확하게 감이 안 오는 거야?"

"내가 눈치를 챘든 못 챘든 그게 나하고 무슨 상관이야? 세상에 개새끼들이 많다고 해서 지퍼도 못 타? 실컷 돌지도 못해? 수영장도 못 가고 예쁘게 꾸미지도 못해? 개새끼들 무서워서?" 친구의 얼굴은 여전히 상기되어 있다.

"그러면 축제 측에 불만을 접수한다든가 하려면 어느 정도의 사건이 일어나야 하는 거야? 궁금해서 그래."

"너 진짜 순진하다, 민달팽이." (별명은 설명하려면 길다. 잊어달라.) "개새끼는 그냥 개새끼야. 흥분하고 불쾌해하면 나만 기분 잡치기밖에 더 해?" 이 말을 하는 내내 친구는 내 팔꿈치를 놓지 않는다. 언덕은 정말 고약하게 가파르다.

"이게 정말 핵심일 수 있겠다." 내가 말한다. "지역 간의 이런 성정치적 감수성 차이야말로 호화로운 동부 지역 잡지에 먹힌다고. 네가 보여준 이런 의도된 성정치적 스토이시즘에 스며들어 있는 이 지역의 핵심 가치관이 중서부인이 생각하는 전형적인 재미라면……"

"돼지껍데기나 사줘, 굼벵이 새끼야."

"동부에서는 성정치적 분노 그 자체가 재미거든. 뉴욕 여자가 거꾸로 매달려 더러운 시선을 받았다면 그 여자는 다른 여자들을 불러 모은 다음 다들 성정치적 분노를 발산하지. 시선을 보낸 사람에게 문제를 제기하고 가처분 명령을 신청하겠지. 주최 측은 엄청난 돈을 들여 법정에서 다툴 거야. 희롱받지 않고 재미를 추구할 여성의 권리가 침해된 거지. 정말이야. 여성의 경우, 클리블랜드 동쪽 어딘가에서 개인적인 재미와 정치적인 재미가 합쳐진다고."

토박이 친구는 보지도 않고 모기를 한 마리 잡아 죽인다.

"그리고 거기서는 다들 프로작을 먹고 손가락을 목구멍에 넣지. 그냥 놀이 기구에 타고 빙빙 돌아보라 그래. 개새끼들은 무시하고 꺼지라 하고. 개새끼들은 어쩔 수 없다고."

"이거 정말 엄청난 차이다."

8월 13일 12시 35분. 점심시간이다. 축제 현장은 건물과 축사와 대기업 천막을 잇는 아스팔트 보도들, 즉 대중 관람의 수상돌기, 축삭돌기의 무도증적 발작을 보여준다. 모든 길에는 양쪽으로 음식을 파는 부스가 거의 끝에서 끝까지 늘어서 있다. 지사제 색깔의 키 큰 오두막에서는 일리노이주 낙농 위원회IDC 밀크셰이크를 믿기 힘든 가격 2달러 50센트에 판다. 물론 정신이 나갈 정도로 맛있기는 하다. 비단처럼 부드러우면서도 아주 걸쭉해서 빨대나 숟가락을 주어 우리를 바보 취급하는 대신 작은 플라스틱 흙손 같은 것을 준다. 돼지고기를 먹으려면 선택지가 셀 수 없이 많다. '폴리네 돼지 잔치' '돼지의 뜨락' '갓 튀긴 돼지껍데기집' '돼지고기 골목 카페'. 돼지고기 골목 카페는 "100퍼센트 돼지만 취급하는 가게"라고 확성기가 말해준다. "오로지 돼지만." 여기 음료수는 포함되지 않기를 바랄 뿐이다. 아무튼 오늘 아침 돼지로 인해 받은 스트레스 때문에 나는 돼지는 먹을 수 없다. 게다가 너무 더워서 디저트 경연 대회는 고려조차 할 수 없다. 가축 전시장 정동향에 있는 이곳은 그늘에서도 35도를 찍고 바람은 뭐랄까 향기롭다. 그러나 어디를 가든 사람들은 믿을 수 없는 속도로 음식을 사고 또 먹고 있다. 부스가 없는 데가 없고 모든 부스 앞에 줄이 늘어서 있다. 모두 무언가를 먹으며 걷는 사람들로 길이 꽉 차 있다. 소요파의 광기 어린 먹자판이다. 토박이 친구는 돼지껍데기가 먹고 싶다고 누이 주장한다. 지퍼야 어찌 됐든 "배고파 죽겠다"고 우스꽝스러운 시골 억양으로 말한다. 친구는 내가 '소요파' 같은 말을 입에 올릴 때마다 시골 억양을 쓴다.

(돼지껍데기가 무엇인지 독자 여러분은 자세히 알고 싶지 않을 것이다.)

아무튼 길을 따라가다 보면 IDC 밀크셰이크(나의 점심), 레몬 '셰이크업', 얼음처럼 차가운 '멜론 맨' 부스, 시트러스 얼음과자도 판다. 하와이식 빙수도 있는데(내 디저트) 시럽을 먼저 다 빨아 먹고 남은 얼음을 씹어 먹을 수 있다. 그러나 많은 사람들이 사서 먹어치우고 있는 것들은 내 눈에는 더위에 어울리는 음식이 전혀 아니다. 소금 냄새가 지독한 샛노란 팝콘, 목에 걸 수 있을 만큼 거대한 어니언링, 치즈를 채운 할라페뇨 고추, '조르바' 기로스, 윤기 나는 닭튀김, '머리통만큼[sic](sic은 '그대로'라는 뜻의 라틴어로 남의 글을 인용할 때 어색하거나 오탈자가 있더라도 원문 그대로 인용한다는 의미로 쓴다. 인용하는 사람이 원문의 질, 혹은 신빙성이 의심된다는 속마음을 내비치기 위해 남용하기도 한다.—옮긴이) 큰 버트네' 부리토, 매운 이탈리아식 소고기 요리, 매운 뉴욕식 소고기(?), '조조스' 튀긴 도넛(커피를 팔고 있는 유일한 부스), 기왓장만 한 피자, 돼지 곱창, 게살 만두, 폴란드식 소시지 등. (일리노이주 시골은 어떤 민족적 특색도 갖고 있지 않기 때문에 오히려 당혹스러울 만큼 풍족한 일종의 포스트모더니즘적 현상이 여기서 나타난다. 우리는 모든 문화와 종교에서 유래한 음식을 우리만의 방식으로 재빨리 튀겨서 종이 접시에 제공하며 걸어 다니면서 섭취한다.) 접시 위로 드높이 쌓은 '컬후라이'는 음모처럼 생겼고 손가락이 햇볕에 빛나게 만든다. 그 밖에도 치즈에 담근 핫도그, '포니 펍', '핫 프리터', 필라델피아식 치즈 스테이크 샌드위치, '목장식' 돼지갈비 바비큐 등이 있다. '조니스 오리지널 2분의 1파운드 버거' 부스에는 이런 간판이 붙어 있다. "익힌 정도—레어 또는 음매." 나는 사람들이 이런 날씨에 이런 음식을 먹는다는 것을 믿을 수 없다. 하늘은 구름 하나 없이 쨍하다. 태양은 밝게 고동친다. 설익은 토마토(중서부에서는 정확히 토마토라고 발음한다) 튀김의 풋내도 그득하다. 수많은 튀김기의 소름 끼치는 소리가 마치 태형을 가하려고 기다리는 사람들처럼 줄지어 선 부스들 사이로 배경 음향처럼 깔린다. '오리지널 1파운드 돼지갈비' 부스의 간판에는 이렇게 적혀 있다. "돼지고기도 흰 고기입니다." 지금까지 본 것 중 유일하게 건강을 생각하는 사람들의 관심을 끌 만한 신호다. 토박이가 아닌 사람들은 이곳이 진정 중서부임을 깨닫는다. 나초도, 칠리도, 에비앙 생수도, 어떤 케이준 음식도 없다.

하지만 맙소사, 단 음식은 정말 많다. 반죽 튀김, 검은 호두 태피 사탕, 피들스틱 사탕, 매운 크래커잭 등. 캐러멜 사과는 1.5달러인데 이 정도면 강력 범죄가 아닌지. 천사의 숨결이라는 음식도 있는데 다른 말로 치과의사의 기쁨이라고도 한다. 부스의 냉동실에서 나오는 순간 기이한 땀 같은 것을 흘리기 시작하는 바닐라 퍼지도 있다. 늘어선 부스 사이를 꽉 채운 사람들은 모두 같은 속도로 느릿느릿 움직이면서 음식을 먹는다. 농업 종사자들은 어디에도 보이지 않는다. 무리 속에 있는 성인들은 창백하거나 햇볕에 익어 분홍색을 띠고 있다. 머리숱이 많지 않고 배가 나왔으며 딱 붙는 청바지를 입고 있다. 어떤 사람들은 그야말로 뚱뚱하고 무게를 이리저리 옮기는 방식으로 이동한다. 남자아이들은 웃통을 벗고 있고 여자아이들은 어깨가 드러난 원색의 홀터넥 셔츠를 입고 있다. 더 작은 아이들은 우르르 무리를 지어 다닌다. 유아차를 미는 부모들, 버뮤다 반바지와 샌들을 착용한, 얼굴이 유난히 창백한 대학교수들, 머리를 말고 다니는 덩치 큰 여성들. 쇼핑백을 들고 다니는 사람들도 많고 우스꽝스럽게 축 늘어진 모자들도 보인다. 거의 모두가 1980년대 스타일 패션 선글라스를 쓰고 다닌다. 하나같이 무언가를 먹고 있는 인파 속에서 스무 명이 나란히 느릿느릿 움직인다. 빽빽이 늘어선 채 땀을 흘리고 어깨를 서로 문지르는 사람들 사이로 튀김과 매운 양념 냄새가 땀 억제제와 자외선 차단제와 어우러지는 옹기종기한 광경. 도쿄의 출근길 지하철을 거대한 규모로 확장한다고 상상해보라. 중서부 인류가 거대한 무리를 이룬 채 먹고 움직이고 비벼대면서 원형 경기장과 특별 경기장, 엑스포 빌딩, 그리고 그 너머의 축산 전시장으로 향하는 광경은 희한하다. 끝없는 군중에 숨도 쉬기 힘들 정도로 빡빡하게 둘러싸여 있지만 아무도 불편해하거나 답답해하지 않고 눈을 부라리지 않는다. 토박이 친구는 발을 밟히면 욕하고 웃는다. 그러나 이런 소 떼 같은 군중의 모습에, 즉 각자 다른 목표를 향해 밀치락달치락하며 이동하는 동안 수백 쌍의 손이 종이 접시와 입을 오가는 모습에 내 안의 동부인 감수성이 근질거린다. 공중에서 보면 우리는 죽음의 바탄 행진(제2차 세계대전 당시 미군과 필리핀군이 일본군에 의해 수용소로 끌려가다가 다수가 사망한 사건—옮긴이)만큼 고분고분한 소비의 행진을 하고 있는 것처럼 보일 것이다. (토박이 친구는 코웃음을 치며 배턴 트월링 대회는 아직 시작도 하지 않았다고 말한다.) 우리는 주니어 소고기 심사장으로 향하고 있다. 상을 받게 될 소고기를 향하여 살아 숨 쉬는 강을 떠내려가는 동안 토박이 친구가 점심으로 어떤 끔찍한 고지방 음식 조합을 먹고 있는지 독자 여러분은 알고 싶지 않을 것이다. 부스는 계속해서 이어진다. 버터로만 만든 '에이스 하이 퍼지' '라이스 크리스피'를 뭉친 과자처럼 생긴 '크래클스'. 천사의 머리카락 솜사탕도 있다. 퍼널케이크도 있다. 케이크 반죽을 회오리바람 모양으로 재빨리 튀겨내 설탕을 녹인 버터를 묻힌 음식이다. '에릭스 솔트워터 태피' '잭스 아이스크림 튀김'도 있다. 동맥을 꽉 막는 음식에는 또 엘리펀트 이어라는 것도 있다. 엘리펀트 이어는 사진 앨범만

한 넓은 반죽을 기름에 튀겨 버터와 계피 설탕을 발라 먹는 음식으로 지옥에서 온 계피 토스트 같다고 생각하면 되고 정말 귀 모양으로 생겼으며 먹어보니 놀랍게도 맛있다. 하지만 역겨울 정도로 물렁해서 질감이 마치 지방이 축적된 살덩어리 같으며 아무튼 코끼리만큼 크다. 엘리펀트 이어를 먹으려고 줄을 선 사람들은 하나같이 고도비만이다.

우리가 특별히 흐름을 거슬러 찾아간 음식 부스는 거대한 최첨단 네온 부스이고 간판에는 디핀도츠, "미래의 아이스크림"이라고 적혀 있다. 카운터에 있는 소녀는 드라이아이스 기체에 휩싸인 채 등받이가 없는 높은 의자에 앉아 있는데 많아 봐야 열세 살쯤으로 보인다. 내 기자 출입증에 처음으로 누군가의 눈이 휘둥그레지고 우리는 공짜로 샘플을 받게 되었다. 작은 컵에는 형광색 BB탄 같은 아주 작은 아이스크림 구슬이 들어 있었는데 카운터에 있는 소녀는 이 구슬의 보관 온도가 영하 55도라고 한다. 그런데 맙소사 섭씨인지 화씨인지는 모르겠다고, 그건 디핀도츠 교육 영상에 없었다고 한다. 구슬은 입안에서 그럭저럭 녹는다. 더 정확히 말하면 입안에서 증발하는 것 같다. 맛은 뚜렷하지만 구슬의 질감은 이상하고 추상적이다. 미래적이다. 흥미로운 음식이지만 〈우주 가족 젯슨〉에 나올 것 같은 음식이라서 인기몰이는 시기상조다. 카운터에 있는 소녀는 제 성을 한 자 한 자 불러주면서 샘플을 주었으니 조디라는 친구에게 인사를 전해달라고 부탁한다.

8월 13일 13시 10분. "여기 보시는, 한 번도 새끼를 낳지 않은 이 암소는 굉장히 균형 잡힌 체형을 갖고 있습니다. 부피도 크지만 무게도 아주 야무지죠. 갈비 길이와 폭을 살펴보면 좋습니다. 갈비 앞부분의 폭 말입니다. 옆구리살 앞부분의 폭도 보시죠. 옆구리살 뒷부분에 근육이 좀 더 많았으면 좋았을 텐데요. 그래도 뛰어난 암소입니다."

우리는 주니어 가축 센터에 와 있다. 암소 여러 마리가 원형의 흙바닥 심사장에서 둥글게 줄지어 움직인다. 각각의 암소는 축산 농가에서 나온 어린이가 이끌고 있다. '주니어'는 동물이 아닌 주인을 지칭하고 있음이 거의 분명하다. 암소를 맡은 어린이는 하나같이 긴 막대를 들고 있는데 이 막대의 끝에는 직각으로 돌기가 튀어나와 있다. 어린이들은 이 막대를 이용해 차례로 암소를 원형 심사장 중앙으로 데리고 나온다. 암소가 좀 더 작은 원을 그리며 도는 동안 소의 강점과 약점이 평가된다. 우리는 객석에 앉아 있다. 토박이 친구는 완전히 매료되었다. 마이크 앞에 서 있는 소고기 심사위원은 배우 에드 해리스를 빼닮았다. 눈이 파랗고 머리카락이 없지만 왠지 섹시하다. 남자는 심사장 안에 있는 아이들과 똑같은 차림을 하고 있다. 뻣뻣하고 짙은 새 청바지, 체크무늬 셔츠를 입고 목에는 손수건을 두르고 있다. 손수건도 이 남자가 두르니 우스꽝스러워 보이지 않는다. 게다가 남자는 기막히게 멋진 하얀 카우보이 모자를 쓰고 있다. 미스 일리노이 소고기 여왕은 화훼 전시장에서 보낸 꽃으로 장식된 연단에서 심사를 관장하고 있으며, 엄지를 허리띠에 꽂고 다리를 벌린 채 심사장 안에 서 있는 심사위원은 축산 전문가의 멋을 한껏 발산하는 진짜 사나이로 보인다. 솔직히 원주민 친구는 매료되었다기보다 목이 날아간 상태인 듯하다.

"자, 이다음 암소는 갈비 폭이 넓지만 옆구리살 앞부분은 좀 더 빠듯합니다. 용적의 관점에서 약간 아쉬운 옆구리살입니다."

암소의 주인은 농장에 사는 어린이들이다. 저 외딴 피아트, 몰트리, 버밀리언 카운티 등 시골 중의 시골에서 온 아이들로 모두 카운티 축제 우승자들이다. 아이들은 진지해 보이고 긴장한 상태지만 자부심에 가득 차 있다. 옷은 시골스럽지만 잘 빼입었다. 짧은 머리는 지푸라기 색깔이다. 1인당 주근깨 지수가 상당히 높다. 노먼 록웰(20세기 초 미국 사회와 미국인들의 일상을 그린 화가—옮긴이)이 그려낸 지극히 평범한 미국 아이들처럼 생겨서 오히려 놀라울 지경이다. 균형 잡힌 식단, 왕성한 노동, 뚜렷한 공화당식 가정교육의 산물이다. 주니어 가축 센터의 관람석은 절반 이상이 들어차 있고 전부 축산인, 농업인이며 거의 부모들이고 비디오카메라를 든 사람도 많다. 소가죽 조끼며 화려한 정장 부츠, 그야말로 놀라운 모자들. 일리노이 농업인들은 시골스럽고 말주변이 없기는 해도 가난하지는 않다. 적당한 규모의 사업 자본을 마련하기 위해, 즉 종자와 제초제, 중장비, 작물 보험 등을 위해 끌어와야 하는 일부 결제 대출액으로만 봐도 이들은 서류상으로 백만장자다. 언론은 만가挽歌를 부를지언정 은행은 제3세계 국가들을 상대할 때와 마찬가지로 중서부 농업인들을 상대로 담보권을 행사하지 않으려고 한다. 그만큼 깊이 얽혀 있다는 의미다. 선글라스를 쓰거나 반바지를 입고 있는 사람은 없다. 피부는 다들 흙빛으로 잘 그을려 진지한 모습이다. 농업 종사자들도 덩치가 크기는 마찬가지지만 밖에 돌아다니는 관광객들보다는 좀 더 옹골지고 각이 잡혀 있으며 왠지 더 그럴 자격을 얻었다는 느낌이다. 나는 관람석에 있는 아버지들을 보고 눈썹이 짙으며 엄지손가락이 정말 거대하다고 생각한다. 토박이 친구는 소고기 심사위원을 보고 자꾸 으르렁거리는 듯한 소리를 낸다. 주니어 가축 센터는 시원하고 어두침침하며 가축들로 인해 생기가 돈다. 분위기는 편안하면서도 진지하다. 부스에서 사온 음식을 먹는 사람도 없고 '에드거 주지사'라고 적힌 무료 쇼핑백을 들고 다니는 사람도 없다.

"옆모습을 봤을 때 아주 훌륭한 암소입니다."

"여기 이 암소는 작아도 둔부가 굉장히 야무집니다."

어느 암소가 더 높은 점수를 받고 있는지 나는 알 수가 없다.

"골격과 폭의 비례를 고려했을 때 과연 이 암소가 최고라고 할 수 있겠습니다."

어떤 소들은 약에 취한 것처럼 보였다. 놀라운 훈련을 받은 것일 수도 있다. 농장 어린이들이 매일 새벽 입김이 눈에 보일 만큼 일찍 일어나 차가운 별들 아래 암소들을 데리고 원을 그리는 연습을 하고 그런 다음에야 그날의 다른 일들을 시작하는 상상을 해본다. 이 안에 있으니 기분이 좋아진다. 원형 심사장 안에 있는 소들은 다 꼬리에 색색의 리본을 매달고 있다. 다음 차례를 준비하고 있는 소들이 내는 낮은 울음이나 콧바람 소리는 관람석 아래에서 메아리친다. 가끔은 무언가 지지대를 들이받는 듯 관람석이 흔들린다.

품종, 등급, 연령 등에 따른 분류법은 낯설고 따라가기 어렵다. 우리 옆에는 축산업에 종사하는 듯한 한 친절한 아주머니가 앉아 있는데, 길고 지친 표정의 이 아주머니 덕분에 그나마 아이들이 들고 있는 막대에 대한 설명을 들을 수 있다. '쇼 스틱'이라고 하는 이 막대는 소들이 서 있을 때 다리 위치를 바꾸게 하거나 상황에 따라 소를 찌르거나 긁거나 찰싹 때리거나 쓰다듬거나 할 때 사용한다. 아주머니의 아들은 '뿔 없는 헤리포드' 부문에서 2위를 차지했다. 저기《주간 축산업》사진기자 앞에서 미스 일리노이 소고기 여왕에게 축하를 받고 있는 아이가 아주머니의 아들이라고 한다. 토박이 친구는 이 안의 냄새나 소리는 썩 마음에 들지 않지만 만약 다음 주에 남편으로부터 자신을 찾는 전화가 온다면 "저 에드 해리스 닮은 남자를 따라 떠난 것"으로 알라고 말한다. 내가 저 남자는 갈비 앞쪽으로 폭이 좀 아쉽다고 말했음에도 소용이 없다.

소들은 대소변을 가리지는 못할지언정 샴푸로 털을 감긴 상태이며 눈이 온화하고 사랑스럽다. 소는 자산이기도 하다. 옆자리의 축산업 아주머니는 저 헤리포드가 다가올 입상 소 경매에서 가족 사업에 약 2,500달러의 수익을 보태주리라 생각한다. 일리노이 주의 농부들은 농장을 '농장farm'이라고 하지 않고 '사업operation'이라고 하며 절대로 '대농장spread'이라고 하지 않는다. 아주머니의 가족이 암소를 교배하고 먹이고 돌보는 데 들어간 돈은 2,500달러의 두 배쯤 된다고 한다. "자부심을 느끼기 위해 참여하는 거예요." 이제야말로 좀 축제답다. 자부심, 돌봄, 이타적 비용. 심사위원이 거대한 모자를 까딱하며 인사를 건네자 어린 소년의 가슴이 부풀어 오른다. 농부의 근성이다. 작물 그리고 가축과의 하나 됨. 나는 머리가 지끈거릴 때까지 이런 것들을 머릿속에 새긴다. 토박이 친구는 심사위원에 대해서 묻는다. 축산업 아주머니는 남자가 피오리아에 위치한 소고기 가공 회사의 소고기 구매 담당이며 다가올 입상 소 경매에서 입찰하게 될 사람들은(연단 위에 갈색 양복을 입은 사람 다섯, 끈 넥타이를 맨 사람 셋) 맥도날드, 버거킹, 화이트캐슬 등에서 왔다고 한다. 다시 말해 상을 받은, 눈빛이 온화한 이 소들은 철저히 고기로서 심사되었다는 뜻이다. 축산업 아주머니는 특히 맥도날드에 불만이 있다. "다른 건 하나도 상관 않고 무작정 챔피언에 아주 높은 값을 매겨요. 가격 책정에 혼란을 준다고요." 아주머니의 남편은 작년 경매에서 "제대로 엿을 먹었다"고 확인해준다.

우리는 주니어 돼지고기 심사는 건너뛰기로 한다.

8월 13일 14–16시. 우리는 길 위의 군중 위로 서핑을 하듯 이리저리 돌진한다. 오늘 유료 입장객 수는 10만 명이 넘는다. 더껑이처럼 앉은 구름 덕분에 열기가 줄었지만 그래도 오늘만 셔츠를 세 번이나 갈아입었다. 원형 경기장에서는 마사회 심사가 있다. '예술과 공예와 취미 빌딩'에서는 밀짚 짜기 시범이 있다. 초신성 같은 모란이 있는 화훼 전시장으로 들어가자 취재진 투어에서 만났던 나이 든 아주머니들이 나를 붙잡고 옥수수수프에 대해 이야기하려고 한다. 시간이 모자란다. 박물관에 가면 항상 생기는 일종의 과부하 두통이 찾아온다. 토박이 친구도 스트레스를 느낀다. 찌푸린 얼굴로 멍하니 갈 길을 재촉하는 관광객은 우리만이 아니다. 경험해야 할 것이 너무 많은 탓이다. 대머리 남성들이 힘주어 우렁찬 방귀를 뀌는 팔씨름 결승전이 열리는가 하면, 세계 민족 마을에서 열리는 아시리아 민족 회의는 시트를 걸치고 온갖 몸짓을 하는 사람들로 정신이 없다. 모두가 모든 것에 흥분하는 중이다. 밀러 라이트 천막에서는 고적대 경연 대회가 있다. 농업 엑스포 전시장 바깥 붐비는 길 위에서 한 뻔뻔한 남자가 지나가는 사람들에 대고 몸을 비빈다. 옥수수를 먹고 자란 젊은 여성들은 잘린 밑단이 주머니 높이까지 올라오는 짧은 멜빵바지를 입고 있다. 추한 모습으로 비틀거리는 로널드 맥디는 클럽 미키디 주최 3 대 3 농구 대회에서 관객을 즐겁게 하고 있다. 농구 선수 여섯 명 중 세 명이 흑인이다. 에드거 주지사 부인에게 고용된 아이들 이후로 처음 보는 흑인들이다. 염소 축사에서는 피그미 염소 심사가 열린다. 미디어 가이드에 따르면 '걷자, 일리노이!'(?) 다음에 컨서베이션 월드에서 초지 재생에 관한 상영회가 있고 가금류 공개 심사가 있다. 나는 이 심사를 보기로 굳게 결심했다.

오후 내내 스트레스로 안절부절 어쩔 줄을 모르겠다. 뭔가 중요한 걸 놓칠 게 분명한 기분이다. 토박이 친구는 코에 산화아연 연고를 바르고 있고 아이들을 데리러 집으로 돌아가야 한다. 인파를 비집고 터벅터벅 걷는다. 하나같이 두리번거리는, 여전히 무언가를 먹고 있는 축제 관람객들의 살갗의 바다. 이 관람객들은 이미 긴 줄이 늘어져 있는 사람 많은 곳만 찾아다니는 것 같다. 사람 많은 곳을 피해 다니는 동부식 게임에는 아무도 관심이 없다. 중서부 사람들은 어떤 면에서는 약은 데가 없다. 스트레스를 받은 상태에서 이들은 마치 길 잃은 아이들 같다. 하지만 누구도 인내심을 잃지 않는다. 왠지 어른스럽고 매우 핵심적일 수도 있는 깨달음이 온다. 축제에 온 관광객들이 왜 군중, 줄 서기, 소음을 불편하게 여기지 않는지, 왜 오로지 나만을 위한 축제라는 어린 시절의 특별한 느낌이 이제 없는지 알 것 같다. 이 주 축제는 '우리'를 위한 것이다. 의식적으로 그렇다. 나만을 위한, 너만을 위한 축제가 아니다. 이 축제는 군중과 부대낌, 소음, 시각적, 후각적, 선택지, 행사의 과부하를 의도하고 있다. '우리'를 위해 '우리'를 자랑스럽게 드러내고 있는 것이다.

가설: 동부의 메갈로폴리스에 사는 사람들에게 여름휴가란 말 그대로 훌쩍 떠나는, 날아가는 일이다. 군중과 소음, 열기, 더러움, 너무 많은 자극에서 오는 신경의 피로함으로부터 떠나는 일이다. 그래서 산, 유리같이 맑은 호수, 산장, 고요한 숲에서의 산책을 찾아 환희에 넘치는 도피를 한다. 다 잊고 떠나는 일. 동부 사람들 대부분은 평소에 자극적인 사람들과 광경을 월~금 실컷 본다. 줄을 실컷 서고 살 것도 실컷 사고 군중과 실컷 부대끼며 구경거리도 실컷 본다. 네온 스카이라인. 110와트 음향 시스템을 장착한 컨버터블. 대중교통에서 마주치는 역겨운 광경들. 모든 도시 모퉁이마다 멱살을 잡다시피 주의를 끄는 구경거리들. 따라서 동부인에게 실존적 선물은 자극과 한정된 공간에서의 도피, 침묵, 움직이지 않는 시골스러운 풍경, 내 안을 들여다보는 행위다. 떠나는 것이다. 중서부 시골에서는 그렇지 않다. 여기서는 거의 항상 떠나 있다. 땅덩어리는 크고 당구대처럼 평평하다. 어디를 봐도 지평선이 보인다. 상대적으로 도시화된 스프링필드만 봐도 집들이 서로 얼마나 떨어져 있는지, 마당이 얼마나 넓은지 보라. 보스턴이나 필라델피아와 비

교해보라. 여기서는 대중교통을 이용할 때 앉아서 갈 수 있고 공원은 공항만큼 크다. 막히는 출근길에는 일시 정지 표시에서 3초나 기다려야 한다. 게다가 농장은 거대하고 고요하며 대부분 텅 빈 공간이다. 이웃은 눈에 보이지 않는다. 따라서 일리노이주 시골 사람들의 휴가 욕구는 무언가를 향하여 도피하는 형태로 나타난다. 그래서 물리적으로 모이고 녹아들고 군중의 일부가 되려는 충동이 나타나는 것이다. 땅과 옥수수와 위성 TV, 마누라의 얼굴 말고 다른 것을 보려고 하는 것이다. 이곳의 군중은 일종의 성인용 취침등이다. 그래서 구경거리, 공공 행사가 신성하게 여겨지는 것이다. 고등학교 미식축구 대회, 교회 사교 모임, 어린이 야구, 퍼레이드, 빙고 게임, 장날, 주 축제 등. 다 아주 중요하고 아주 심오한 자리다. 중서부인은 공공 행사장에서 비로소 **작동을** 시작한다고 말할 수 있다. 이곳에 오면 목격할 수 있다. 이 얼굴의 바다 속 얼굴들은 방에서 풀려난 어린이들의 얼굴이다. 에드거 주지사가 리본이 늘어진 주 출입구에서 일리노이 정신에 대해 했던 말들은 진실이었다. 우리를 여기로 이끄는 진정한 '볼거리'는 '우리'다. 자부심에 넘치는 전시장과 그곳들을 잇는 길, 그 길에 늘어선 특별한 음식 부스보다 더 중요한 것은 모이면 더 위대해지는 '우리', 유아차를 밀거나 감각의 거래에 열중하며, 몇 달간 쌓인 주의력을 소모하며 팔꿈치를 맞대고 걷는 '우리'다. 동부인의 여름 도피와 완전히 정반대다. 서부 사람들이 어떤지는 하늘만이 알 것이다.

가금류 건물을 90미터쯤 앞두고 나는 더 이상 전진할 수가 없다. 나는 가금류 공개 심사를 보기로 종일 굳게 마음먹고 있었지만 여기까지 오니 신경쇠약이 올 지경이다. 들어갈 수가 없다. 셀 수 없이 많은, 수천 개의 날카로운 부리에서 나오는 저 꽥꽥거리는 소리를 들어보라고 나는 말한다. 토박이 친구는 상냥하게도 내 손을 잡아주고 말을 건네며 나를 안심시킨다. 날은 34도에 신발에는 피그미 염소 똥이 묻어 있으며 나는 두려움과 당황스러움에 눈물이 날 지경이다. 토박이 친구가 아이들의 안부를 확인하려고 집에 전화를 걸러 간 동안 나는 길가에 있는 녹색 벤치에 앉아 진정하려고 애쓴다. 나는 불협화음cacophony이라는 말이 의성어인 줄 모르고 있었다. 가금류 건물 안의 소음은 불협화음에다가 음낭을 오그라들게 하며 끔찍하기 짝이 없다. 광기가 바로 이런 소리일 것이다. 미친 사람들이 머리를 쥐어짜며 비명을 지르는 데는 다 이유가 있었다. 게다가 고약한 냄새도 은은히 풍겨오고 수많은 깃털이 사방에 떠다닌다. 아직 가금류 건물 안에는 들어가지도 않았다. 나는 벤치에 앉아 몸을 웅크린다. 여덟 살 때 샘페인 카운티 축제에 간 나는 어떤 도발도 하지 않았는데 닭에게 쪼이고 말았다. 무리를 이탈한 닭 한 마리가 날아와서 잔인하게 나를 쪼았고 그때 오른쪽 눈 밑에 생긴 상처로 인한 흉터는 아직도 남아 영원히 없어지지 않는 여드름처럼 보인다.

물론 앞서 말한 가설의 한 가지 문제는 '우리'가 하나 이상이며 그래서 주 축제도 하나 이상이라는 것이다. 가축 전시장과 농업 엑스포에는 농업 종사자들이 있고 음식 부스, 관광객을 위한 전시장, 그리고 해피 할로에는 농업에 종사하지 않는 민간인들이 있다. 두 집단은 별로 섞이지 않는다. 각 집단이 그리워하는 이웃은 상대

집단이 아니다.

　게다가 카니발 일꾼들도 있다. 일꾼들은 누구와도 섞이지 않고 해피 할로를 떠나지조차 않는 듯하다. 오늘 밤 나는 그들이 카니발 부스의 옆 자락을 내려 천막으로 만드는 모습을 지켜볼 것이다. 일꾼들은 싸구려 대마초를 피우고 페퍼민트 슈냅스를 마시고 미드웨이의 흙 위에 소변을 볼 것이다. 나는 카니발 일꾼들이야말로 미국 시골의 집시라고 생각한다. 소외된 채 떠돌아다니고 가무잡잡하고 깨끗하지 못하며 믿음이 가지 않는다. 조금도 매력이 느껴지지 않는다. 버스 터미널 화장실에 있는 사람들처럼 무정하고 멍한 눈빛을 하고 있다. 우리의 돈을 원하고 치마를 들추어보고 싶어 한다. 그 외에는 우리는 눈에 거슬리는 존재일 뿐이다. 다음 주에 일꾼들은 기구를 해체해서 싸들고 위스콘신주 축제로 나를 것이다. 거기서도 그들은 오줌을 싸는 미드웨이 밖으로 한 발자국도 나가지 않을 것이다.

　주 축제는 일리노이주 시골 사람들의 최대 공동체 활동이지만 '우리'가 그 존재의 이유인 축제에서도 '우리'는 곧 '저들'이 존재함을 의미하고 있다. 일꾼들은 '저들'의 역할에 매우 적합하다. 게다가 농업 종사자들은 카니발 일꾼들을 심각하게 혐오한다. 내가 벤치에 앉아 정신을 팔며 토박이 친구가 돌아오기를 기다리는 동안 일리노이주 가금류 협회 모자를 쓴 한 힘없는 늙은이가 터보차저가 달린 휠체어 같은, 바퀴가 세 개 달린 카트를 타고 내 운동화 위를 정통으로 지나간다. 이 덕분에 나는 그날 처음 스스로 인터뷰를 따낼 수 있게 되었다. 인터뷰는 짧다. 노인은 마치 바이크를 탄 사람처럼 자꾸 카트의 엔진을 회전시키며 말한다. "쓰레기지." 노인이 카니발 일꾼들에 대해 말한다. "밑바닥 인간들이야. 우리 애들은 절대로 저런 데 못 보내." 노인은 회전하는 놀이 기구들을 향해 손짓하며 말한다. 올니 근처에서 어린 암탉을 키운다는 노인은 볼 안에 무언가를 머금고 있다. "코 베어갈 놈들이야. 약쟁이들이고. 저거 다 사기야, 저 게임도. 쓰레기들. 나는 매년 여기 오면 지갑을 여기 이렇게 가지고 다녀." 노인이 허리를 가리킨다. 지갑에 커다란 금속 집게가 달려 있고 이 집게는 허리띠에 철사로 연결되어 있다. 이 모든 것에 전기가 흐르고 있는 것은 아닌가 싶다.

질문: "하지만 타고 싶지 않을까요? 아이들 말이에요. 해피 할로에 가서 놀이 기구도 타고 버터 퍼지도 먹고 다양한 능력도 시험해보고 좀 어울리고?"

노인이 시커먼 침을 뱉는다. "쓸데없는 소리. 우리는 심사 때문에 오는 거야." 가축 심사를 두고 하는 말이다. "사람들도 만나고 가축 얘기도 하고 맥주도 한잔하고. 심사에 출품하려고 한 해 열심히 일한다고. 자부심에서 하는 거지. 사람들도 만나고. 화요일에 심사가 끝나면 우리는 다 집에 가." 노인도 새처럼 생겼다. 얼굴에서 코가 제일 크고 피부는 가금류의 살갗처럼 우툴두툴하고 축 늘어져 있다. 눈은 청바지색이다. "다른 건 다 도시 사람들을 위한 거지." 노인이 침을 뱉는다. 도시라고 함은 스프링필드, 디케이터, 샘페인 등을 말한다. "돌아다니고 줄 서고 불량식품 먹고 기념품 사고. 쓰레기들한테 지갑 내주고. 여기에 일하러 온 사람들이 있는 줄도 모르고 말이야." 노인이 축산 전시장 쪽을 가리키며 말한다. 그리고 카트에서 밖으로 상반신을 한껏 내밀어 또 침을 뱉는다. "우리는 일하러 오지. 사람들 좀 만나고. 맥주도 마시고. 우리는 먹을 것도 우리가 싸와. 여자들이 도시락 바구니를 만들어줘. 뭐 하러 저런 데를 내려가?" 아이들을 말하는 듯하다. "저 밑에 아는 사람도 없어." 노인이 웃으며 내 이름을 묻는다. "사람들도 만나고 좋아. 다같이 저기 모텔에 있어. 자네, 지갑 조심해." 노인은 바퀴에 밟힌 발이 괜찮은지 매우 공손하게 묻고는 닭들의 울음소리를 향해 신속하게 이동한다.

8월 14일 10시 15분. 잘 쉬었고 수분 섭취도 했다. 사람들이 왜 나를 존경의 눈빛으로 보는지 창피한 질문을 던질 토박이 친구도 없다. 내가 《하퍼스 바자》 기자라는 소문도 이제 충분히 퍼졌을 것이다. 디저트 대회장을 방문할 때가 됐다.

8월 14일 10시 25분. 디저트 경연 대회.

8월 14일 13시 15분. 일리노이주 축제 진료소. 그리고 모텔행. 그리고 복부팽만 및 횡행결장 파열 가능성으로(아니었음) 스프링필드 메모리얼 의료센터 응급실행. 이어서 모텔행. 해가 질 때까지 일어나지 못함. 하루 종일 기절. 매우 창피하고 프로답지 못함. 말로다 할 수 없음. 오늘 하루 전체 삭제 바람.

8월 15일 6시. 기운을 차리고 일어나 해피 할로 바로 근처에서

서성이고 있다. 충분히 쉬지 못했으며 여전히 횡행결장이 불편하다. 몸이 후들거리지만 결의는 굳다. 운동화가 이미 푹 젖었다. 어젯밤에는 장대비가 무자비하게 쏟아져서 천막에 피해를 입히고 모텔 근처 옥수수밭도 망가졌다. 중서부의 폭풍우는 구약성서 부럽지 않게 떠들썩하다. 리히터 측정기에 찍힐 듯한 천둥, 옆으로 내리꽂는 빗줄기, 만화 속 그림 같은 커다란 지그재그 모양의 번개. 내가 어젯밤 비틀거리며 특별 경기장으로 갔을 때 태미 와이넷의 공연은 조기 종료된 상태였지만 해피 할로는 자정까지 운영했다. 빗속에서 온갖 네온 불빛이 번쩍였다.

새벽안개가 짙다. 하늘은 비누 같아 보인다. 미드웨이를 따라 늘어선, 천막으로 변한 부스들에서 코 고는 소리가 총탄처럼 수직으로 날아온다. 해피 할로는 늪지대가 되어 있다. 공기총으로 2D 오리를 사격하는 부스의 천막 자락 안에서 누군가 요란하게 기침을 해대고 있다. 멀리서 쓰레기통 비우는 소리가 들린다. 온갖 새들의 지저귐도. 블룸스네스-테보 관리소 트레일러에서는 전기 보안등이 번쩍이고 있다. 가금류 건물에서는 빌어먹을 수탉들이 벌써 잠에서 깼다. 저 멀리 인디애나주에서 우레의 웅얼거림이 들려온다. 바람에 나무가 떨리면서 빗물을 흩뜨린다. 텅 비어 스산한 아스팔트 길은 빗물에 젖어 윤이 난다.

8월 15일 6시 20분. 잠든 양 떼를 바라보는 중이다. 여긴 양 축사다. 깨어 있는 인간은 나뿐이다. 시원하고 조용하다. 양의 배설물은 고약한 토사물과 약간 비슷하지만 후각적으로 이 안은 그렇게 나쁘지는 않다. 양 한두 마리는 일어서 있지만 조용하다. 우리 안양 떼 바로 옆에서 잠을 자고 있는 축산 전문가가 적어도 네 명은 된다. 이에 대해서 추측은 삼가는 것이 나을 것 같다는 게 내 생각이다. 지붕에서는 빗물이 새고 지푸라기는 대부분 축축하다. 모든 우리에는 글자가 찍힌 작은 표지판이 달려 있다. 이 안에는 한 살에서 두 살 사이의 암양, 씨암양, 새끼 암양, 가을에 태어난 새끼 양이 있다. 품종으로 보면 코리데일, 햄프셔, 도세트혼, 컬럼비아 등이 있다. 이렇게 보니 오로지 양 축산에 대해서만 연구해도 박사 학위를 딸 수 있을 것 같다. 람브이에, 옥스퍼드, 서포크, 슈롭셔, 체비엇, 사우스다운도 있다. 게다가 여기서 더 세분화된다. 깜빡하고 말하지 않았지만 여기서 실제 양의 모습을 볼 수는 없다. 실제 양의 몸은 전신을 덮는 희고 꽉 끼는, 아마도 면으로 된 옷으로 가려져 있고 눈과 입을 위한 구멍만이 뚫려 있다. 슈퍼히어로 같다. 이 옷을 입은 채 잠자고 있는 것이다. 아마 심사 때까지 털을 깨끗하게 유지하기 위한 용도일 것이다. 하지만 이따가 온도가 올라가기 시작하면 괴로울 게 분명하다.

다시 밖으로 나온다. 길 위로 안개와 증기로 이루어진 변화무쌍한 유령이 떠다닌다. 모든 시설물 설치가 끝났지만 사람이 아무도 없는 축제 현장은 오싹하다. 허겁지겁 버리고 간 듯한 오싹한 분위기, 유치원이 끝나고 서둘러 집에 왔는데 온 가족이 나를 버리고 이사를 간 느낌. 게다가 의자가 다 젖어서 어디 앉아서 노트를 시험 삼아 끄적여볼 수도 없다. (노트라기보다는 종이 패드에 가까운데 어젯밤 S.M.M.C. 카드, 편지지 및 선물 용품 가게에서 빅 볼펜과 함께 산

것이다. 여기서 살 수 있는 노트는 그 얇고 이상한 회색 종이로 된 어린
이용 종이 패드가 전부였다. 표지에는 브론토사우루스를 닮은 보라색
캐릭터 '바니'가 그려져 있다.)

8월 15일 7시 30분. 트와일라잇 무도회장에서 오순절 교회 주
일 예배가 있다. 재미없고 지루해 보이는, 프란스 할스의 초상화 속
인물들처럼 깡마르고 뻣뻣하고 뚱한 사람들이 예배에 참석한다. 예
배가 끝날 때까지 웃는 사람은 단 한 명도 없고 막간에 사람들과
악수를 나누며 평온을 기원하는 시간도 없다. 벌써 27도가 되었고
공기가 너무 습해서 사람들이 내쉰 숨이 얼굴 앞에 그대로 머문다.

8월 15일 8시 20분. 일리노이 빌딩 4층 프레스룸. 기자 출입증
이 있는 취재진 중에 보도자료나 편지 등을 보관하는 작은 합판 우
편함이 없는 사람은 내가 유일하다. 농업 신문에서 나온 두 사람은
로터리 전화선에 팩스 기계를 연결하려고 애쓰고 있다. 마이클 조
던 아버지의 시신이 발견되었고 한쪽 구석에서 통신사 뉴스가 정
신없이 들어온다. 통신사 뉴스가 들어오는 텔레타이프 기계 소리는
어린 시절 TV 뉴스의 배경에서 들려오던 바로 그 소리다. 한편 이
스트 세인트루이스에서는 제방이 무너졌다. 주 방위군이 동원되는
중이다. (내 경험으로 이스트 세인트루이스는 비가 내리지 않을 때도
주 방위군이 필요하다.) 주 축제 홍보 담당자가 취재진에게 일간 브
리핑을 하기 위해 도착했다. 커피, 그리고 머핀같이 생겼지만 정체
가 모호한 것들은 월마트에서 제공했다. 나는 창백한 얼굴로 상체

를 푹 숙이고 있다. 오늘 저녁의 하이라이트는 중서부 트럭/트랙터 풀링(트럭이나 트랙터로 무게 추를 끄는 경기—옮긴이)과 미국 자동차 클럽 주최 '빌 올다니 100' 자동차 경주. 오늘 밤 특별 경기장에서는 비치 보이스가 공연을 한다고 한다. 다 늙어 골골대는 이 딱한 밴드는 이제 축제 행사를 뛰지 않으면 먹고살기 힘들 것이다. 비치 보이스의 '특별 게스트'로 나와 분위기를 띄울 밴드 아메리카 역시 늙어 비틀어진 불쌍한 밴드다. 홍보 담당자는 공연 티켓을 기자들 모두에게 줄 수는 없다고 한다. 한편 어제 내가 없는 사이 수사 드라마 같은 상황이 펼쳐졌다고 한다. 카본데일에서 온 두 미성년자가 지퍼를 타다가 체포되었는데 주머니에서 코카인 병이 떨어져 미드웨이에서 경계 태세로 레몬 아이스바를 먹고 있던 주 경찰관을 직격으로 맞추었기 때문이다. 6번 주차장에서는 강간인지 데이트 강간인지가 신고되었고, 그 밖에도 다양한 사기 행위 및 음주 운전 등이 있었다. 그리고 해피 할로를 취재하려던 기자 두 명이 각각 빈사 체험 기구를 타고 각각 아주 높은 위치에서 각각 구토를 했다고 한다.

8월 15일 8시 40분. 메이시스 백화점 퍼레이드에 나올 만한 거대한 로널드 풍선이 꼭 불상 같은 자세로 앉아 클럽 미키디 천막의 북쪽을 내려다보고 있다. 한 가족이 로널드 풍선 앞에서 사진을 찍으려고 아이들을 그 앞에 신중하게 세운다. 나는 노트에 이렇게 적는다. 왜?

8월 15일 8시 42분. 세 시간 동안 네 번 화장실에 다녀왔다. 이곳에서 배설은 위험한 모험일 수 있다. 축제장에는 다양한 전략적 위치에 미드웨스트 포티하우스 브랜드의 이동식 화장실이 배치되어 있다. 미드웨스트 포티하우스는 사람 크기의 플라스틱 오두막으로 파리의 노천 소변기를 연상시키지만 여기서 응가를 보는 일도 분명히 가능해 보인다. 각각의 미드웨스트 포티하우스는 나름대로 물결치는 파리 떼로 뒤덮여 있으며 사용자가 많은 재래식 뒷간의 전형적인 냄새도 수반된다. 나는 포티하우스를 사용하느니 차라리 어떤 분출에 굴복하는 쪽을 택하겠지만 이곳을 사용하려고 줄을 선 사람은 많고 또 쾌활해 보인다. 제대로 된 화장실은 큰 전시장 건물에만 있다. 원형 경기장 화장실은 마치 중고등학교 남자 화장실 같다. 특히 자기 질감의 구유처럼 생긴 긴 공동 소변기가 그렇다. 여기서는 성능에 대한 불안감을 비롯한 여러 불안감이 난무한다. 많게는 남자 스무 명이 모두 장비를 꺼낸 채 나란히 혹은 마주 보고 서게 되기 때문이다. 모든 남자 화장실에는 종이 타월 대신 열풍기가 있어서 세수는 할 수 없다. 또한 수도꼭지도 아주 성가시게 생겨서 손을 떼면 물이 멈추기 때문에 칫솔질은 아주 몸이 뒤틀리는 일이다. 가장 흥미로운 부분은 중서부 농업 종사자 아저씨들이 칸막이 밖으로 나오며 멜빵이나 허리띠를 채우려고 애쓰는 모습이다.

8월 15일 8시 47분. 역마 심사를 재빨리 훑어보러 왔다. 비행선 격납고만큼 거대한 원형 경기장 내부에는 타원형의 흙 경기장이 있다. 관람석은 시멘트로 찍어낸 상설 구조물로 끝도 없이 올라가는 것처럼 보인다. 관람석은 아마 5퍼센트가량 차 있는 듯하다. 오싹한 메아리가 들려오기는 해도 경기장의 촉촉한 흙에서 올라오는 냄새는 풍요롭고 향긋하다. 역마들도 2.5미터에 달할 만큼 거대하고 근육도 스테로이드로 불린 것 같다. 원래는 수레를 끌기 위해 교배된 것으로 알고 있다. 오늘날 이 말들의 기능이 무엇일지는 하늘만이 알 것이다. 두세 살 먹은 벨지언 종마, 페르슈롱, 그리고 버드와이저 광고로 유명한, 털이 나팔바지처럼 난 클라이즈데일 등이 있다. 벨지언은 가슴과 둔부 쪽의 폭이 특히 넓다. (어느새 가축을 보는 눈이 생기기 시작했다.) 여기서도 심사위원은 그야말로 기막힌 하얀 카우보이모자를 쓰고 있고 다리를 넉넉히 벌린 채 편안하게 서 있다. 적어도 이 사람은 하관이 약하고 한쪽 눈꺼풀에 이상이 있는 것 같다. 출전한 말들 역시 털을 샴푸로 감기고 잘 빗어주었으며 검정색이나 화약 빛깔의 진회색, 혹은 바다 거품의 탁한 흰색 털을 갖고 있다. 꼬리털은 짧게 잘려 있고 남은 털에는 소녀스러운 리본 장식이 달려 있는데 엄청난 근육과 대비되어 흉해 보인다. 말들은 마치 비둘기처럼 머리를 끄덕거리며 걷는다. 주인에게 이끌려 동심원을 그리며 걷는 모습은 이제 익숙하다. 갈색 정장을 입고 끈 넥타이를 맨 주인들은 배가 잔뜩 나왔다. 알아듣기 힘든 장내 방송이 나오자 주인들은 말의 고삐를 잡고 느린 구보로 달리게 하는데 우레 같은 소리가 난다. 말 머리 아래로 바짝 붙어 함께 뛰는 남자들의 배가 출렁거린다. 말이 뛰면서 말굽에서 떨어져 나온 커다란 흙덩어리가 말이 지나간 자리에 마치 흙비처럼 쏟아져 내린다. 구보를 할 때는 마치 신화 속 존재 같다. 거대한 말굽은 검고 여기에는 마치 나무처럼 반짝이는 나이테가 있다.

　단상에 경매를 기다리는 패스트푸드 기업 구매 담당자가 없어서 왠지 안심이 된다. 그러나 소고기 심사 때와 마찬가지로 꽃으로 꾸민 왕좌 위에 어린 미인 대회 수상자가 왕관을 쓰고 앉아 있다. 누구인지는 명확하지 않다. '미스 일리노이 말고기'는 어색하고 '미스 일리노이 역마'도 그렇다. (물론 돼지 심사장에는 1993년도 일리노이 돼지고기 여왕이 있기는 하다.)

　8월 15일 9시 30분. 작열하는 태양, 35도 언저리, 이미 포화 상태에 이른 공기 속으로 증발하려고 애쓰는 웅덩이와 진흙탕. 모든 냄새가 그저 거기 머물러 있다. 대략 겨드랑이 한복판에 있다는 느낌이다. 나는 다시 드넓은 맥도날드 천막에 와 있다. 가장자리에서는 거인 같은 광대 풍선이 내려다보고 있다. (왜 월마트 천막은 없는 걸까?) 한쪽에 설치된 농구장 관람석에는 군중이 적당히 앉아 있고 반대쪽에는 접이식 의자가 줄줄이 놓여 있다. 일리노이주 축제 주니어 배턴 트월링(양 끝에 고무 재질의 추를 붙인 금속봉인 배턴을 돌리거나 공중에 던지며 연기를 펼치는 퍼포먼스—옮긴이) 결승전이다. 금속 확성기에서는 디스코 음악이 나오기 시작하고 선명한 색색의 의상을 입은 어린 소녀들이 사방에서 천막 안으로 쏟아져 들어와 배턴을 돌리며 뛰논다. 의자와 관람석에서 지퍼를 여는 소리가 마치 교향악처럼 울리고 가방 안에서 비디오카메라 수십 개가 나온다. 알고 보니 나는 약 1,000명의 부모들과 함께 앉아 있다.

　기이한 체급과 부문은 다시 단체 경기와 개인 경기로 나뉘는

데, 세 살(!)부터 열여섯 살까지 참가하며 각 부문에는 형용 기호가 달려 있다. 가령 4세들은 '달콤짜릿' 부문에 속해 있고 이런 식의 이름들이 다양하게 있다. 나는 맨 앞줄(그런데도 해가 비친다) 심사 위원들 바로 뒤에 앉아 있다. 안내에 따르면 심사위원들은 '캔자스 대학(왜?) 대표 트월링 선수들'이다. 흰색에 가까운 금발의 네 심사 위원은 잘 웃으며 포도맛 껌으로 거대한 풍선을 불 줄 안다.

트월링 선수단은 여러 동네에서 왔다. 마운트버넌과 캥커키에 는 특히 트월링 선수들이 많은 듯하다. 트월링 선수들의 스판덱스 의상은 팀에 따라 색상이 다른데 마치 페인트를 칠한 것처럼 딱 붙 고 다리 길이는 아주 짧다. 코치들은 엄해 보이는 까무잡잡하고 유 연한 여성들로 한때 트월링 선수였음이 분명해 보인다. 영광의 시 절이 지난 지금 클립보드와 호각을 들고 아주 진지한 표정을 지어 보인다. 피겨스케이팅과 좀 비슷한 면도 있다. 팀들은 정해진 안무 를 따르는데 각각의 안무에는 제목이 있고 거기에 맞는 디스코 혹 은 뮤지컬 곡이 있으며 아주 어려운 이름이 붙은 배턴 트월링 기술 들을 필수적으로 수행해야 한다. 내 옆에 앉은 한 엄마는 거의 점성 술 차트처럼 보이는 것에 점수를 기록하고 있고 아무래도 배턴 트 월링 초보 관객에게 설명해줄 기분은 아닌 것 같다. 안무는 엄청나 게 복잡하고 장내 방송에서 나오는 실황 중계는 대체로 암호 같다. 확실한 한 가지는 내가 얼떨결에 걸어 들어온 이 행사가 축제의 그 어느 행사보다 관객에게 유해한 행사라는 점이다. 놓친 배턴은 획 획 무시무시한 소리를 내며 사방으로 날아다닌다. 3세, 4세, 5세 부 문은 그다지 위험하지 않다. 이 아이들은 대체로 떨어뜨린 배턴을 주워 제자리로 가는 게 일이다. 배턴을 특히 잘 놓치는 선수들의 부모는 관람석에서 분노에 차 울부짖고 코치들은 엄한 얼굴로 껌을 씹는다. 그러나 이 어린아이들은 누군가에게 심각한 해를 입힐 만한 정도의 팔 힘을 갖고 있지는 않다. 단, 달콤짜릿 부문 선수의 배턴에 콧등을 맞은 심사위원이 부축을 받아 천막 밖으로 나가는 사태는 있었다.

그러나 7세, 8세들이 연달아 경기장으로 나와 '군대 메들리'(스판덱스 경기복에는 견장이 달려 있고 군모도 썼으며 배턴은 M-16처럼 어깨에 맸다)를 연기하자 길 잃은 배턴이 본격적으로 천막의 천장, 옆 자락, 군중을 향해 날아들기 시작한다. 나도 몇 번이나 상체를 숙여야 한다. 나와 같은 줄 저편에 앉은 한 남자는 명치에 배턴을 맞고 끔찍한 소리를 내며 철제 의자 위로 추락한다. 배턴은(주인 없는 배턴을 주워보니 봉에 '대회 규정 길이'라고 새겨져 있다) 양쪽 끝에 고무마개가 있지만 딱딱한 형태의 고무이며 배턴 자체도 가볍지 않다. 경찰들이 밤 순찰을 돌 때 쓰는 곤봉이 다른 말로 '서비스 배턴'인 것은 우연이 아닌 것 같다.

나이가 같은 선수들로 이루어진 팀이지만 신체적으로 뚜렷한 크기와 발달 정도의 차이가 있다. 한 9세 아이는 옆 아이와 머리통 몇 개만큼 키 차이가 나지만 둘은 배턴 하나를 주고받는 기술을 보여준다. 이 배턴은 결국 천막 천장에 걸린 조명을 때리고 일부 관람석으로 우수수 유리 조각이 쏟아진다. 어린 트월링 선수 다수가 거식증에 걸렸거나 어디가 심하게 아픈 것처럼 보인다. 뚱뚱한 트월링 선수는 없다. 이런 내배엽형 체격의 배제라는 규칙은 아마도 내면적인 수준에서 집행될 것이다. 뚱뚱한 사람이 스팽글 장식이 달린 딱 붙는 스판덱스 의상을 입은 자신의 모습을 거울로 보는 순간 트월링 선수가 되겠다는 꿈을 영영 버리게 될 거라는 소리다.

아이러니하게도 망한 기술을 지켜봐야 배턴 트월링에 어떤 역학이 응용되는지(나에게 이것은 늘 약간 마술이나 초자연적인 현상처럼 느껴졌기 때문에) 알 수 있다. 배턴을 돌린다twirl기보다 주먹 관절 위에서 배턴이 회전하는 동안 그 아래에서 손가락이 어떤 이유에서든 격렬하게 움직이고 몸부림치는 것 같은데 토크torque를 공급하기 위해서일 수도 있다. 어디서 나오는지는 몰라도 어떤 동력이 제공되는 것은 분명하다. 팔을 옆으로 뻗어 배턴을 돌리는 기술이 시도되고 배턴이 회전하며 날아가더니 어느 덩치 큰 여자의 무릎을 땡 하고 가격한다. 그러자 남편이 여자의 어깨에 손을 얹고 사색이 된 여자는 휘둥그레진 눈을 한 채 군은 허리를 펴고 자세를 고쳐 앉는다. 핏기가 가신 입술은 일자로 작게 다물어져 있다. 상냥한 내 오랜 친구, 내 토박이 친구가 그립다. 막 배턴에 가격을 당한 사람에게도 말을 건넬 수 있는 사람이 내 친구이기 때문이다.

10세 아이들로 이루어진 '생강 쿠키' 부문 팀은 의상 아랫부분에 솜으로 만든 자그마한 토끼 꼬리를 붙였고 종이 반죽을 딱딱하게 굳힌 귀도 착용하고 있다. 그리고 트월링 실력이 보통이 아니다. 토완다 출신의 11세 팀은 걸프전 데저트 스톰 작전을 기념하는 복잡한 안무를 짰다. 대부분의 연기가 귀엽고 극히 여성스럽지 않으면 아주 단호하고 사내다우며 군사적이다. 그 중간에는 뭐가 별로 없다. 안타깝게도 12세부터는 공연에서 노골적인 선정성을 드러내고 불편해지기 시작한다. 한 팀의 검은 스판덱스 의상은 치즈케이크(여성이 몸을 드러낸 사진 등에 붙는 수식어—옮긴이) 레오타드를 연상케 한다. 농구대 아래에서는 16세 선수들이 몸을 풀며 배턴을 돌리고 다리 찢기 등을 하고 있는데, 어딘가 눈에 잘 띄고 손 닿는 위치에 주 형법 사본이 배치되어 있기를 바라는 마음이 들 정도의 심란함이 느껴진다. 또 심란한 점은 내 옆자리 빈 좌석에 총이 있다는 사실이다. 개머리판이 흰 나무로 된 소총으로 진짜 같아 보이지만, 앞으로 나올 또 다른 군인 연기를 위한 소품인지 뭔지 알 수는 없고, 대회가 시작한 뒤로 줄곧 주인 없는 채로 이곳에 놓여 있다.

기이하게도 귀엽고 여성스러운 연기에서 가장 심각한 부상자가 속출한다. 관람석 꼭대기 부근에서 도시바 카메라 파인더에 눈을 대고 있던 한 아빠는 토마호크처럼 날아오는 배턴을 사타구니에 직격으로 맞은 뒤 퍼널케이크를 먹고 있는 누군가의 위로 넘어지고 두 사람은 함께 그 밑의 여러 줄을 쓰러뜨린다. 경기가 한동안 중단되고 나는 그 틈을 타 농구장에 있는 16세들을 멀찍이 피해 철수한다. 내가 맨 뒷줄을 지나가는 순간 내 오른쪽 어깨 위로 또 다른 배턴이 휙휙 무자비하게 날아오고 거대한 로널드 풍선의 허벅지에 맞은 뒤 매정하게 튕겨 나온다.

8월 15일 11시 5분. 아쉽게도 동부의 특정 호화 잡지는 일리노이 뱀 세미나, 중서부 맹금류 전시, 남편 부르기 대회, 그리고 미디어 가이드가 "연예인 '음매 음매' 클래식"이라고 부르는 소젖 짜기 대회 등 결코 놓치면 안 되는 이 행사들에 대한 기자의 소감을 신지 못할 것이다. 행사장이 마침 길게 줄지어 선 음식 및 디저트 천막 옆에 자리하고 있기 때문인데, 링컨의 옆모습을 형상화한 초콜릿 실크 삼중 케이크를 또 한 조각 제공받는다는 막연한 생각만으로도 여전히 볼록한 왼쪽 복부에서 통증이 고동치기 때문이다. 그래서 나와 한낮의 주요 행사가 벌어지는 장소는 약 6,000평 그리고 600개의 음식 부스를 사이에 두고 있으며, 나는 천천히 엑스포 빌딩으로 들어가고 있는 인파에 섞여 있다.

원래 엑스포 빌딩은 건너뛰려고 했다. 가구 재도색 시범이라든가 피오리아의 스카이라인을 미래적으로 구현한 모형 등으로 가득할 것이라고 생각했기 때문이다. 꿈에도 몰랐지만 이곳은…… 냉방이 되고 있었다. 게다가 이곳 또한 별개의 일리노이주 축제로 이곳만의 전문가와 관람객이 있었다. 카니발 일꾼이나 농업 종사자가 없는 것뿐만이 아니었다. 이곳에서는 내가 축제 그 어디에서도 보지 못한 사람들로 꽉 들어차 있었다. 그 자체로 자립적인 하나의 세상이고 축제, 네 번째 '우리'였다.

엑스포 빌딩은 거대한 실내 쇼핑몰 같은 곳으로 27도로 냉방이 되어 있고 바닥은 시멘트, 머리 위로는 단단한 나무로 만든 중간층이 있다. 내부의 모든 공간은 마지막 1센티미터까지 아주 특별하고 야단스러운 관심 끌기와 상행위에 할애되어 있다. 커다란 동쪽 출입구 바로 안쪽에서는 헤드셋을 쓴 남자가 '샤프컷'이라고 적힌 부스 안에서 단상 위에 선 채 나무 블록과 토마토 등을 썰고 있다. 긴수Ginsu 나이프의 아류로 'TV 광고에 나온' 식칼을 판매 중이다. 옆집에서는 반려동물을 위한 맞춤식 이름표를 제작 판매한다. 또한 부스에서는 통신 판매 상품으로 이미 유명한 '클래퍼'를 판매 중인데, 이 제품은 손뼉 치는 소리에 가전제품의 전원이 켜지도록 해준다. (하지만 구매 시 주의할 점: 기침, 재채기, 혹은 훌쩍이는 소리에도 켜진다는 것을 내가 발견.) 부스가 끝없이 이어지고 각각의 부스 앞 관중은 내 가슴이 찢어질 만큼 어수룩하다. 엑스포 빌딩 안의 소음은 마치 종말의 순간 같으며 복잡하게 메아리치고 아이들의 울음소리와 천장 환풍기 소음이 배경 음향으로 깔린다. 대다수의 부스가 대강 조립한 흔적이 보이며 밝고 과감한 색상으로 'TV 광고에 나온 제품'이라고 밝히고 있다. 부스의 판매원들은 다들 단상에 올라서 있다. 모두 헤드셋과 앰프가 내장된 스피커를 갖추고 있으며 기름지면서도 침착한 방송용 목소리를 갖고 있다.

알고 보니 이 엑스포 전시장에 있는 프랜차이즈 매장들은 블롬스네스 카니발 일꾼들과 크게 다르지 않게(하지만 매장 판매자들이 이 말을 듣는다면 으르렁댈 것이다) 여름 내내 여러 개의 주 축제를 돌아다닌다. '퀵앤드브라이트—청소를 새롭게 정의하다'를 시범 보이고 있던 한 젊은 친구는 줄곧 자신이 아이오와주에 와 있다고 생각하고 있었다.

네온 등으로 테를 두른 한 부스에서는 '레인보우 백'이라는 진공청소기를 팔고 있는데, 이 청소기의 특징은 먼지 봉투가 아닌 물이 든 먼지통을 쓴다는 것으로 이 통은 투명 합성수지 재질로 되어있어 견본 카펫에서 얼마나 많은 먼지를 빨아들이고 있는지 눈으로 볼 수 있다. 폴리에스테르 바지 혹은 기능성 신발, 혹은 둘 다를 착용한 사람들은 이 부스를 세 줄로 둘러싼 채 감탄을 멈추지 못하고 있다. 그렇지만 내 눈에 이 물건은 세계 최대 초강력 물담배 파이프로밖에 보이지 않는다. 물의 색깔까지 흡사하다. 사우스웨스턴 가죽 용품 부스에서 고약한 냄새가 나는 것은 놀랍지 않다. 냄새는 빈티지 가죽 여행 가방을 판다는 부스에서도 마찬가지였는데 가죽이 빈티지인지 가방이 빈티지인지 그것은 확실치 않다. 목록에 따르면 나는 아직 엑스포 중앙 전시장을 절반도 구경하지 못했다. 중간층에는 더 많은 부스가 있다. 예수 그리스도, 존 웨인, 메릴린 먼로의 포토리얼리즘 사진으로 만들어진 시계를 파는 부스도 있다. 컴퓨터가 자세를 평가해주는 부스도 있다. 헤드셋을 쓴 판매원 다수가 내 연령대이거나 더 어리다. 약간 지나치게 단정한 모습으로 보아 신학대학 학생들 같기도 하다. 이 안의 온도는 땀에 전 셔츠를 차갑고 척척하게 만드는 정도에서 그친다. 한 판매원은 수전 소머스 씨의 허벅지 운동 기구 '사이마스터'를 홍보하고 있고, 그 옆에서는 레오타드를 입은 여성이 합판으로 된 카운터 위에 모로 누워 제품을 시범 보이고 있다. 나는 이 빌딩에 거의 두 시간을 머물렀는데 내가 시선을 돌릴 때마다 이 딱한 여성은 '사이마스터'를 사용하고 있다. 엑스포 판매원 대부분은 질문에 대답하지 않고 내가 바니가 그려진 종이 패드에 메모를 하면 눈을 작게 뜨고 노려보지만, 상냥하고 수다스럽고 심각한 사시이며 놀라운(당연히) 건강 상태를 자랑하고 있는 '사이마스터' 아가씨는 14시부터 한 시간 동안 점심 시간을 갖지만 그 후로는 23시 폐점 때까지 옆으로 누운 채 쉬지 않는다고 대답해준다. 내가 허벅지 운동은 이제 충분히 마스터했겠다고 말하자 아가씨가 손가락 관절로 허벅지를 치는데 마치 계단

난간 같은 소리가 난다. 우리가 한바탕 웃자 부스의 판매원이 마침내 아가씨에게 나를 쫓아내라고 한다.

'코퍼 케틀' 100퍼센트 버터 퍼지 부스는 냉방 덕분에 거래가 활발하다. 8.5달러를 주면 전신 체지방 분석이라는 것을 받을 수 있다. '컴퓨백'이라는 회사에서는 1.5달러에 성격 분석을 해준다. 부스에 있는 컴퓨터 패널은 높이가 높고 여기에는 온갖 번쩍이는 전구와 릴에 감긴 테이프가 달려 있어서 마치 오래되고 형편없는 공상과학영화에 나오는 컴퓨터 같다. 빨간 불이 밝혀진 긴 구멍에서 날름거리며 나온 나의 성격 분석은 이렇다. "당신의 과감한 성격은 모험에 대한 두려움에 의해상쇄됩니다Your Boldness of Nature is Ofset With The Fear OfTaking Risk."(sic²) 불이 번쩍이는 패널 뒤로 한 남자가 웅크리고 있고 긴 구멍으로 재활용한 포춘 쿠키 종이를 넣어주고 있을 것이라는 생각을 멈출 수 없지만 확인할 길은 없다.

부스는 끊이지 않는다. 다채로운 잡동사니의 무릉도원이다. 이름 없는 코팅 팬과 냄비. '안경 무료 세척'. 셀룰라이트 방지 스펀지 판매 부스. 다시 등장한 미래의 아이스크림 '디핀도츠'. 찍찍이로 여민 신발을 신은 한 여성은 입술 보습제처럼 생긴 얼룩 제거제로 리넨 식탁보에 묻은 만년필 잉크를 지우는데 현수막에는 "〈놀라운 발견〉에서 방영"됐다고 적혀 있다. 이른 새벽에 하는 이 정보 광고 프로그램은 나도 즐겨본다. 합판으로 된 어느 부스 안에서는 9.95달러를 내면 내 사진을 찍어 FBI 수배 전단이나《펜트하우스》표지에 합성해준다. "전투 중 행방불명—무사 귀환을 위해!"라고 적힌 부스에서는 여성들이 '고 피시' 게임을 하고 있다. 낙태 반대 부스 '라이프세이버'는 무료 사탕으로 관람객을 유혹한다. 샌드 아트. 잘게 자른 리본 아트. 열 보존 이중창. '최첨단 로터리식 코털 깎이' 부스는 말로 설명하기 힘든데 이 부스의 또 다른 광고판에는 "코털을 뽑지 마시오. 치명적 감염으로 이어질 수 있음"이라고 적혀 있다. (진짜다.) '1990년대 최고의 투자처'인 수집가를 위한 스포츠 카드를 파는 두 개의 부스. 그리고 타원형인 중간층의 한쪽 구석에는, 정말로, 검은 벨벳에 그린 그림이 있고 생각에 잠긴 엘비스의 모습을 그린 그림도 여러 개 있다.

게다가 이런 것들을 사는 사람들이 있다. 엑스포에서만 볼 수 있는 이런 제품들은 내가 잊고 있었던 특정한 유형의 중서부인들을 겨냥하고 있다. 이런 유형의 사람들이 길 위에, 다른 전시장에 없다는 사실을 왠지 나는 눈치채지 못하고 있었다. 이렇게 말하면 동부인 같을 뿐만 아니라 엘리트주의적이고 콧대가 높다고 여겨질 것이다. 그러나 사실은 사실이다. 엑스포 빌딩에 있는 특별한 쇼핑객 집단은 중서부에 서식하는 특정 아문亞門에 속하고, 매정한 말이기는 해도 흔히 케이마트(미국 대형 슈퍼마켓 체인—옮긴이)족이라고 불린다. 좀 더 남부로 내려가면 백인 쓰레기의 특정 분파로 분류될 것이다. 케이마트족은 대개 비만이며 합성섬유만을 입고 표정이 근엄하며 멍한 얼굴의 불행해 보이는 아이들을 데리고 다닌다. 부분 가발은 반짝이고 네모난 모양으로 너무 티가 나서 애처로울 지경이며, 여자들의 경우 화장이 촌스럽고 종종 비대칭적이라 어느 실성한 사람의 얼굴 같다는 느낌을 준다. 목소리는 칼칼하고 식구들은 서로 퉁명스럽게 쏘아붙인다. 슈퍼마켓 계산대 앞에서 아이들을 철썩철썩 때리는 부류들이다. 샴페인에 있는 크래프트 혹은 디케이터에 있는 A. E. 스테일리 같은 기업에 근무하면서 프로레슬링이 진짜라고 생각하는 사람들이다. 미안하지만 이건 다 사실이다. 난 케이마트족과 고등학교에 다녔다. 어떤 사람들인지 안다. 총기를 소유하고 있지만 사냥은 하지 않는다. 꿈은 이동식 주택을 소유하는 것이다. 《스타》 같은 잡지를 읽으며 경멸하는 흉내조차 내지 않고 부적절한 농담이 인쇄된 화장지를 쓴다. 이런 사람들 가운데 일부는 트랙터 풀링이나 미국 자동차 클럽 경기를 보러 갈 수도 있지만 대개는 엑스포에 눌러앉을 것이다. 엑스포를 위해 축제에 왔기 때문이다. 에탄올 전시나 몸이 꽉 끼는 카니발의 놀이 기구 따위에는 아무 관심도 없다. 농업에 대해서는 까막눈이다. 에드거 주지사가 옷장 안의 빨갱이라고 생각한다. 러시 림보(미국의 보수주의 방송인이자 정치평론가—옮긴이)가 그렇게 말했기 때문이다. 이들은 느린 걸음으로 이리저리 움직이며 기분이 나쁘거나 몹시 어리둥절한 표정을 하고 있다. 뭘 사고 싶은지 확실하게 알고 있으며 여기 어딘가에 있을 것이라는 표정이다. 토박이 친구가 그립다. 케이마트족에 대해 아주 좋은 말들을 많이 해줄 수 있었을 것이다. 문신이 있고, 무거운 기저귀를 찬 아기를 안은 한 덩치 큰 젊은 여성의 티셔츠에는 이렇게 적혀 있다. "경고: 0에서 성적 흥분으로 가속하는 데 맥주 2.5잔이면 충분함"

이런 웃기지도 않은 티셔츠가 대체 어디서 나오는지 궁금했던 적이 있는지? "맥주 2.5잔이면 충분"하다든지 "클린턴 대통령을 탄핵하라…… 남편도 탄핵하라!!"라고 적힌 티셔츠 말이다. 이

제 그 비밀이 풀렸다. 지역 축제 엑스포장에서 파는 것이다. 바로 이곳 중앙 전시 구역에 괴물 같은 크기의 부스가 있는데 노천 시장에 더 가까워 보이는 이곳에서는 티셔츠와 버튼형 배지, 자동차 번호판 틀을 파는데 이 모든 것이 바로 이 아문을 위한 '증언'들이다. 이 부스는 왠지 핵심적으로 보인다. 중서부의 이면 중에서도 가장 어두운 구석이다. 어떤 농촌식 사고의 라스코 동굴이라고 할 수 있는 곳. "40은 늙은 게 아니야…… 네가 나무라면!" "머리가 빠질수록 정력은 늘어난다." "은퇴함: 근심 없음. 월급도 없음." "나도 빈곤과 싸운다. 일을 하니까!!" 《뉴요커》의 시사만화와 마찬가지로 티셔츠가 전하는 메시지에는 어떤 보이지 않는 통일성이 있다. 많은 경우 이 티셔츠를 입은 사람을 특정한 집단에 속하는 것으로 분류해주고 그 집단의 성적 활력에 찬사를 보낸다. "너구리 사냥꾼들은 밤새도록 함." "일어설 때까지 세우는 미용사." "말을 괴롭히지 마세요. 카우보이를 타세요." 어떤 티셔츠는 그 티셔츠를 입은 사람과 티셔츠의 문구를 읽는 사람 간에 어떤 공격적인 관계를 상정한다. "우린 더 친해질 수 있을 텐데…… 네가 맥주라면." "나를 유혹의 길로 이끌지 마라. 나도 길을 안다." "싫다는 말이 그렇게 알아듣기 힘들어?" 이런 메시지를 입에 담는 것에 그치지 않고 배지 혹은 신분증처럼 착용하고 다닌다는 사실에 무척 복합적이고 흥미로운 무언가가 있다. 이 메시지는 어떤 방식으로든 메시지를 착용한 사람에 대해 찬사를 보내고 착용한 사람은 가슴에 메시지를 펼치고 다님으로써 이 메시지를 지지한다. 이것은 나아가 메시지를 착용한 사람을 대담하거나 아슬아슬한 유머 감각을 가진 사람으로 보이게 만든다. 착용한 사람을 '개인'으로, '개인적 의견'을 가졌을 뿐만 아니라 착용하고 다니는 사람으로 보이게 만드는 것이 목적이다. 그런데 나의 암담한 기분은 티셔츠의 메시지가 미리 찍혀 나오고 그것도 대량생산된다는 것에서 끝나지 않는다. 멍청하고 재미조차 없는 메시지는 그 메시지를 착용한 사람이, 그런 메시지가 개성적일 뿐만 아니라 재미있다고 생각하는 수많은 안타까운 사람들의 범주에 속한다는 사실만을 뻔히 드러내게 되기 때문이다. 이 모든 것은 엄청나게 복잡하고 암담하다. 부스의 계산대에 있는 여성은 1968년도 청년국제당원처럼 옷을 입었지만 얼굴은 카니발 일꾼처럼 굳어 있고 내가 왜 티셔츠의 문구를 외우고 서 있는지 궁금해한다. 내가 겨우 꺼낼 수 있는 말은 "맥주 2.5잔" 어쩌고 하는 티셔츠에 적힌 "성적 흥분"의 철자가 틀렸다는 것뿐이다. 인생에서 바라는 것이라고는 백악관에 공화당원이 들어가는 것과 이동식 주택의 무늬목 선반에 엘비스를 그린 검은 벨벳 그림을 놓는 것밖에 없는 사람들을 평가하고 이들에 대한 기호학적 가설을 펼치고 있다니 나는 정말 콧대 높은 동부인이라는 생각이 든다. 이 사람들이 남에게 피해를 주는 것은 아니다. 나와 함께 고등학교에 다녔던 사람들 가운데 3분의 1은 족히 이런 티셔츠를 입을 것이며 그것도 자랑스럽게 입고 다닐 것이다.

엑스포 빌딩의 또 다른 상인 연합에 대해 짚고 넘어가지 않을 수 없다. 바로 교회 부스들이다. 중서부 시골의 대중 복음주의. 믿음의 경제. 그들이 원하는 것은 현금이 아니다. 하나님의 교회 부스에서는 컴퓨터 성경 퀴즈를 제공한다. 겉모습은 '컴퓨백'과 비슷하다. 내가 20문제 중에 18개를 맞추자 교회에서는 부드러운 가죽 커튼 뒤에서 '1대 1 믿음 탐구'를 받으라고 권하지만, 괜찮습니다. 다른 부스의 상인들은 바로 옆 침례교 혹은 '예수를 위한 유대인' 부스 사람들과 잘 지낸다. 다들 웃으며 농담을 주고받는다. '샤프컷' 청년은 잘게 자른 모든 채소를 '라이프세이버' 부스로 보내고 거기서 채소를 사탕과 함께 내놓는다. 가장 공포스러운 종교 부스는 서쪽 출구 바로 옆에 있는데, 서약과 믿음의 승리 교회라는 곳에서 내건 커다란 현수막에는 "천국에서 유일하게 인공적인 것은 무엇인가?"라고 적혀 있다. 나는 잠시 멈추어 답을 고민해보는데 기독교 보수주의자들에게 이것은 즉각 사형감이다. 아니나 다를까 가슴이 없고 눈썹이 무성한 한 여성이 쏜살같이 부스의 카운터를 돌아 나와 나의 개인 공간을 침범한다. 그리고 "모르세요? 포기하시겠어요?"라고 말한다. 나는 좋다고, 어디 답을 말해보라고 한다. 여성은 나를 아주 골똘히 바라보고 있지만 뭔가 이상한 시선이다. 내 눈을 들여다보는 것이 아니라 시선이 그냥 내 눈을 향해 있다는 느낌이다. 그래서 인공적인 게 뭐냐고 내가 묻는다. 여성은 손가락으로 손바닥을 찌르고 돌리는 시늉을 한다. 성교를 의미하는 걸까? (물론 소리 내어 성교라고 말하지는 않는다.)

"한 가지밖에 없어요. 예수님 손바닥에 난 구멍이에요."

여자가 손가락을 돌리며 말한다. 그렇지만 로마시대에 사람들을 십자가에 못 박을 때 손목에 못을 박았다는 것은 꽤 잘 알려진 사실이 아닌지? 손바닥 살은 무게를 지탱하지 못하기 때문이다. 나는 어느새 이 여성과 본격적인 대화를 나누게 되었고 여성이 내 팔을 잡아끌고 부스의 카운터로 가게 내버려둔다. "잠시 제 말을 들어보세요." 여성이 두 손으로 내 팔을 잡고 말한다. 나는 속이 철렁한다. 어린 시절부터 철저히 훈련된 나는 심각한 실수를 저질렀음을 인지한다. 중서부에서 학자의 자식으로 태어나면 일찍부터 배우게 된다. 이상한 눈빛으로 다가와 적극적으로 내 공간을 침범하는 시골 기독교인들을 피하라. 누가 현관문을 두드리면 관심 없다고 말하고 등사판 인쇄물을 주면 괜찮습니다, 그리고 거리에서 전도하는 사람은 마치 뉴욕시에서 걸인 취급하듯 무시하도록 교육받는다. 이 여성은 나를 서약과 믿음 카운터에 밀치다시피 하는데 이 카운터에는 예쁘고 요만한 참나무 상자가 있고 여기에 기대어 놓인 표지판에는 "내가 이 상자 속 상태가 되었을 때 나는 어디에 있을 것인가?"라고 적혀 있다. "이 안을 들여다보세요." 상자 위에는 작은 구멍이 있다. 안에는 사람 두개골이 들어 있다. 플라스틱인 게 거의 확실하다. 상자 내부 조명 때문에 잘 알 수는 없다. 하지만 진짜 해골이 아닌 것은 거의 확실하다. 숨을 내쉬지 못한 지 1분은 지난 것 같다. 여자는 내 옆얼굴을 바라보고 있다. "문제는 자신 있으시냐는 겁니다." 나는 가까스로 상자에서 눈을 떼는 동작과 뒷걸음치는 동작을 연결시켜 실행한다. "100퍼센트 확신하시나요?" 저 높이 중간층에서는 '사이마스터' 아가씨가 한쪽 팔로 머리를 괴고 사팔눈으로 허공을 향해 미소 지으며 여전히 애를 쓰고 있다.

8월 15일 13시 36분. 나는 흔들리는 간이 의자에서 '프레리주 클로그 춤(클로그는 밑창이 두꺼운 나무나 코르크로 된 신발인데, 이 신발을 신고 추는 탭댄스를 말한다—옮긴이) 대회'를 보고 있다. 트와일라잇 무도회장에서 열리고 있는 이 대회에는 농업 종사자들이 가득하고 온도도 37도를 훌쩍 넘어가고 있다. 한 시간 전 나는 트럭/트랙터 풀링을 구경하러 가는 길에 탄산음료를 마시려고 이곳에 잠깐 들렀다. 지금쯤이면 풀링은 거의 다 끝났을 것이고 30분 후면 미국 자동차 클럽 주최 비포장 트랙 자동차 경주가 열릴 것이며 티켓은 이미 예약해두었다. 하지만 이곳에서 펼쳐지는 광경에서 눈을 뗄 수가 없다. 내가 지금까지 축제에서 본 것 중 가장 재미있고 가장 격렬한 감정을 일으키는 행사가 여기서 벌어지고 있다. 근처에 클로그 춤을 볼 수 있는 곳이 있다면, 당장, 걷지 말고 뛰어가서 보기를 권한다.

　나는 제드 클램펫(미국 TV 시리즈 등장인물로 산속에 살다가 우연히 벼락부자가 되어 도시로 나온다—옮긴이) 같은 사람들이 너덜너덜한 모자와 징이 박힌 부츠를 신고 발을 구르고 환호하는 등등을 상상했다. 스코틀랜드와 아일랜드에서 시작됐고 애팔래치아산맥 지방에서 으뜸으로 쳐주는 클로그 춤은 한때 정말 클로그 신발과 부츠, 그리고 느린 발 구르기 등을 포함했던 것 같다. 하지만 이제 클로그 춤은 스퀘어댄스와 홍키통크 부기(재즈 리듬의 일종—옮긴이)와 짬뽕이 되어 정교한 군무를 보여주는, 그야말로 죽여주는 시골 탭댄스로 발전했다.

　출전 팀은 피킨, 리로이, 랜툴, 카이로, 모턴에서 왔다. 각 팀이 세 곡을 공연한다. 음악은 빠른 템포의 컨트리 음악이거나 4분의 4박자의 신나는 팝 음악이다. 각 팀의 인원은 네 명에서 열 명 사이로 75퍼센트가 여성이다. 35세 이하 여성은 별로 없고 80킬로그램 이하의 여성은 더더욱 없다. 머리를 어설프게 염색한, 볼이 발갛고 긴 다리가 예쁜 시골의 어머니들이다. 상의는 서부 스타일로 입었고 무릎까지 내려오는 치마 안쪽으로는 주름진 속치마가 몇 겹으로 있다. 이따금 치맛자락을 잡고 캉캉 댄서들처럼 위로 치켜올린다. 그러는 동시에 마음 가는 대로 짧게 혹은 길게 환호를 내지른다. 남자들은 하나같이 머리털이 부족하고 어수룩한 시골 얼굴이며 가느다란 다리는 고무처럼 휘청거리는 흐릿한 형체다. 남자들이 입은 서부 스타일의 셔츠는 가슴과 어깨에 끈 장식이 되어 있다. 파랑과 하양, 검정과 빨강 식으로 팀별로 색깔을 맞추어 입었다. 모든 댄서들이 신고 있는 흰 구두에는 금속 탭이 고정되어 있어 골프 신발과 비슷해 보인다.

곡은 웨일런과 태미 같은 순 컨트리 음악에서부터 아레사, 마이애미 사운드 머신, 닐 다이아몬드의 〈아메리카〉에 이르기까지 다양하다. 안무는 발 끌기, 플레어, 한 줄로 서서 발차기 같은 기본적인 탭댄스 동작을 포함한다. 그러나 빠르고 끝날 줄을 모르며 손목을 꺾는 작은 동작 하나까지 통일되어 있다. 어깨를 펴고 바닥에 똑바로 선 상태로 추는 춤이라는 점에서, 그리고 안무가 피는 꽃처럼 때로는 아주 빠른 행진을 포함해서 펼쳐진다는 점에서 스퀘어댄스의 유전자를 엿볼 수 있다. 그러나 이 약을 빤 듯한 아드레날린 댄스는 관객의 발을 절로 움직이게 만들기 때문에 보고만 있어도 피곤해진다. 그리고 어떤 면에서는 MTV가 한심해 보일 정도로 에로틱하다. 클로그 춤 댄서의 발은 눈으로 확인하기에는 너무 빠르기는 해도 다 똑같은 리듬에 따라 움직이고 있다. 리듬은 대개 이런 식이다. 타타타타 타타타타 타타타. 기본 리듬을 바탕으로 기이한 변주가 이어진다. 발을 차거나 회전할 때 두 박자 동안 탭 소리가 들리지 않는데 이것이 패턴을 더 복잡하게 만든다.

관람객은 이동식 원목 마루 가장자리까지 꽉 들어차 있다. 팀은 대체로 부부로 이루어져 있다. 남자들은 깡마르거나 배가 불뚝 나와 늘어져 있다. 남자 두엇은 프레드 애스테어처럼 유려하게 춤을 추지만 눈길을 끄는 쪽은 대개 여성이다. 남자들은 계속 밝은 미소를 유지하지만 여자들은 오르가슴을 느끼는 듯하다. 정말 진지하며 넋이 나간 얼굴이다. 짧거나 길게 내지르는 환호성은 자동적이며 그야말로 순수한 탄성이다. 욕망을 불러일으킨다. 관객은 능란하게 엇박자에 박수를 치고 여성 댄서들과 함께 환호성을 지른다. 농업과 축산 심사장에 있던 사람들이 거의 다 와 있다. 플란넬 셔츠와 카키색 면바지, 종자 회사 모자, 주근깨. 땀에 폭 젖은 관람객들은 무척이나 행복해 보인다. 이것이 바로 농업 종사자들에게 주어지는 '특별 선물' 같다. 가축들이 더위 속에서 잠을 청하는 동안 한숨 돌릴 기회다. 클로그 춤 댄서들과 관람객 사이의 정신적 교류는 스스로에게 말을 건네는, 스스로를 검문하기 위해 신분증을 꺼내는 이 축제 전반의 문화를 상징한다. 이 무리는 좀 더 작고 특화된 시골의 '우리'다. 콩 재배 농가와 제초제 중개업자, 4-H 클럽 후원자와 정말 필요해서 픽업트럭을 몰고 다니는 사람들이 여기 포함된다. 이들은 축제 음식이 아닌 보냉 가방에 가져온 음식을 먹고 맥주를 마시며, 완벽한 박자에 맞추어 치고 구르며 회전하는 클로그 춤 댄서들이 관람객에게 땀을 뿌리는 동안 이웃의 어깨에 손을 올린 채 귀에 대고 무언가를 외친다.

트와일라잇 무도회장에 흑인은 없다. 농가 어린이들의 얼굴에는 무언가 충격과 각성의 표정이 어려 있다. 우리 백인이 이렇게 춤을 출 수 있다니 하는 반응이다. 랜툴에서 온 세 부부는 석탄 원광 빛깔의, 아래위가 하나로 된 서부 스타일의 옷을 입고 아레사 프랭클린의 〈리스펙트〉에 초고속 탭 동작을 놀랍게도 섬세하게 짜 맞춘다. 이 안에서는 어떤 인종적 아이러니도 느낄 수 없다. 이 사람들은 이 노래를 단호히 자신의 것으로 만들었다. 이 1990년대식 클로그 춤 공연이 어떤 호전적인 백인다움을 담고 있는, 마이클 잭슨과 엠시 해머를 조롱하는 듯한 공연인 것은 사실이다. 이 공간에는 인종차별은 아니지만 공격적인 백인다움의 분위기가 흐른다. 중서부 시골에서 열리는 대개의 공공 행사에서 흔히 느낄 수 있는 분위기다. 흑인이 참가한다고 해서 푸대접을 받지는 않겠지만 그보다 흑인은 이런 곳에 올 생각조차 하지 못할 것이라는 말이다.

수많은 부츠와 운동화가 바닥을 구르는 통에 종이 패드에 기자로서 받은 인상을 적는 것조차 쉽지 않다. 레코드플레이어는 낡았고 확성기도 형편없으며 모든 것이 환상적으로 들린다. 내 옆에 있는 테이블 아래에서는 두 소녀가 공기놀이를 하고 있다. 랜툴 팀의 아내들 중 둘은 뚱뚱하지만 다리가 멋지다. 이런 식의 춤을 추려면 굉장한 연습이 필요할 텐데 그러고도 뚱뚱할 수 있는 걸까? 중서부 시골 여자들은 그냥 유전적으로 덩치가 큰 것이 아닌가 싶다. 그렇지만 클로그 춤이라면 격렬하게 출 줄 안다. 게다가 한 팀, 한 집단이 되어 준다. 록 클럽의 대단한 댄서들과 달리 나만 바라보라는 식의 나르시시스트적 우쭐함이 없다. 손을 붙잡고 서로를 돌리고 당기고 밀며 미친 듯 탭 동작을 한다. 마치 예의를 차리는 듯 똑바로 세운 상체는 너무 빨라 눈에 보이지조차 않는 하체와 그저 우연히 연결된 듯하다. 춤은 끝없이 이어진다. 나는 간이 의자에 뿌리를 내렸다. 매 팀이 나올 때마다 최고를 경신한다. 무대 건너편 군중 속에서 아까 그 양계장 노인이 보인다. 카니발 일꾼을 혐오하는, 전기 충격기 지갑을 갖고 있던 그 노인이다. 여전히 챙이 달린 가금류 업계 모자를 쓰고 있으며 전동 휠체어에 앉은 채 상체를 앞으로 숙이고 손을 확성기 모양으로 만들어 여성 댄서들과 함께 환호를 내지르고 있다. 박자에 맞추어 발을 구르는 것처럼 상체가 흔들리지만 노인의 작고 검은 부츠는 발판에 고정된 채 그대로 있다.

8월 15일 16시 36분. 특별 경기장으로 서둘러 가는 중이다. 그러나 먹거리 장터 근처 중앙 대로를 가득 채운 군중을 빠져나가기가 쉽지 않다. 나는 100퍼센트 콩기름에 튀긴 콘도그를 먹고 있다. '미국 자동차 협회 100' 경주가 벌어지고 있는 곳에서 마치 말벌과 같은 엔진 소리가 들려온다. 이미 한참 전에 시작했을 것이다. 특별 경기장 위로는 트랙에서 떠오른 거대한 먼지구름이 머물고 있다. 쇳소리 나는 확성기에서 나오는 흥분한 장내 아나운서의 목소리도 아련하게 들려온다. 콘도그에서는 콩기름 맛이 강한 한편, 콩기름에서는 오래된 헬스장용 타월로 거른 옥수수기름 같은 맛이 난다. 자동차 경주 티켓은 터무니없는 13.5달러다. 맥도날드 천막에서는 아직도 배턴 트월링이 계속되고 있다. 링컨 스테이지에서는 캡틴 랫과 블라인드 리베츠라는 밴드가 연주하고 있고 군중과 함께 그 곁을 지나가는 내 눈에 춤추는 사람들이 보인다. 다듬어지지 않은, 불규칙한 동작을 반복하고 있는 이 사람들은 마치 동부에서 배워온 듯한 젊고 세련된 방식으로 멍하고 지루한 표정을 한 채 밖이 아닌 안을 보고 있으며 파트너에게는 손을 대지 않는다. 춤을 추지 않는 사람들은 그들을 바라보지조차 않는다. 클로그 춤을 경험한 내게 이 모습은 말할 수 없이 외롭고 무감각해 보인다.

8월 15일 16시 45분. 자동차 경주의 공식 명칭은 "발볼린-미국자동차클럽 주최 실버크라운 시리즈 트루 밸류 챔피언십 서킷에서 열리는 윌리엄 '와일드 빌' 올다니 기념 단거리 자동차 경주 100"이다. 특별 경기장의 수용 인원은 9,800명이고 관람석은 꽉 들어차 있다. 소음은 믿을 수 없을 지경이다. 경기는 거의 끝나가고 있다. 트랙 내부 전광판에는 92번째 바퀴라고 적혀 있다. 전광판에 따르면 현재 1위는 26번이지만 검정과 초록이 섞인 스콜 브랜드 광고를 단 26번 차는 현재 무리의 중간에 있다. 다른 차들을 한 바퀴 이상 앞선 것이다. 군중은 대체로 남자들이고 아주 까무잡잡하고 콧수염을 기르고 있으며 챙이 있는 자동차 협회 모자를 쓰고 담배를 피우고 있다. 관중 대부분은 귀마개를 하고 있다. 뭔가 아는 사람들은 항공사 근로자들이 쓰는 두꺼운 소음 방지용 귀덮개를 쓰고 있다. 17페이지 분량의 프로그램은 거의 이해 불가다. 차는 49대 아니면 50대이고 '프로더트' 혹은 '실버크라운'이라고 불리며 간단히 말하자면 지옥에서 온 고카트라고 할 수 있다. 어린이 비누 상자 자동차 대회에서 볼 법한 차대에 드래그 레이스용의 거대한 타이어가 달려 있고, 사방에 번쩍이는 파이프와 스포일러가 얽히고설켜 있다. 그리고 엔진이 있을 것으로 예상되는 자동차 앞부분에는 노골적인 남근 형상의 돌출부들이 보인다. 자동차 경주에 대한 나의 지식은 콜라병의 입이 닿는 부분에 마른 매직펜으로 쓸 수 있을 정도다. 프로그램에 따르면 출전한 모델은 1950년대 인디에서 경주하던 것들이라고 한다. 그때 경주했던 차가 나왔다는 것인지 그 유형의 차가 나왔다는 것인지 확실하지 않다. '인디'는 분명 인디애나폴리스 500을 지칭하는 것일 테다. 자동차의 조종석은 뚫려 있고 각종 끈과 충격 방지 철봉이 거미줄처럼 엮여 있다. 운전자는 차와 동일한 색상의 헬멧을 쓰고 먼지에 숨 막히지 않기 위해 얼굴에는 하얀 스키 마스크 같은 것을 쓴다. 차들의 색상은 다양하다. 대부분이 스콜이나 말보로의 후원을 받고 있는 것으로 보인다. 수술복처럼 흰옷을 입은 피트의 정비사들은 알아보기 힘든 지시 사항을 적은 작은 칠판을 들고 트랙을 향해 몸을 기울인다. 트랙 내부는 트레일러와 견인차, 심판석, 다양한 전광판으로 잔뜩 붐빈다. 각각의 트레일러 위에는 아슬아슬한 상의를 입은 여성들이 서 있는데 지지하는 팀이 매우 확실해 보인다. 모든 것이 아주 혼란스럽다. 프로그램에 적힌 여러 정보는 앞뒤가 잘 맞지 않는다. 우승 상금은 9,200달러에 지나지 않지만 후원사들은 각각의 자동차에 매년 약 100만 달러 넘게 투자한다. 무엇에 투자하는지는 몰라도 분명히 머플러는 아니다. 나는 프로그램을 넘길 때만 귀를 막고 있던 손을 잠시 뗄 수 있을 뿐이다. 자동차 소음은 거의 제트기에 가깝다. 곤충처럼 윙윙거리기도 하지만 잔디를 깎는 디젤 기계처럼 두개골을 울리는 면도 있다. 부분적으로는 관람석의 노출 콘크리트가 문제다. 관람석이 특별 경기장의 한쪽에, 직선 주로 쪽에만 있다는 사실 역시 문제다. 가장 큰 무리의 자동차가 한꺼번에 지나갈 때는 견딜 수 없다. 소음에 두개골 자체가 아프고 그 무리가 트랙을 한 바퀴 돌아 다시 다가올 때까지 귀에서는 울림이 사라지지 않는다. 직선 주로에서 미친 박쥐처럼 돌진하다가 급한 커브에서 속도를 늦추면 뒤 타이어가 흙 위에서 비틀거린다. 앞선 차를 추월하는 차도 있는데 그러면 관객이 환호성을 지른다. 내가 앉은 구역 아래쪽에 아버지에게 안긴 채 시멘트 울타리에 몸을 기대고 있는 한 소년이 있는데, 트랙으로부터 고개를 돌린 채 두 손으로 귀를 막느라 아이의 팔꿈치가 양옆으로 한껏 튀어나와 있다. 자동차들이 지나가는 동안 아이의 얼굴은 고통으로 일그러져 있다. 나와 아이는 서로를 바라보며 함께 얼굴을 일그러뜨린다. 공중에는 가늘고 더러운 먼지 입자가 떠다니고 혀를 포함한 모든 것에 내려앉는다. 그러던 중 갑자기 여기저기서 쌍안경이 나오고 사람들이 자리에서 일어선다. 저 멀리 트랙 반대편 곡선 주로에서 찢어지는 소리와 함께 차가 미끄러지고 쾅 부딪힌다. 긴 방수복과 모자를 착용한 소방대원들이 소방차를 타고 빠르게 접근하고 장내 방송 소리는 점점 더 높아지지만 여전히 알아들을 수 없으며 심판석에서 항공사 귀덮개를 쓰고 앉아 있던 한 사람이 상체를 내밀어 공중에 샛노란 깃발을 흔든다. 그러자 고카트들은 아우토반 수준의 속도로 느려지고 공식 페이스카(트랜스 앰)가 나와 무리를 이끄는 동안 모든 관람객이 자리에서 일어나고 나 또한 일어난다. 저 멀리 곡선 주로 위로 얄따란 연기가 피어오를 뿐 아무것도 보이지 않고 엔진 소음은 견딜 만한 수준이며 장내 방송은 말이 없다. 비교적 조용한 가운데 우리 모두 어떤 소식을 기다리고 있고 나는 아래쪽에 있는 모든 사람의 쌍안경 뒤 얼굴을 유심히 관찰하지만 우리가 각자 어떤 종류의 소식을 기다리고 있는지 그것은 명확히 알 수 없다.

8월 15일 17시 30분. I.D.C. 밀크셰이크를 먹으려면 줄 서서 10분을 기다려야 한다. 뜨거워진 길에서 기름진 아스팔트 냄새가 진동한다. 내가 한 아이에게 퍼널케이크 맛을 설명해달라고 부탁하자 아이가 도망친다. 귀에서는 울림이 멈추지 않아 마치 이끼가 낀 느낌이며 모든 소리가 카폰을 통해 나오는 듯하다. 농축산업 전시장 바깥에는 무게가 8킬로그램이나 되는 주키니호박이 전시되어 있다. 정말 큰 호박이 아닐 수 없다. 디저트 천막에서 보았던 아주머니 몇몇이 바로 근처에 있는 '터퍼웨어(얼 타파가 1946년 설립한 미국 플라스틱 주방 용품 브랜드—옮긴이) 회고전'(정말이다)에 와 있지만 나는 서둘러 자리를 피한다. 원형 경기장에서 트랙터 풀링 대회가 있었음을 알려주는 흔적은 거대한 타이어 자국이 만든 기호들과 긁힌 자국이 많은 흙더미, 담배즙이 만든 검은 얼룩, 탄고무와 기름 냄새 등이다. 두 동 건너 건물에는 특이하게 일리노이주의 자부심과 관계없는 할리데이비슨 사의 전시 '영예의 모터사이클 전'이 열리고 있다. 또한 그림엽서 전시도 열리고 있는데 끝없이 전시된 엽서 중에는 1940년대 엽서도 있고 대체로 작물이나 지평선에 모인 먹구름, 아주 검고 평평하고 너른 땅 등을 보여주고 있다. 바로 옆의 넓은 천막에서는 '호화 모터스포츠 전시'가 열리고 있는데 다소 초현실적이다. 굉장히 번쩍거리고 빨라 보이는 스포츠카들이 절대적인 정지 상태로 그저 놓여 있으며 열린 후드 사이로 내장을 노출하고 있는 가운데 베레모를 쓴 장년층 남자들이 굉장히 열중한 채 차를 살피고 있는데 그중에는 흰 장갑과 보석상의 루페를 지닌 사람도 있다. 두 개의 그다지 중요하지 않은 기업 천막 사이로 마침 운 좋게도 '세르토마 이동식 청력 시험 트레일러'가 주둥이를 내밀고 있다. 안에서는 탈모가 시작된 한 여성이 내 청력을 시험한 뒤 데시벨 과잉 상태지만 청각적으로 원기 왕성하다고 결론을 내린다. 이어서 나는 '주 검사관 롤런드 버리스'의 거대한 천막 안팎을 15분은 족히 살펴보지만 천막의 용도를 알 수가 없다. 바로 옆에는 피오리아시의 순 에탄올 버스 노선의 일부인 버스 한 대가 전시되어 있는데 거대한 옥수수처럼 보이도록 칠이 되어 있다. 피오리아에서 실제로 초록색과 노란색의 옥수수 버스가 운행하는지 이것이 단지 보여주기 위한 용인지는 잘 모르겠다.

8월 15일 18시. 왠지 벗어날 수 없어 보이는 클럽 미키디에 또다시 와 있다. 배턴 트월링 선수들과 쓰러진 관람객의 흔적은 싹 지워지고 없다. 이제 이 천막에서는 '일리노이주 골든 글러브 복싱 대회'가 열리고 있다. 바닥에는 네 개의 복싱 링으로 이루어진 사각 공간이 있다. 링은 빨랫줄, 그리고 시멘트를 채운 타이어에 박힌 지지대로 이루어져 있다. 연령에 따라 16세, 14세, 12세, 10세(!) 부문이 있고 부문별로 링이 주어진다. 여기 또 소문은 나지 않았지만 흥미진진한 볼거리가 있다. 사람 간의 순수한 폭력이 보고 싶다면 골든 글러브 토너먼트를 찾아보길 권한다. 성인 프로 선수들의 매끄러운 발놀림이나 로프에 몸을 기대는 식의 방어 따위는 여기서 찾아볼 수 없다. 전사들의 탱크톱에는 '록포드 주니어 복싱' '엘진 파이트 클럽' 등이 적혀 있다. 링 코너에는 간이 의자가 있어서 아이들은 여기 앉아서 팀 코치의 지시를 들을 수 있다. 코치들을 보니 내 어린 시절 다양한 친구들의 폭력적인 아버지들이 떠오른다. 혈색이 좋고, 시퍼런 턱, 황소 같은 목, 냉혹한 눈을 가진 남자들. 볼링을 치고, 속옷 바람으로 TV를 보고, 합법적인 싸움질을 관장하는 남자들. 갑자기 14세 링에서 한 선수의 마우스피스가 빙글빙글 돌며 날아가고 그 뒤로 한 줄의 침도 날아간다. 링 주변의 군중은 울부짖는다. 16세 링에는 스프링필드에서 온 대럴 홀이라는 소년이 있는데 그 지역에서는 유명한 모양이다. 상대는 졸리엣에서 온 호리호리하고 유연한 라틴계 아이 설리바노다. 홀은 설리바노에 비해 적어도 10킬로그램은 더 나가는 것처럼 보인다. 게다가 고등학교에서 나를 쥐어 팼던 아이들은 죄다 홀처럼 생긴 아이들이었다. 코밑에 난 솜털과 잔인하게 비틀어진 윗입술까지 똑같다. 16세 링 주변에 있는 군중은 다 홀의 친구들이다. 소매 없는 티셔츠와 교내 스포츠 팀 반바지를 입고 머리에는 젤을 바른 남자아이들, 짧게 자른 멜빵바지와 온갖 머리핀과 헤어밴드를 복잡하게 착용한 여자아이들. 아이들은 "죽여버려, 대럴!"이라고 반복해서 외친다. 라틴계 설리바노는 치고 빠지고를 반복한다. 천막 안 어딘가에서 누가 대마초를 피고 있다. 냄새가 난다. 16세 선수들은 제대로 복싱을 하고 있다. 천장에 매달린 조명들은 철제 갓 외에는 노출된 전구들로 배턴 경기로 인해 비뚤어져 있다. 천막 안의 사람들은 다들 땀을 비 오듯 쏟고 있다. 몇몇 사람들은 내가 들고 다니는 작은 '클리커'를 탐탁지 않은 눈으로 본다. 16세 경기를 관람 중인 무리 속에는 고등학교 시절 나를 애태우게 했던 모든 치어리더가 있다. 여자아이들은 대럴 홀이 맞을 때마다 비명을 지르며 손으로 얼굴 옆을 감싼다. 짧게 자른 멜빵바지가 어떻게 패션에 민감한 동부 사람들 눈에 들지 않았는지 알 수 없다. 이렇게 치명적인데. 14세 경기는 한 선수의 글러브에 묻은 핏방울을 닦느라 잠시 중단된다. 설리바노가 홀의 주위를 미끄러지듯 돌면서 잽을 날린다. 그러나 잔뜩 웅크린 채 야성을 드러내며 돌진하는 홀을 말릴 수는 없다. 홀은 주먹을 날릴 때마다 코로 큰 숨을 터뜨리듯 내쉰다. 그리고 설리바노를 자꾸 빨랫줄로 몰아간다. 사람들은 민주당에서 나누어준 나무 손잡이 부채를 부친다. 모기들이 군중 사이를 활개 친다. 심판들도 자꾸만 목덜미를 찰싹 때린다. 비가 심하게 온 데다 올 8월 모기는 크고 털도 달린 듯한 독한 종류다. 들판에서 번식하는 이 탐욕스러운 녀석들은 밤새 송아지를 떼로 공격하기도 하는데 다음 날 아침 농부가 가보면 다리가 벌어진 채 피가 싹 빨린 송아지만 남아 있을 수도 있다. 정말 이런 일이 있다. 이곳에서는 모기를 절대 무시해서는 안 된다. (동부 친구들은 모기에 대한 나의 공포를 비웃고 내가 밤에 나갈 때마다 어디든 들고 다니는 작은 상자를 조롱한다. 뉴욕시나 보스턴에서도 나는 배터리로 작동하는 이 상자를 들고 다닌다. 이름 모를 카탈로그에서 보고 주문한 이 상자는 잠자리, 즉 모든 모기의 영원한 숙적인 잠자리목 잠자리하목 분류군이 내는 소리를 발생시킨다. 작지만 아주 빠르게 반복되는 '클릭' 소리를 들은 모기는 제정신이라면 두려움에 정신을 잃게 된다. 이스트 55번가에서 이 작은 상자를 들고 다니는 행위는 좀 신경과민으로 여겨질 수도 있지만, 땀에 젖은 채 냄새를 풍기며 남들보다 큰 키로 우뚝 서 있는 지금 여기, 이 믿음직스러운 '클리커'는 나 말고도 많은 사람에게 유익하다.) 내가 선 곳에서는 10세 링도 보이는데 헤드가드로 인해 머리가 몸에 비해 너무 크다는 인상을 주는 두 꼬마가 격렬하게 난투극을 벌이고 있다. 두 선수 중 누구도 방어에는 관심이 없다. 신발 끝을 맞댄 채 두 아이는 풍차처럼 서로를 때리며 마음껏 득점한다. 무섭게 생긴 아버지들은 각자의 코너에서 껌을 씹는다. 한 아이의 마우스피스가 자꾸 튀어나온다. 16세 링 쪽 군중은 잔인한 대럴이 어퍼컷을 날려 설리바노를 주저앉히자 탄성을 내지른다. 설리바노는 용감하게 일어나지만 무릎이 흔들거리고 심판을 제대로 바라보지 못한다. 두 팔을 들고 군중에게 몸을 돌린 홀의 입에는 앞니가 하나 없다. 여자아이들은 치어리더 아니랄까 봐 박수를 치는 동시에 폴짝폴짝 뛴다. 여자아이들 여럿이 홀의 이름을 부르고 홀은 천장을 향해 글러브를 번쩍 치켜든다. 공기 중의 이온도 알고 있는 사실은 바로 이것이다. 대럴 홀은 오늘 밤이 가기 전 누군가와 잠자리를 할 것이 분명하다.

로널드 신의 거대한 왼손에 놓인 디지털 온도계는 18시 15분 현재 34도를 가리키고 있다. 그리고 그 뒤로는 거대하고 불길한, 커피아이스크림 한 숟가락 같은 구름이 하늘의 서쪽 줄기에 쌓이고 있다. 길에 비치는 사람들의 그림자는 점점 뾰족해지고 있다. 어린 아이들이 비죽거리며 떼를 쓰기 시작하고 부모들은 아이들이 피곤해서 그렇다고 단순히 넘겨버리는 그런 시간이다. 천막 옆 풀밭에서는 매미가 운다. 10세 선수들은 말 그대로 발가락을 마주 대고 서서 서로를 향해 사정없이 주먹을 날리고 있다. 권투 영화에서나 볼 수 있는, 개연성이 떨어지는 두 사람 사이의 무자비한 구타 장면이 여기서 벌어지고 있다. 어느새 이 링에 군중이 가장 많이 모여들었다. 이 경기에 점수를 매기기란 불가능할 것이다. 그러나 두 번째 쉬는 시간이 되자 경기는 순식간에 끝나버린다. 간이 의자에 앉은 소년이 팔뚝에 문신한 코치의 귓속말을 듣다가 갑자기 구토를 한 탓이다. 그 양도 엄청나다. 딱히 이유도 없다. 다소 초현실적이다. 토사물이 사방으로 튄다. 관람석의 아이들은 "더러워"라고 합창한다. 미처 소화되지 않은, 음식 부스에서 익히 본 음식물들이 눈에 띈다. 이유는 바로 이것일 수도 있다. 구토를 한 선수가 울기 시작한다. 무섭게 생긴 코치와 심판은 선수를 닦아주고 아이를 꽤 다정하게 링 밖으로 데리고 나온다. 상대는 주저하다 두 팔을 들어 올린다.

8월 15일 19시 30분. 음식에 그 근원과 존재 이유가 있는 이 주의 1993년도 축제를 관통하는 소주제가 있다면 물론 소화와 관련이 없을 수 없다. 어떤 면에서 우리는 다 삼켜지기 위해 이곳에 왔다. 주 출입구의 목구멍이 우리를 받아들이면 빽빽하게 들어찬 군중은 느리게 연동운동을 하며 갈라지는 길을 따라 움직인다. 그동 안 길가에 늘어선 융모에서 복잡한 현금과 에너지의 교환이 이루 어지며, 마침내 채워진 동시에 고갈된 상태로, 대량 유출을 계산하 고 설계된 출구로 배설된다. 뿐만 아니라 음식의 전시, 음식 생산의 전시, 끊이지 않는 음식 부스, 그리고 음식의 소요파적 소비가 있 다. 공중 화장실과 공동 소변기도 있다. 축제 현장의 온도는 촉촉한 체온과 일치한다. 되새김질하며 제 배설물 사이에 서 있는 가축은 미래의 음식으로서 심사와 칭송을 받는다.

뿐만 아니라 모든 비유를 글자 그대로 기막히게 이루어주곤 하는 미래의 중서부 촌사람인 어린아이들—복싱 선수, 퍼지를 탐 내는 욕심꾸러기들, 일사병 환자들, 모든 것에서 느껴지는 '특별함' 에서 오는 아드레날린만으로도 차고 넘치는 아이들—이 죄다 먹 은 걸 토해내고 있다.

그래서 이 지겨운 오바이트는 내가 골든 글러브 복싱 대회에 서 본 마지막 광경이며 해가 지기 시작하는 바로 그 순간 해피 할 로에서 본 첫 번째 광경이기도 하다. 나는 바보 같은 바니 노트를 들고 미드웨이에 서서 '링 오브 파이어'를 올려다보고 있었다. 불 꽃색 열차가 30미터 길이의 네온 고리 내부를 돌고 도는 이 기구의 운전기사는 열차가 꼭대기에 이르렀을 때 작동을 멈추어 관람객을 거꾸로 매달리게 만들었고 안전띠 위로 몸이 접힌 관람객들의 잔 돈이며 안경 따위가 비처럼 쏟아지기 시작했다. 올려다보고 있던 나는 한 칸에서 굵은 토사물 줄기가 원호를 그리며 내려오는 광경 을 목격한다. 줄기가 30미터 길이의 나선을 그리며 내려와 철퍼덕

차진 소리를 내며 떨어진 곳은 배구에 대해 뭐라고 적힌 티셔츠를 입은 두 소녀 사이이고 두 소녀는 바닥을 보았다가 다시 서로를 보고 끔찍하다는 듯 슬랩스틱 코미디 같은 표정을 짓는다. 불꽃 열차가 마침내 승강장에 멈추었을 때 사색이 된 아이가 시퍼런 토사물이 묻은 축축한 차림으로 비틀거리며 내리고 곧이어 레몬 셰이크 업 부스로 휘청거리며 걸어간다.

나는 뛰다시피 걸어가며 이런저런 인상을 끄적이는 중이다. 빈사 체험 기구에 대한 본격 조사를 마지막 순간까지 미뤄놓았으므로 해가 지기 전에 모든 것을 정리해두고 싶다. 나는 밤의 해피 할로가 어떤 곳인지 저 멀리 취재진 구역 언덕에서 봐서 알고 있었다. 돌아가는 네온 불빛, 광대 로봇, 추락하는 기계들의 소음, 찢어지는 비명, 확성기에서 나오는 호객꾼들의 광고, 시끄러운 록 음악 등을 어둠 속에서 만나는 일이 마치 형편없는 1960년대 영화에서 묘사하는 불쾌한 환각 체험과 다르지 않을 것이라고 나는 생각했다. 해피 할로에서 가장 뼈저리게 느껴진 점은 내가 정신적으로 더 이상 중서부인이 아니라는 사실이다. 이제 젊지도 않다. 나는 군중도 비명도 시끄러운 소음도 더위도 좋아하지 않는다. 어쩔 수 없다면 견디겠지만 이것들은 더 이상 '특별한 선물'도 아니고 신성한 '공동체' 시간으로 느껴지지도 않는다. 할로에 있는 군중은 황금 시간대가 되면서 주로 고등학생 커플, 지역 불량배, 동성 친구들의 무리로 바뀌었는데 이들은 극도로 만족스러워 보이며 생기 있고 발동이 걸린 듯하다. 그리고 어떻게든 모든 감각적인 데이터를 빨아들이는 스펀지 같은 모습이다. 나는 축제에 도착한 이후 처음 진심으로 외로운 기분이다.

그리고 이 말은 꼭 하고 넘어가지 않을 수 없는데, 한쪽으로 기울어지고 매달리고 떨어지고 고속으로 이리저리 던져지고 토할 때까지 거꾸로 걸려 있기 위해 돈을 내는 사람들을 나는 이해할 수 없다. 마치 돈을 내고 교통사고를 당하려는 것 같다. 예전에도 이해할 수 없었고 지금도 이해할 수 없다. 지역적이거나 문화적인 문제는 아니다. 신경 건강상의 기본적인 특질 때문이라고 생각한다. 내 생각에 이 세상에는 관리된 조건 아래의 공포 체험에서 흥분을 느끼는 사람들과 그렇지 않은 사람들이 있다. 나는 공포에서 흥분을 느끼지 않는다. 공포를 느낀다. 나의 기본적인 인생 목표 가운데 하나는 나의 신경계가 노출되는 총 공포의 양을 가능한 한 최소로 유지하는 것이다. 물론 여기에는 잔인한 역설이 자리하고 있는데 나 같은 신경 체질을 가진 사람은 대개 공포에 휩싸이기 매우 쉬운 예민한 신경계를 가지고 있다는 사실이다. 아마 '링 오브 파이어'를 올려다보는 내가 그걸 타고 있는 사람들보다 더 많은 공포를 느낄 것이다.

해피 할로에는 '틸트 어 휠'이 하나도 아니고 두 개나 있다. '와이프 아웃'이라는 기구는 불을 밝힌 거대한 원반에 고정된 좌석에 손님들을 붙들어 매는데 이 원반은 기우뚱거리며 핑그르르 돌지만 좀처럼 멈출 줄 모르는 것이 꼭 동전 같다. 악명 높은 '해적선'은 40명쯤 되는 사람들을 플라스틱 갤리선에 태우고 이 배를 마치 진자처럼 움직이며 호를 그리게 하는데 타고 있는 사람은 정면으로 하늘을 보거나 땅을 보게 된다. '해적선' 양옆에도 토사물이 있다.

'해적선'을 운전하는 기사는 안대와 앵무새, 갈고리를 착용해야 하는데 이 갈고리의 끄트머리에는 말보로가 꽂힌 채 타들어가고 있다.

'유령의 집' 운전기사는 신세밀랴(마리화나의 일종—옮긴이) 냄새가 진동하는 플라스틱 조종실 안에 엎어져 있다.

30미터 높이의 '자이언트 곤돌라 휠'은 낡고 흔한 대관람차로 일종의 철제 찻잔에 두 사람을 마주 보게 태운다. 돌아가는 모습은 웅장하지만 꼭대기에 있는 칸은 불을 밝힌 작은 골무처럼 보일 만큼 높이 있고 데이트 상대가 찻잔의 양옆을 붙잡고 흔들면 여성은 가느다란 비명을 내지르곤 한다.

가장 심각한 빈사 체험 기구들 앞에 있는 줄이 가장 긴 편이다. '링 오브 파이어' '지퍼' '하이 롤러' 등이 그렇다. '하이 롤러'는 타원 안에서 고속으로 달리는 열차인데 타원 역시 열차의 운동 방향과 수직으로 회전한다. 군중은 빽빽하고 방충제 냄새를 풍긴다. 그물 셔츠를 입은 남자아이들이 데이트 상대를 붙잡고 걷는다. 중서부의 젊은 커플은 상당히 **공개적으로** 연애를 한다. 여자아이들은 다들 머리를 높이 세웠고 입술은 벌에 쏘인 듯하며 눈 화장은 열기에 녹아내려 뱀파이어 같은 분위기를 더한다. 요즘 여자 고등학생들의 노골적인 성적 관심은 동부나 서부에서만 볼 수 있는 게 아니다. 마치 허리케인 속에서 나무를 붙들 듯 공공장소에서도 남자친구를 붙들고 놓지 않는 여자아이를 중서부에서는 드레이프drape라고 한다. 미드웨이에는 드레이프가 많다. 나는 구보를 하면서 믿음직한 잠자리 클리커를 마치 사슬 달린 향로처럼 들고 큰 원호를 그리며 흔든다. 엄격하고 꽉 짜인 시간표에 따라 움직이는 중이다. '아모르 익스프레스'에서는 또 한 대의 열차가 위상기하학적으로 비틀어진 고리 위를 시속 95킬로미터 이상으로 달리는데 이 고리의 절반은 네온 하트와 화살로 장식된 섬유 유리 터널이 감싸고 있다. 가로등에 붙은 해충 박멸기는 부지런히 제 일을 하고 있다. 땅에 떨어진 트로전스 콘돔 상자 옆으로 아크릴 상자가 줄지어 있고 그 안에서는 헐렁한 집게가 장신구를 뽑으려고 애쓰고 있다. 할로는 기본적으로 동서로 뻗어 있지만 나는 8자를 그리며 뛰면서 같은 기구를 여러 번 지난다. '유령의 집' 조종실 밖으로 운전기사의 운동화가 튀어나와 있고 나머지 부분은 눈에 보이지 않는다. 아이들은 공짜로 '유령의 집'으로 뛰어 들어가고 있다. 나는 아주 잠시, 다른 사람도 아니고 배우 앨런 시크를 목격한다. 〈쥬라기 공원〉 봉제 인형을 따기 위해 판지로 만든 이라크인 2D 모형을 공기총으로 쏘고 있는 저 사람은 앨런 시크가 분명하다.

할로의 놀이 기구를 직접 타보지 않고 그 느낌을 설명한다는 것은 기자로서 무책임한 짓이다. '키디 콥터'는 시코르스키 기본형 헬리콥터의 축소판들이 정상적이고 품위 있는 속도로 회전하는 기구다. 헬리콥터에 달린 프로펠러 또한 회전한다. 기구가 약간 좁은 감이 있다는 것은 인정한다. 무릎을 가슴에 꼭 붙이고 앉아도 그렇다. 기구 전체가 급격히 기울어지는 바람에 내가 최대 탑승 가능 무게인 45킬로그램을 상당히 초과한다는 사실이 드러나고 나는 기구에서 쫓겨난다. 그러나 이 사태에 대해 이 기구를 담당하고 있던 카니발 일꾼뿐만 아니라 기구를 타고 있던 다른 아이들조차 나에게 지나친 비난을 보냈음을 지적하지 않을 수 없다. 각각의 기구에는 자체 방송 장치가 달려 있고 아드레날린을 솟게 하는 자체의 록 음악이 흘러나온다. 못된 꼬마들이 '키디 콥터'를 타고 돌고 도는 동안 스피커에서는 조지 마이클의 〈아이 원트 유어 섹스〉가 흘러나온다. 늦은 밤의 할로는 그 자체만으로도 거대한 음향의 뒤섞임으로 서로 다른 소리가 차례로 비집고 나온다. 대개는 호각 소리, 사이렌 소리, 증기 오르간 소리, 기계적인 광대의 웃음소리, 헤비메탈 음악, 녹음된 비명과 구분이 불가능한 실제 비명 등이다.

가까이서 다시 한 번 보니 앨런 시크는 아니다.

'선더볼츠'와 '옥토퍼스'에서는 모두 각각의 칸이 위상학적으로 복잡한 평면에 따라 움직이도록 던져지고 각 칸은 이와 동시에 자유 회전을 한다. '선더볼츠'의 북쪽 면과 출입 경사로에도 역시 위장이 문제를 일으킨 흔적들이 남아 있다. 그리고 '그래비트론'이라는 기구도 있는데 문을 닫을 수 있는 팽이처럼 생긴 구조물로 그 안에는 아주 빨리 회전하는 고무 방이 있어서 탑승객은 마치 자동차 앞 유리에 앉은 파리 처지가 된다. 간단히 말하면 원심력을 이용해 사람의 뇌를 그 뇌에 공급되는 피로부터 분리시키는 원심분리 장치다. '그래비트론'에서 나오는 사람들을 지켜보는 일은 결코 즐겁지 않으며 출구 쪽 바닥이 어떤지 독자 여러분은 알고 싶지 않을 것이다. 한 소년은 외발로 선 채 운전기사의 옷소매를 잡아당기며 안에서 신발을 잃어버렸다고 운다. 카니발 일꾼들의 까무잡잡한 피부는 왠지 사악하게 까무잡잡하다고 설명할 수밖에 없다. 많은 일꾼이 눈썹이 처졌고 턱이 튀어나와 있는데 이는 태아 알코올 증후군과 흔히 연관된 증상이다. '스쿠터'는 일종의 범퍼카인데 빠르고 무자비하며 완충 장치가 부족해서 척추 지압사 방문을 보장하는 놀이 기구로서 담당 기사는 내가 볼 때마다 동일한 의자에 동일한 자세로 늘어져 있는데 미친 듯 움직이는 차들을 멍하니 바라보며 사용된 티켓을 찢는 모습은 감금 병동에 있는 사람의 얼빠진 집중력을 떠올리게 한다. 나는 승강장 난간에 자연스럽게 기대어 서서 기자 출입증이 잘 보이는 위치에서 대롱거리게 만든 다음 남자에게 일이 지루할 텐데 어떻게 정신을 놓지 않을 수 있는지 친근하게 다가가 묻는다. 남자가 아주 천천히 고개를 돌리자 얼굴에 심각한 틱 증세가 있음이 드러난다. "그게 무슨 개소리예요."

　'지퍼'의 조종석에서는 며칠 전 보았던 그 두 사람이 똑같은 옷을 입은 채 관람객들로 가득한 기구를 올려다보며 팔꿈치로 서로를 건드리고 있다. 미드웨이는 온갖 냄새로 가득하다. 윤활유 냄새, 튀긴 음식 냄새, 담배 연기, 커터 모기 퇴치제, 쇼핑몰에서 파는 청소년 향수, 벌들이 뒤덮은 쓰레기통 안의 고약한 쓰레기 냄새 등. 죽음에 가장 가까이 보내주는 빈사 체험 기구는 서쪽 끝 '자이클론' 롤러코스터 근처에 있는 '가미카제'로 보인다. 네온사인에는 웃고 있는 해골이 있고 해골의 머리띠에는 그저 '가미카제'라고 적혀 있다. 흰 페인트를 칠한 높이 약 20미터의 철 기둥이 있고 거기에서 약 15미터 길이 망치 형상의 두 팔이 양쪽으로 내려와 있다. 이 두 팔 끝에 투명한 플라스틱 칸이 달려 있고 총 열두 명이 앉을 수 있다. 두 팔은 격렬하게, 그러니까 360도 세로로 회전하는데 서로 다른 방향으로 움직이기 때문에 한 바퀴 돌 때마다 위에서 혹은 아래에서 상대편 칸과 부딪혀 산산조각이 날 듯 보인다. 나를 향해 날아오는 상대편 칸 사람들의 얼굴이, 공포에 질려 잿빛이 되고 중력에 눌려 일그러진 얼굴들이 똑똑히 보이는 것이다.

아니다. 더한 것을 찾았다. 어제는 여기 있지도 않았다. 특별히 설치된 모양이다. 카니발에 정식으로 포함되지 않은 기구일 수도 있다. 바로 '스카이코스터'다. '스카이코스터'는 할로의 서쪽 가장자리 끝에 당당하게 그리고 초연하게 서 있다. 식기류를 상품으로 내건 '오르막 볼링' 부스를 지나면 나오는데 블롬스네스-테보 트레일러들과 해체된 기계들 사이로 움푹 들어간 오목한 공간에 있다. 처음에는 어떤 노란 건설용 중장비 기계밖에 보이지 않는데 잠시 후 머리 위 높이 어떤 장치가 보이지만 동쪽에서 바라보는 내게지는 해를 등진 이 기구는 단지 표현주의적 그림 속 음영의 뒤얽힘일 뿐이다. 작지만 꾸준한 행렬이 '스카이코스터'가 있는 오목한 공간으로 이어진다.

높이 50미터가 넘는 건설용 크레인 BRH-200. 크레인치고도 정말 크고 바퀴 대신 탱크와 같은 무한궤도, 카나리아색 조종칸이 있으며 검은 강철로 된 긴 코는 위쪽으로 약 70도 기울어져 있다. 이것이 '스카이코스터'의 절반이다. 나머지 절반은 크레인으로부터 몇 백 미터 북쪽에 세워진 30미터가 넘는 그물 모양의 철탑이다. 크레인 주변으로 둘러친 빨랫줄 앞에 접이식 탁자가 있고 그 탁자 앞으로 사람들이 줄 서 있다. 돈을 받고 있는 50대 남짓한 여성은 자외선 차단제의 필요성을 강력하게 드러내고 있다. 여성의 뒤쪽으로 강력한 파란색 방수포가 깔려 있고 그 위에서 '스카이코스터' 티셔츠를 입은 금발의 육중한 남성 둘이 다음 고객에게 안전장치를 설치하고 있는데, 이 장치는 마치 미치광이를 묶어놓기 위한 재킷과 공구 벨트를 합쳐놓은 것처럼 생겼다. 정확히 어떤 일이 벌어질지 아직은 잘 알 수 없다. 이곳에서 할로의 소음은 귀청이 터질 듯한 동시에 먹먹하다. 만조 때 제방 뒤에 있는 느낌이랄까. 뒷주머니 속에서 땀에 젖어 내 엉덩이 모양으로 구부러진 미디어 가이드에는 이렇게 나와 있다. "번지 점프가 스릴 있다고 생각한다면 '스카이코스터'를 타고 축제장 위를 높이 날아보세요. 탑승자의 몸 전체를 잡아주는 안전장치가 탑승자를 철탑 위로 끌어올린 뒤(sic, 오류이길 바람) 놓아주면 탑승자는 진자 운동을 하며 아래에 펼쳐진 축제 현장의 놀라운 전망을 감상하게 됩니다." 접이식 탁자 앞에 손으로 적은 안내문은 더 많은 의미를 내포하고 있다. "40달러. 아멕스, 비자, 마스터카드. 환불 불가. 중간 포기 불가." 두 남자는 탑승자를 데리고 3미터쯤 되는 건설용 승강장 계단을 오르고 있다. 양쪽에서 팔꿈치를 붙잡고 있는데 알고 보니 두 사람은 탑승객을 부축하고 있다. 부축을 받지 않으면 시작조차 할 수 없는 체험에 40달러를 지불하는 사람은 어떤 사람일까? 살아남으면 감사할 만한 일을 굳이 돈을 내고 만들어 하는 까닭은? 나는 전혀 이해할 수 없다. 게다가 이 탑승객은 좀 수상쩍은, 기이한 면이 있다. 일단 색이 들어간 조종사aviator 안경을 쓰고 있다. 색이 들어갔건 들어가지 않았건 중서부 시골에서 조종사 안경을 쓰는 사람은 없다. 그때 나는 남자의 정체를 깨닫는다. 남자는 400달러 상당의 '반피' 로퍼를 신고 있다. 양말도 없이. 어느새 크레인 아래 승강장에 엎드린 이 사람은 동부에서 온 사람인 것이다. 틀림없다. 소리 질러 외치고 싶을 지경이다. 파란 방수포 위에는 한 여성이 이미 안전장치를 하고 무릎을 떨며 차례를 기다리고 있다. 크레인의 주둥이 끝에서 쇠줄이 내려오고 그 끝에는 주먹만 한 집게가 있다. 또 다른 줄은 크레인의 조종칸에서 나와 땅을 지나 탑으로 간다. 이 줄은 탑의 측면에 달린 고리들을 지나 탑 꼭대기에 있는 도르래와 연결되고 이 줄 끝에도 커다란 집게가 있다. 금발 남자 한 사람이 탑의 줄을 내리라는 신호를 보내고 줄을 승강장으로 가지고 온다. 크레인의 줄과 타워의 줄이 둘 다 동부 남자의 등 쪽 안전장치와 연결되고 조여지고 고정된다. 남자는 등에 어떤 것들이 연결되어 있는지 보려는 듯 고개를 돌리고 두 금발 남자는 승강장에서 내려간다. 크레인의 조종칸에 있는 또 다른 금발 남자가 레버를 올리고 탑에 연결된 줄이 잔디 위로, 탑의 측면으로 가면서 팽팽해진다. 탑에 연결된 줄이 남자를 허공으로 올리는 동안 크레인에 연결된 줄은 느슨한 채로 있다. 안전장치가 남자의 반바지와 셔츠를 다 가리고 있어서 남자는 마치 아기처럼 벌거벗은 것처럼 보인다. 동부 남자를 천천히 탑 꼭대기로 끌어올리고 있는 쇠줄이 팽팽해지면서 노래를 하듯 운다. 남자는 여전히 배를 땅으로 향한 채 팔다리를 꿈틀거리고 있다. 어느 정도 높이를 지나자 남자는 끈에 매달린 가축 같아 보인다. 침을 삼키려는 남자의 얼굴이 보이지만 이내 너무 작아져서 보이지 않는다. 남자는 마침내 탑 정상에 이르고 도르래에 엉덩이가 닿은 남자는 몸부림치지 않으려고 애를 쓰고 있다. 나는 간신히 메모를 이어간다. 기사는 잔인하게 남자를 매단 채 한동안 내버려둔다. 남자와 크레인의 주둥이 사이로 느슨한 쇠줄이 웃는 입 모양을 그리고 있다. 오목한 공간의 군중은 빨간 태양을 손으로 가린 채 중얼거리며 손가락질을 하고 있다. 한 십대 소년은 또 다른 십대 소년에게 이 광경을 두고 "지독하다"고 한다. 어떤 죄를 저질러야 남이 내 엉덩이를 붙잡고 저렇게 높은 곳으로 데려가 고공의 소고기처럼 매달아도 억울하지 않을까? 나는 머릿속으로 그런 죄들의 목록을 만들고 있다. 금발 남자 한 명은 확성기를 가지고 있고 군중의 흥미를 유발하고자 매달린 동부 남자에게 이렇게 묻는다. "준비, 되셨습니까." 동부 남자의 대답인지 신음인지 모를 소리는 사람 목소리보다는 소의 울음 같다. 색이 들어간 조종사 안경은 한쪽 귀에만 비뚤게 걸려 있다. 남자는 굳이 안경을 고쳐 쓰지 않는다. 이제 어떤 일이 벌어질지 알 것 같다. 레버를 당기면 타워와 연결된 줄의 집게가 분리될 것이고 그러면 맨발로 반피 로퍼를 신은 남자는 영원으로 느껴지는 시간 동안 자유낙하를 하다가 크레인에 연결된 줄이 팽팽해지면서 남자의 무게를 지탱할 것이다. 팽팽해진 줄은 남자를 남쪽으로 멀리 원을 그리며 움직이게 할 것이고 남자가 그린 원호의 상단은 거의 탑의 높이에 이를 것이다. 그런 뒤 남자는 다시 떨어졌다가 반대편으로 원을 그리며 움직일 것이고 왔다 갔다 할 것이다. 원호의 바닥에서 남자는 엎드린 상태일 것이며 양쪽 정점에서는 곧추선 듯 보일 것이다. 덜 익은 고기 빛깔의 일몰 앞에서 섰다 엎드렸다 하며 앞뒤로 흔들릴 것이다. 크레인 조종칸의 금발 남자가 레버에 손을 올리려는 순간, 군중이 숨을 들이쉬는 순간, 바로 그 순간 나는 용기를 잃는다. 축제의 마지막 순간에 나는 어린 시절, 자칫하면 완전한 원을 이룰 것 같은 원호의 모양으로 매달리거나 그런 모양을 그리는 무언가에 세차게 맞는 악몽을 수차례 꾸었다는 사실을 기억해낸다. 나는 목격자에 지나지 않을지언정 이런 것의 일부가 되기를 거부한다. 그리고 다시 한 번, 마지막 순간에야 나는 어린 시절 꾸었던 또 다른 최악의 악몽을 기억해내고 이것이야말로 모든 것을 지워버릴 수 있음을 기억한다. 이어서 태양과 하늘과 추락하는 여피가 모두 불 꺼지듯 꺼져버린다.

(1993년)

데이비드 린치, 정신머리를 유지하다

David Lynch Keeps His Head

◎   미국 영화감독 데이비드 린치의 영화〈로스트 하이웨이〉촬영장을 방문한 뒤 쓴 기사라고는 하지만 데이비드 린치의 거의 모든 작품과 감독 자신에 대한 깊이 있는 설명과 분석, 동경과 칭송이 담겼다. 1996년《프리미어》에 실렸다. 첫 번째 산문집《재밌다고들 하지만 나는 두 번 다시 하지 않을 일》에 수록되어 있다.

1. 이 기사가 어떤 영화에 대한 것인지에 대하여

데이비드 린치의 〈로스트 하이웨이Lost Highway〉는 린치와 배리 기포드가 각본을 쓰고 빌 풀먼, 퍼트리샤 아켓, 밸새저 게티가 등장하는 영화다. 프랑스 CIBY 2000이 투자하고 제작사 에이시메트리컬 프로덕션Asymmetrical Productions이 1996년부터 저작권을 소유하고 있다. 이 제작사는 린치의 회사로 할리우드 힐스에 위치한 린치의 자택 바로 옆에 있다. 린치가 디자인한 이 회사의 아주 멋진 그래픽 로고는 이렇게 생겼다.

〈로스트 하이웨이〉의 배경은 로스앤젤레스와 연안 반대편 근교의 사막 같은 지형이다. 실제 촬영은 1995년 12월에서 1996년 2월까지 이어진다. 린치는 원래 촬영장을 비공개로 운영하면서 영화 제작에 관련해서는 보안을 여러 겹으로 철저히 하고 프리메이슨 부럽지 않은 비밀스러운 분위기를 유지하지만 나는 1996년 1월 8일에서 10일까지 〈로스트 하이웨이〉 촬영장에 들어갈 수 있게 되었다. 이것은 내가 단지 아주 오래전부터 린치의 광팬이었기 때문만은 아니다. 물론 에이시메트리컬 프로덕션에 취재 요청을 할 때 내가 린치의 열렬한 팬이라는 사실을 알렸다. 그러나 사실 내가 〈로스트 하이웨이〉 촬영장에 들어갈 수 있었던 이유는 잡지《프리미어》의 업계 내 영향력 덕분이었고 린치와 에이시메트리컬에게 이 영화의 성패가 매우 중요했기 때문에(5번 참조) 더 이상 과거처럼 홍보와 '미디어 기계'에 과민하게 반응하기 어렵다고 느꼈기 때문일 것이다.

2. 데이비드 린치가 실제로 어떤 사람인지에 대하여

전혀 알 수 없다. 나는 린치의 반경 1.5미터 이내로 들어가본 적이 없고 린치와 대화를 한 적도 없다. 에이시메트리컬 프로덕션에서 나를 촬영장에 들여보내준 부수적인 이유 가운데 하나는 내가 언론인을 흉내조차 내지 않으며 누군가를 인터뷰할 줄도 모를뿐더러 린치를 인터뷰하는 게 별 의미 없다고 생각했기 때문이다. 기이하게도 이런 생각은 나에게 유리하게 작용했는데 린치는 〈로스트 하이웨이〉 제작 중에 인터뷰를 하고 싶지 않다고 힘주어 말해 두었기 때문이다. 영화를 찍을 때 그는 굉장히 바쁘고 깊이 몰두해 다른 데 신경 쓸 겨를이 없으며 영화 이외의 것에 할애할 주의력이나 뇌 공간이 매우 적다. 이것은 홍보를 위한 허풍이 아니고 사실이다. 가령 이런 것이다.

내가 영화 촬영장에 나와 있는 데이비드 린치의 실물을 처음 보았을 때 린치는 나무에 소변을 보고 있었다. 농담이 아니다. 1월 9일, 웨스트 로스앤젤레스의 그리피스 파크에서였다. 이곳에서는 〈로스트 하이웨이〉의 실외 및 운전 장면이 촬영되고 있었다. 린치는 베이스캠프 트레일러와 촬영 세트 사이에 있는 흙길 가장자리 촘촘한 덤불 사이에 서서 발육이 멈춘 소나무에 오줌을 누고 있었다. 막대한 양의 커피를 마시는 데이비드 린치는 힘차게, 그리고 자주 소변을 누는 것으로 알려져 있고 소변이 마려울 때마다 트레일러가 줄지어 선 베이스캠프로 가서 화장실 트레일러를 사용하기에는 그도 시간이 없고 제작 일정도 기다려주지 않는다. 그래서 내가 본 린치의 첫 모습은 먼발치에서(당연히) 본 뒷모습이었다. 〈로스트 하이웨이〉의 배우와 제작진은 린치의 노상 방뇨를 그냥 무시하고 넘어간다. 긴장되고 불편한 상태가 아닌 편안한 태도로 무시한다. 야외에서 소변을 누는 아이를 무시하듯 하는 것이다.

사소한 뒷이야기: 영화계 사람들은 야외 촬영장의 화장실 트레일러를 이렇게 부른다.

"꿀차."

3. 데이비드 린치가 창작/감독한 작품 가운데 이 기사에 언급되는 작품들

⟨이레이저 헤드Eraserhead⟩(1977), ⟨엘리펀트 맨The Elephant Man⟩(1980), ⟨듄Dune⟩(1984), ⟨블루 벨벳Blue Velvet⟩(1986), ⟨광란의 사랑Wild at Heart⟩(1989), TV에서 방영된 ⟨트윈 픽스Twin Peaks⟩(1990-1992) 두 시즌, ⟨트윈 픽스: 파이어 워크 위드 미Twin Peaks: Fire Walk with Me⟩(1992), 그리고 다행히도 취소된 TV 시리즈 ⟨방송 중On the Air⟩(1992)이 있다.

4. 르네상스맨이라고 할 만한 린치의 기타 작업물

크리스 아이작 뮤직비디오 연출, 마이클 잭슨의 아낌없는 30분 분량의 ⟨데인저러스⟩ 비디오를 위한 극장용 티저 영상 연출, 캘빈클라인의 옵세션, 생로랑의 오피움, 알카셀처 소화제, 전국유방암캠페인,[1] 뉴욕시의 새로운 쓰레기 수거 프로그램 등의 광고 연출. 린치와 안젤로 바달라멘티가 공동 작곡한 노래로 이루어진 줄리 크루즈의 앨범 《밤의 어둠 속으로Into the Night》도 그가 제작했다. 이 앨범에는 ⟨트윈 픽스⟩의 주제가와 ⟨블루 벨벳⟩의 ⟨사랑의 신비Mysteries of Love⟩[2]도 들어 있다. 몇 년 동안은 주간지 《엘에이 리

---

1 전국유방암캠페인 광고 영상은 아직 구하지 못했지만 린치와 근치적 유방 절제술의 결합이 낳을 수 있는 온갖 가능성은 생각만 해도 어질어질하다.

2 ⟨블루 벨벳⟩에는 ⟨사랑의 신비⟩가 단편적으로만 들어 있지만 암암리에 역대급 애무용 음악으로 명망이 높다. 꼭 한 번 들어볼 만하다.

더L.A. Reader》에 만화 '세상에서 가장 화가 난 개The Angriest Dog in the World'를 연재하기도 했다. 바달라멘티(《로스트 하이웨이》의 음악 작곡도 그가 담당하고 있다)와 공동 작곡한 〈산업 교향곡 제1번Industrial Symphony #1〉의 1990년도 비디오에는 니컬러스 케이지와 로라 던, 줄리 크루즈, 〈트윈 픽스〉에 나왔던 딱딱한 분위기의 난쟁이, 상의를 탈의한 치어리더와 가죽이 벗겨진 사슴이 나오고 음악도 제목과 잘 어울린다. 〈산업 교향곡 제1번〉은 브루클린 음악 아카데미에서 1992년 실황으로 연주되기도 했고 엇갈린 평가를 얻었다. 린치는 또한 추상표현주의 그림을 여러 번 전시하기도 했는데 여기에 대해서는 엇갈린 평가에 채 미치지 못하는 낮은 평가를 받았다. 1992년³에는 제임스 시뇨렐리와 〈호텔 방Hotel Room〉을 공동 연출했는데 이 장편 영상에는 뉴욕시 레일로드 호텔의 한 방에서 벌어지는 여러 짤막한 삽화들이 담겨 있다. 닐 사이먼을 베낀 진부한 주류적 착상임에도 린치스러움이 충분히 묻어나는 〈호텔 방〉은 이후 타란티노와 그 일당이 베껴 1995년에 〈포 룸Four Rooms〉으로 만든다. 린치가 펴낸《이미지Images》(하이페리온 출판사, 1993년, 40달러)는 일종의 응접실용 책으로 영화 스틸, 자신의 그림 도판, 직접 찍은 예술 사진들이 들어 있다. (이 중 일부는 오싹하고 음울하고 섹시하고 세련됐으며 일부는 점화 플러그나 치과용 장비⁴ 등을 찍은 것으

---

3 (확실히 1992년은 린치가 광적인 창조 활동을 보여준 해였다.)

4 그나저나 린치는 치의학에 새로운 열정이 생긴 듯하다. 〈로스트 하이웨이〉 각본 표지에 있는 사진은 중증 응급 환자에 대한 치의학 교과서에서 가져온 것으로 얼굴 반쪽은 정상인데 나머지 반쪽은 믿을 수 없을 정도로 퉁퉁 부었고 역겨워 보인다. 에이시

로 좀 바보 같다.)

5. 《프리미어》의 특정 편집인들이 제안했던(그것도 다소 노골적으로) 〈로스트 하이웨이〉에 대한 이 기사의 특별한 핵심 혹은 '관점'

큰 성공을 거둔 〈블루 벨벳〉에 이어 〈광란의 사랑〉도 칸 영화제에서 황금종려상을 받고 〈트윈 픽스〉 첫 시즌이 전국적 열풍을 일으키면서 데이비드 린치는 미국에서 가장 주목할 만한 아방가르드 감독, 상업성이 있는 아방가르드 감독, '색다른' 감독으로 자리매김했다. 그리고 한동안 그가 혼자 힘으로 미국 영화계에서 예술과 상업의 새로운 결합을 중개할 수 있으리라 여겨지기도 했다. 공식에 갇힌 할리우드에 예술 영화의 엉뚱함과 활력을 불어넣어주리라 기대했던 것이다.

그러다 1992년 〈트윈 픽스〉 두 번째 시즌이 인기를 얻지 못한 채 〈트윈 픽스: 파이어 워크 위드 미〉마저 혹평을 받고 상업적으로 실패했다. 게다가 바닥이 보이지 않을 만큼 참담했던 〈방송 중〉이 매우 길게 느껴진 6주간의 방영 끝에 ABC에 의해 안락사를 당했다. 이런 삼재 끝에 비평가들은 컴퓨터 앞으로 돌아가 린치의 모든 작품을 재평가하게 됐다. 1990년 당시 《타임》 표제 기사의 주인

메트리컬 프로덕션에서는 이 사진을 굉장히 흥미롭게 여기며 〈로스트 하이웨이〉의 광고와 포스터에 사용하기 위한 법적 절차를 검토하고 있는데 내가 사진 속 환자라면 아주 천문학적인 사용료를 요구하고 싶을 것 같다.

공이었던 린치는 어느새 인신공격이 섞인 압도적인 반발의 대상이 되었다. 《엘에이 위클리》는 이런 식으로 썼다. "세련된 관객은 린치가 풍자를 하고 있다고 생각하지만 이것은 사실과 전혀 다르다. 풍자적으로든 아니든 린치는 크리티크(sic)를 할 능력을 갖추지 못했다. 린치의 화면 속 환상에 그토록 많은 사람이 '응?' 하는 반응을 보이는 이유는 감독 자신이 결코 그런 반응을 보이지 않기 때문이다."

그러므로 〈로스트 하이웨이〉에 대한 '할리우드 인사이더'적인 질문은 당연히 이 영화가 린치의 명성을 회복해줄 것이냐 하는 것이다. 이것은 마땅히 흥미로운 질문이다. 그러나 《타임》 표지 모델이 되려면 어떤 힘들이 작용해야 하는지 예측이 몹시 힘들기 때문에 더 현실적으로 생각하자면 〈로스트 하이웨이〉가 과연 린치를 예전과 같은 정상에 올려놓아야 마땅한지 물어야 할 것이다. 그러나 내게 좀 더 흥미로운 질문은 데이비드 린치가 자신의 명예가 회복되든 말든 일말의 관심이 있는가 하는 점이었다. 린치의 영화를 반복해서 보고 새로운 영화의 촬영장을 구경하면서 내가 얻은 인상은 린치가 별로 상관하지 않는다는 것이다. 이 태도는 린치 자신처럼, 그리고 린치 자신의 작품처럼 존경할 만한 동시에 약간 미친 듯하다.

6. 〈로스트 하이웨이〉가 대체 무엇에 대한 영화인지에 대하여

참고용 각본 표지에 있는 린치 자신의 짤막한 설명을 빌리면 이 영화는

21세기 누아르 호러 영화

평행 정체성 위기에 대한 시각적 탐구

시간이 위태롭게 통제를 벗어나 있는 세상

잃어버린 도로 위의 끔찍한 질주

표현이 다소 과열된 감이 있지만 아마 잠재적 유통사를 위한 하이콘셉트적 문구로 들어갔을 것이다. 이 과장된 글의 두 번째 줄이 〈로스트 하이웨이〉를 가장 잘 묘사하고 있다. 여기서 "평행 정체성 위기"란 영화 속 누군가가 말 그대로 다른 사람으로 변한다는 이야기를 좀 그럴듯하게 한 것 같다. 그리고 바로 이 점 때문에 〈로스트 하이웨이〉를 전형적인 린치 영화라고 말할 수 있다. 물론 이 영화에는 여러 새롭고 이색적인 면이 있지만 다수의/모호한 정체성이라는 주제야말로 배경음악 속 불길한 주변 소음만큼이나 린치의 트레이드마크다.

7. 6번의 마지막 부분을 연결부로 삼아 린치가 영웅적 작가로 탄생하게 된 과정에 대한 간단한 설명을 이어 가보자

데이비드 린치의 영화가 정체성의 끊임없는 변화를 다루고는 있지만 린치 자신은 영화감독으로 활동하는 내내 놀라울 만큼 변하지 않은 자신의 모습을 보여주었다. 어느 쪽으로도 설명할 수 있을 것이다. 린치가 타협하거나 배반하지 않았다는 설명도, 혹은 영화를 만들어온 20년간 별로 성장하지 않았다는 설명도 가능하다.

그러나 변치 않는 사실은 린치가 자신의 극히 개인적인 시각과 접근 방식을 놓지 않았고 그러기 위해 상당한 희생을 감수했다는 점이다. 〈로스트 하이웨이〉 제작자 가운데 한 명인 톰 스턴버그는 이렇게 말한다. "누가 어떤 영화를 원하든 데이비드는 만들 수 있어요. 하지만 데이비드는 할리우드 프로세스의 일부가 아니에요. 원하는 대로 스스로 선택하죠. 데이비드는 예술가예요."

거의 맞는 말이다. 그러나 대부분의 예술가들과 달리 린치에게는 후원자가 없지 않았다. 〈이레이저 헤드〉에서 보여준 힘을 믿고 멜 브룩스의 제작사가 1980년 린치를 고용해서 〈엘리펀트 맨〉을 만들었으며 이 영화는 린치에게 오스카 후보 자격을 안겨주었다. 그리고 이 덕분에 할리우드 프로세스의 원조라고 할 수 있는 디노 드 로렌티스가 프랭크 허버트의 《듄》을 영화화할 사람으로 린치를 선택한 것이다. 드 로렌티스는 린치에게 큰돈을 제안했을 뿐만 아니라 자신의 제작사와 향후 프로젝트를 함께하도록 지원 계약도 맺었다.

1984년작 〈듄〉은 린치의 커리어 사상 최악의 영화라는 데 의심의 여지가 없으며, 꽤 형편없다. 어떤 의미에서 린치를 감독으로 캐스팅한 것이 문제였다. 〈이레이저 헤드〉는 말하자면 혈장을 팔아서라도 필름을 살 가치가 있었던 명작으로 배우와 제작진은 매우 적었으며 대부분 무보수로 일했다. 반면 〈듄〉의 제작비는 할리우드 역사상 가장 많은 축에 속했으며 제작진 규모는 카리브해 어느 소국에 견줄 만했다. 또한 호화로운 최첨단 특수효과가 영화에 들어갔다. (14개월이라는 촬영 기간의 절반이 미니어처와 스톱액션에 소요되었다.) 뿐만 아니라 허버트의 소설 자체도 믿을 수 없이 길고 복잡했으므로 린치는 레이밴 선글라스를 쓴 남자들이 투자한 주요 상업 영화 제작이 야기하곤 하는 골치 아픈 문제들을 해결해야 했을 뿐만 아니라 소설 속에서조차 고통스러울 만큼 뒤얽힌 줄거리를 영화적으로 말이 되게 만들어야 했다. 다시 말해 〈듄〉의 연출은 기술력과 행정력을 고루 갖춘 사람이 맡아야 했다. 영화계에서 누구보다 뛰어난 기술자였던 린치는[5] 환상 세계를 구축하는 데 천재적이고 거기 완전히 몰입하는 신동에 가까웠다. 자신에게 그 놀이와 그 놀이의 규칙과 부수적인 내용에 대한 창의적 지배력이 전적으로 주어지는 경우에만 친구들을 놀이에 참여시키는 아이 같았다. 다시 말해 어떤 행정력도 전혀 없었다.

〈듄〉을 비디오로 다시 보면 그 결점에 대한 책임이 명백히 린치에게 있다는 사실을 알 수 있다. 예를 들어 감자같이 생긴 모범생 분위기의 카일 매클라클런을 서사시적 영웅으로 캐스팅한 점이나 누가 봐도 배우 같지 않은 폴리스의 스팅을 사이코 악당으로 내세운 점이 그렇다. 더 심하게는 생각에 잠긴 등장인물 얼굴을 당겨 찍고 생각을 배경 음향으로 들리게 함으로써(생각이 밖으로 들리는 것임을 나타내는 약간의 울림과 함께) 줄거리를 설명하려고 했다. 이 촌스러운 구닥다리 기법은 〈듄〉이 나왔을 당시 〈SNL〉이 이미 수년간 패러디해온 것이다. 그 결과 아주 엄숙하고 진지하려고 애쓰

---

5 (게다가 〈듄〉은 시각적으로 굉장하다. 특히 사막 행성의 거대한 지렁이 괴수와 이 괴수가 지닌 남근 형상의 세 갈래 주둥이는 〈이레이저 헤드〉의 헨리 스펜서가 신비한 잠음이 나는 찬장에 보관하는 신비한 지렁이와 기이하게 닮았다.)

는 동시에 우스운 영화가 나왔고 이는 곧 실패작의 정의와도 같다. 〈듄〉은 실로 거대하고 거만하고 앞뒤가 안 맞는 실패작이었다. 그러나 앞뒤가 안 맞았던 이유는 상당 부분 드 로렌티스의 제작자들 책임이기도 하다. 영화 개봉 직전 린치의 최종본에서 수천 미터의 필름을 잘라냈기 때문이다. 이미 대실패의 냄새를 맡은 제작자들은 영화를 일반적인 극장 상영 시간에 좀 더 가깝게 맞추고자 했다. 비디오만 봐도 어디가 잘려나갔는지 알기가 어렵지 않다. 영화는 난도질을 당한 느낌이 들고 의도와 다르게 초현실적이다.

그러나 기묘한 의미에서 〈듄〉은 린치의 감독 인생에서 '커다란 기회'로 작용했다. 믿을 수 있는 정보에 따르면 극장에 마침내 모습을 드러낸 〈듄〉은 린치의 가슴을 아프게 했다. 이 사태는 일종의 재난이었고, '할리우드 프로세스'가 집어삼킨 순수하고 이상주의적 예술가에 대한 신화에서 이런 재난은 예술가의 순수성의 처참한 종말을 의미한다. 유혹에 지고 압도되고 버림받은 예술가는 대중의 비난과 업계 거물의 분노를 홀로 감내해야 한다. 이 경험은 린치를 악감정을 가진 통속적인 예술가로(그래도 돈은 많이 버는 예술가로) 만들 수도 있었다. 린치는 상업 영화사를 위해 특수효과를 때려 부은, 유혈이 낭자한 고어물을 만드는 사람이 될 수도 있었다.[6] 그게 아니면 안전한 학계로 조르르 달려가 파이프와 베레모 무리를 위

---

6 '할리우드 프로세스'와 그 혜택이 감독의 멋과 활기를 어떻게 파괴하는지 보고 싶다면 로버트 로드리게스의 최근 행보를 살펴보길 바란다. 혈장으로 돈을 댄 것 같은 〈엘 마리아치〉가 보여주던 활기는 〈데스페라도〉의 잔학한 가식으로, 그리고 허황되고 수치스러운 〈황혼에서 새벽까지〉로 이어졌다. 몹시 슬픈 일이다.

해 줄거리가 없는 모호한 16밀리 필름 영화를 만들 수도 있었다. 그러나 린치는 어느 쪽도 하지 않았다. 린치는 버티는 동시에 어떤 면에서는 손을 들었다. 린치가 〈듄〉을 통해 확신하게 된 점은 제인 캠피언, 코언 형제, 짐 자무시, 헨리 자글롬을 비롯한 모든 아주 흥미로운 독립 영화감독이 원칙으로 삼고 있는 사실이었다. 수년 뒤 린치는 어느 인터뷰에서 이렇게 말했다. "그 경험을 통해서 귀중한 가르침을 얻었어요. 최종 편집권이 주어지지 않는 영화는 차라리 만들지 않아야 한다는 걸 알았죠."

그리고 바로 이 경험은, 린치의 영화 속에 나올 법한 기묘한 전개를 통해 〈블루 벨벳〉으로 이어졌다. 〈블루 벨벳〉 제작은 린치가 〈듄〉을 연출하기로 합의하면서 맺은 계약의 일부였다. 〈듄〉이 폭삭 망한 뒤 드 로렌티스와 데이비드의 관계는 두 해 동안 다소 냉랭했고, 데이비드가 〈듄〉의 최종 편집에 불만을 털어놓으며 〈블루 벨벳〉 각본을 쓰는 동안 격노한 드 로렌티스는 두 손으로 머리를 움켜잡았으며, 드 로렌티스 엔터테인먼트 그룹의 회계사들은 4,000만 달러가 들어간 작품의 사산에 대한 검시를 진행했다. 그러다 난데없이 드 로렌티스가 린치에게 〈블루 벨벳〉 제작을 위한 계약안을 제시했는데 그 조건이 매우 특이했다. 아마 그 조건은 〈듄〉최종 편집에 대한 린치의 불평과 그 불평을 흥미로운 동시에 불쾌하게 받아들인 드 로렌티스의 합작품이었을 것이다. 드 로렌티스는 〈블루 벨벳〉을 위해 쥐꼬리만 한 제작비와 기막히게 낮은 연출료를 약속했지만 영화 제작에 대한 전권을 이임했다. 업계 거물이 일종의 징벌적인 엄포로서 '어디 한번 실컷 떠들어댄 대로 해봐라' 하는 의미에서 건넨 제안임은 명백하다. 린치가 반색하며 제안을 받아들였을 때 드 로렌티스의 반응이 어땠는지 안타깝게도 역사는 기록하고 있지 않다. 린치의 순수한 이상주의는 〈듄〉을 만들면서 죽지 않았고 그는 돈과 제작비보다는 환상 세계의 지배권을 되찾고 싶어 하는 것으로 보였다. 린치는 〈블루 벨벳〉 각본을 쓰고 연출하는 데서 그치지 않고 캐스팅,[7] 편집을 맡고 심지어 오리지널 사운드트랙까지 바달라멘티와 공동 작곡했다. 음향과 촬영은 오랜 친구 앨런 스플렛과 프레더릭 엘머스가 맡았다. 〈블루 벨벳〉의 시각적 친밀감과 뚜렷한 개성은 이 영화가 엄연히 집에서(여기서 집은 린치의 두개골이다) 만든 영화임을 보여준다. 〈블루 벨벳〉은 기대 밖의 인기를 얻었고 1980년대의 가장 위대한 미국 영화 중 하나로 남아 있다. 그 위대성은 '프로세스'의 일부로 남아 있는 대신 거대한 상업 영화보다는 작고 사적인 작품에 대한 지배권을 행사하겠다는 린치의 결정이 가져온 직접적인 결과다. 린치가 좋은 감독이라고 생각하든 아니든 린치의 감독 인생은 그가 말 그대로 '카이에 뒤 시네마'적 의미에서 작가auteur임을 분명히 보여주고 있다. 린치는 진정한 작가가 창작물에 대한 결정권을 지키기 위해 감수해야 하는 희생들을 감수하겠다는 의지가 있다. 작가의 선택은 결국 폭주하는 이기주의나 열정적인 헌신, 모래 놀이터 전부를 제 마

---

7 (이번에는 매클라클런을 적소에 사용했다. 제프리 역할에는 감자같이 생긴 모범생이 안성맞춤이었기 때문이다. 게다가 〈이레이저 헤드〉의 잭 낸스와 〈듄〉의 딘 스톡웰, 브래드 두리프를 그 어느 때보다 섬뜩한 모습으로 등장시켰고, 〈댈러스〉의 프리실라 포인트, 안 나오는 데가 없는 호프 랭은 무서운 엄마들로 캐스팅했다.)

음대로 하겠다는 유아적인 욕망, 혹은 이 세 가지 모두를 나타내게
된다.

사소한 뒷이야기

짐 자무시의 영화처럼 린치의 영화도 해외에서는 인기가 매우
높다. 특히 프랑스와 일본에서 그렇다. 〈로스트 하이웨이〉 투자자
가 프랑스 회사인 것은 우연이 아니다. 해외 판권 덕분에 린치의 영
화는 단 한 작품도 적자를 내지 않았다. (다만 〈듄〉이 적자를 벗어나
는 데는 오랜 시간이 걸렸다.)

6a. 〈로스트 하이웨이〉가 무엇에 대한 영화인지 각본과 가편집 영상을 통해 좀 더 구체적으로 알아본 결과에 대하여

가편집 영상을 보면 영화의 첫머리는 역동적이다. 〈블루 벨벳〉
과 〈광란의 사랑〉에서 봐서 익숙한, 산만한 운전자 시점이다. 차는
어둠 속에서 넓지 않은 2차선 고속도로를 정중앙으로 달리고 있다.
중앙선은 관객의 시야 바로 밑에서 스트로보 플래시처럼 번쩍인
다. 이어진 장면들을 비추는 조명이 무척 아름답고 촬영은 '하프 타
임', 즉 초당 6프레임으로 이루어져 아주 빨리 달리고 있는 것처럼
느껴진다.[8] 전조등은 아무것도 비추고 있지 않고 차는 마치 허공을

---

8   뒷이야기: 린치와 〈블루 벨벳〉 촬영감독이 프랑크 부스의 차에서 벌어진 그 지독한
강제 '드라이브' 장면을 어떻게 촬영했는지에 대하여(프랑크와 잭 낸스, 브래드 두리
프가 제프리 보몬트를 납치해 차 안에서 위협하며 음침한 2차선 시골길을 시속 150킬

빠르게 달리는 듯하다. 다시 말해 이 장면은 역동성 과잉인 동시에 정적이다. 음악은 린치의 영화에 늘 결정적인 요소인데 〈로스트 하이웨이〉는 린치에게 새로운 지평을 여는 계기가 될 예정이다. 주제곡이 1950년대 이후 작품이기 때문이다. 바로 〈아임 디레인지드I'm Deranged〉라는 데이비드 보위의 몽환적인 노래다. 그러나 내 생각에 이 영화에 더 적합한 주제곡은 플레이밍 립스의 최근 곡 〈비 마이 헤드Be My Head〉인데 그 이유는 이렇다.

재즈 색소폰 연주자 빌 풀먼은 갈색 머리의 퍼트리샤 아켓과 부부로 두 사람의 관계는 섬뜩하고 폐쇄적이며 무언의 긴장으로 가득 차 있다. 두 사람은 극히 불가사의한 비디오테이프를 우편으로 받게 되는데, 이 영상에는 두 사람이 자는 모습, 혹은 공포에 질린 기괴한 표정으로 카메라를 바라보는 빌 풀먼의 얼굴 등이 담겨 있다. 부부는 당연히 충격으로 제정신을 차리지 못하는데 누군가 밤새 집에 침입해서 촬영하고 있는 게 분명하다는 생각 때문이다. 두 사람은 경찰을 부르지만 집에 도착한 경찰은 가장 린치적인 방식을 통해 TV 시리즈 〈드래그넷〉 시대의 진부한 전형처럼 무능력

로 이상으로 달리는 것처럼 보이는 장면). 차가 그토록 빨리 달리는 것처럼 보이는 이유는 바깥 불빛이 굉장히 빨리 지나갔기 때문이다. 그러나 사실 차는 움직이지도 않았다. 덩치 좋은 그립(촬영팀의 전문 기술 스태프—옮긴이)이 뒤쪽 범퍼 위에서 격렬하게 뛰는 동안 다른 제작 기술자들이 조명을 손에 들고 자동차 바깥에서 전력 질주함으로써 차가 빠른 속도로 가로등 길을 지나는 것처럼 보이게 만들었다. 이 장면에 담긴 역동적 폐소공포증적 분위기는 차가 실제로 움직이고 있었다면 포착할 수 없었을 것이고(제작 보험 규약 때문에 실제 촬영에서 그런 속도를 낼 수 없었다) 이 모든 작업에 들어간 비용은 약 8.95달러였다.

하고 입만 살아 있는 인물들로 밝혀진다.

　어쨌든 섬뜩한 비디오 사건이 벌어지는 동안 풀먼이 아주 말쑥하고 이스트빌리지스러운 검은 옷차림으로 테너색소폰을 부는 장면들이 나온다. 무대 앞 댄스 플로어는 사람들로 빽빽하다. (데이비드 린치의 영화라서 그런 것이지 사실 현실 속 사람들은 앱스트랙트 재즈에 신이 나서 춤을 추지 않는다.) 반면 퍼트리샤 아켓은 안절부절못하며 불행한 모습을 보이는데 마치 약에 취하거나 정신이 멍한 상태로 보이기도 하며 대체로 섬뜩하고 불가사의한 태도로 빌 풀먼이 절대로 좋게 보지 않을 매끈한 도마뱀 같은 놈팡이들과 일종의 이중생활을 하고 있음을 명백하게 드러낸다. 그리고 퍼트리샤 아켓의 수상한 도마뱀 친구가 여는 호화로운 할리우드 파티에서 영화의 1막에서 가장 섬뜩한 장면 중 하나가 펼쳐진다. 파티에서 한 남자가 빌 풀먼에게 다가가는데 각본은 이 남자를 '미스터리 맨'이라고 칭하고 있을 뿐이다. 이 남자는 빌 풀먼과 퍼트리샤 아켓의 집에 들어간 적이 있을 뿐만 아니라 바로 지금 거기에 있다고 말한다. 남자의 말은 곧 사실로 밝혀진다. 남자가 휴대전화를 꺼내고(휴대전화를 가지고 다니지 않는 사람이 없는 등 이 영화에는 로스앤젤레스 특유의 분위기가 잘 반영되어 있다) 빌 풀먼에게 자기 집에 전화를 걸어보게 하자 빌 풀먼은 파티에 있는 미스터리 맨, 그리고 자기 집에 있는 미스터리 맨과 몹시 섬뜩한 3자 통화를 하게 된다. (미스터리 맨은 로버트 블레이크가 연기하는데 그나저나 이 영화에서 로버트 블레이크는 눈여겨볼 만하다. 14번 참조.)

　그런데 파티에서 차를 몰고 집에 오던 빌 풀먼은 퍼트리샤 아켓의 사치스러운 친구들을 비난하면서도 동시에 두 장소에 있는 남자와 나눈 섬뜩하면서도 형이상학적으로 불가능한 대화에 대해 구체적인 그 어떤 사항도 말하지 않는다. 내가 볼 때 이 장면은 빌 풀먼과 퍼리트샤 아켓이 현 단계에서 서로 은밀한 속을 털어놓는 사이는 아니라는 인상을 강화하고 있다. 이 인상은 빌 풀먼과 퍼트리샤 아켓의 오싹한 섹스 장면에 의해 더욱 강화되는데 다급하고 숨 가쁜 관계 내내 퍼트리샤 아켓이 시계만 보지 않을 뿐이지 멍한 표정으로 목석같이 누워 있기 때문이다.[9]

그러나 〈로스트 하이웨이〉 1막의 결정타는 정점에 다다른 마지막 수상한 비디오테이프가 우편으로 도달하고 퍼트리샤 아켓의 손상된 시체 위에 서 있는 빌 풀먼의 모습이 재생되는 부분이다. 관객은 녹화된 모습만 볼 수 있다. 빌 풀먼은 체포되어 유죄 판결을 받고 사형을 선고받는다.

그런 뒤 교정 시설에 수감된 사형수 빌 풀먼이 영화사 속 그 어느 누아르 주인공 부럽지 않게 괴로워하고 혼란스러워하는 모습이 그려진다. 풀먼이 아파하는 한 가지 이유는 극심한 두통 때문이다. 심지어 두개골이 여기저기 부어오르기 시작하면서 전반적으로 굉장히 고통스럽고 괴상해 보이는 상태가 된다.

그리고 이제 빌 풀먼의 머리가 밸새저 게티의 머리로 변하는 장면이 나온다. 다시 말해 〈로스트 하이웨이〉의 빌 풀먼이 완전히

---

9 (이 섹스 장면이 오싹한 이유 가운데 하나는 관객으로서 퍼트리샤 아켓과의 섹스가 정말 저럴 거라고 상상하게 되기 때문이다.)

다른 사람으로, 〈파리 대왕〉의 밸새저 게티가 연기하는 인물로 바뀐다. 막 사춘기를 벗어난 이 인물은 빌 풀먼과 조금도 닮지 않았다. 이 장면은 말로 설명하기 힘드니 시도조차 하지 않겠다. 다만 그 어떤 미국 영화에서도 보지 못한 무시무시하고 흥미진진하며 도저히 형언할 수 없는 장면이라고만 하겠다.

교정 시설의 관리 책임자들은 빌 풀먼의 독방에 빌 풀먼이 아닌 밸새저 게티가 있는 것을 보자 물론 당혹스러워한다. 밸새저 게티 자신도 어떻게 거기 있게 되었는지 설명하지 못한다. 이마에 거대한 혈종이 있고 눈동자가 제 마음대로 돌아가는 등 대체로 어안이 벙벙한 상태이기 때문인데 다른 사람의 머리가 내 머리로 바뀌었다면 누구든 그럴 것이다. 교정 당국은 밸새저 게티를 로스앤젤레스의 24세 자동차 수리공으로 확인한다. 은퇴한 폭주족 부모의 집에 사는 밸새저 게티가 머리만 새롭게 바뀐 빌 풀먼이 아니라 온전한 정체성과 개인사를 가지고 있는, 유효한 신분증으로 확인 가능한 인간이라는 의미다.

일찍이 이 교도소의 사형수가 탈출에 성공한 적은 단 한 번도 없었다. 빌 풀먼이 어떻게 탈출했는지 알 수 없었고 밸새저 게티는 멍한 눈을 잔뜩 찡그리고 있을 뿐이었기에 교정 당국과 경찰은 밸새저 게티를 그냥 집으로 보내주기로(사법적 리얼리즘의 측면에서 다소 무리가 있는 설정) 결정한다. 게티는 물론 집으로 돌아간다.

밸새저 게티는 모터사이클 부품, 그리고 헐벗은 여자 모델이 스냅온 공구와 포즈를 취한 포스터로 가득한 자기 방으로 돌아가 천천히 제정신을 되찾는다. 이마에 난 크고 심각한 혹은 아직 사라지지 않았고 무슨 일이 있었는지, 어떻게 빌 풀먼의 독방에 갇히게 되었는지 여전히 전혀 알 수 없지만 악몽을 꾼 기분을 고스란히 드러내는 표정을 하고 부모의 초라한 집 안을 돌아다닌다. 그가 빨래를 너는 한 여인을 지켜보는 등 이런저런 일을 하는 동안 낮고 불길한 소음이 들린다. 밸새저 게티의 눈빛은 그가 기억에서 지운, 어떤 시간을 초월한 무시무시한 사실이 존재하며 그가 이 기억의 소환을 원하는 동시에 원하지 않고 있다는 듯 보인다. 게티의 부모는 대마초를 피우고 하염없이 TV를 보며 밸새저 게티와 우리가 알지 못하는 중요한 사실을 알고 있다는 듯 수시로 수군거리고 섬뜩한 눈빛을 보낸다. 그리고 밸새저 게티에게 무슨 일이 있었냐고 묻지 않는다. 우리는 다시금 이 영화 속 인간관계가 썩 허심탄회하지 못하다는 느낌을 받는다.

그러나 이후 밸새저 게티가 자동차 정비에 매우 천재적인 소질이 있는 전문가이며 그가 일하던 정비소에서 그의 부재를 몹시 안타까워했음이 밝혀진다. 게티의 어머니는 리처드 프라이어가 연기한 게티의 고용주에게 아들의 부재가 '고열'로 인한 것이라고 말한 바 있었다. 이 시점에서 우리는 빌 풀먼이 정말 진정으로 밸새저 게티로 변신한 것인지, 아니면 밸새저 게티로 변하는 사태가 단지 빌 풀먼의 머릿속에서 벌어지고 있는 일인지, 테리 길리엄의 〈브라질〉 혹은 앰브로스 비어스의 《아울크리크 다리에서 생긴 일》 등에 나오는 지독한 스트레스로 인한 사형 직전의 환각 현상의 일종인지 여전히 확신할 수 없다. 그러나 영화 2막에서 이 사건이 글자 그대로 변신이었다는 증거가 쌓인다. 밸새저 게티는 충분히 유효한 인생과 개인사를 가지고 있고 거기에는 뱰새저 게티의 이마에 난 심상치 않은 혹을 수상하게 여기며 "사람이 좀 달라졌다"고 말하는 여자친구도 포함된다. 그리고 이 말은 반복될수록 가벼운 말장난이길 그치고 진심으로 무시무시해진다. 한편 리처드 프라이어의 정비소에는 뱰새저 게티의 단골손님들이 있다. 그 가운데 로버트 로지아가 연기하는 한 손님은 폭력 조직의 두목처럼 매우 오싹하고 위협적인 인물로 깡패 같은 추종자들을 몰고 다닌다. 그가 모는 검은 메르세데스6.9에는 난해한 문제가 있는데 그는 뱰새저 게티만이 그 문제를 진단하고 고칠 수 있다고 믿는다. 로버트 로지아와 뱰새저 게티가 보통 관계가 아님은 명백하다. 로지아는 삼촌 같은 애정과 주인 같은 포악함이 오싹하게 뒤섞인 태도로 게티를 대한다. 그러던 어느 날 로버트 로지아가 문제가 있는 메르세데스6.9를 끌고 리처드 프라이어의 정비소로 들어오는데 차 안에는 로버트 로지아의 졸개들뿐만 아니라 두목 애인의 전형적인 모습을 한 믿을 수 없이 아름다운 한 여자가 있다. 퍼트리샤 아켓이 연기하는 이 인물은 빌 풀먼의 아내와 동일한 인물임이 분명하지만 이번에는 거의 백금에 가까운 금발을 하고 있다. (히치콕의 〈현기증〉이 생각났다면 멀리 간 것이 아니다. 린치는 히치콕을 암시하고 오마주 해온 과거가 길다. 예를 들어 〈블루 벨벳〉에서 카일 매클라클런이 이사벨라 로셀리니를 옷장 문살 사이로 몰래 지켜보는 첫 장면은 〈사이코〉에서 앤서니 퍼킨스가 목욕하는 재닛 리를 훔쳐보는 장면과 모든 기술적 사항이 동일하다. 그러나 린치의 암시는 노골적이라기보다 상호텍스트성의 시금석 역할을 하며 린치의 독창성을 보여주는 기괴하고 오싹한 방향으로 나아간다. 어쨌든 〈현기증〉을 암시하고 있다는 사실보다 중요한 것은 퍼트리샤 아켓의 듀에사(에드먼드 스펜서의 영국 중세 소설 속 악녀—옮긴이) 같은 이중성이 이 영화 속 또 다른 '정체성의 위기'와 대조된다는 점이다. 동일한 사람이 분명한 배우가 서로 다른(일시적으로) 두 여자를 연기하는 동안 두 전혀 다른 배우는 동시에 동일한 '사람'(일시적으로), 그러나 두 개의 서로 다른 '정체'를 연기한다.)

그런데 블루칼라의 밸새저 게티로 다시 태어난 빌 풀먼과 금발의 퍼트리샤 아켓으로 다시 태어난 빌 풀먼의 아내의 눈이 마주치자 심상치 않은 불꽃이 튀면서 '어디서 본 적 있는 것 같은' 성적 이끌림의 상투적인 요소가, 글자 그대로 오싹한 의미를 갖는 완전히 새롭고 신선한 층위가 형성된다. 이어서 나오는 장면들은 금발로 다시 태어난 퍼트리샤 아켓의 수상쩍은 개인사를 귀띔해주고 일부 장면은 로버트 로지아가 금발의 퍼트리샤 아켓에게 얼마나 깊고 맹렬하게 집착하고 있는지 보여준다. 또 일부 장면은 로버트 로지아가 철저한 사이코패스이며 그를 속인다거나 여자친구를 빼앗는 짓은 절대로 안 될 일이라는 사실을 보여준다. 그리고 또 어떤 장면에서는 밸새저 게티와 금발의 퍼트리샤 아켓이, 게티의 거대한 이마 혹에도 불구하고, 서로 순식간에 그리고 맹렬하게 이끌린다. 이어서 둘이 이 이끌림을 완성시키는, 몹시 딱딱하면서 무감각한 활력이 느껴지는 린치 특유의 섹스 장면이 나온다.[10]

---

10 (딱딱하고 몽환적인 특징을 부여함으로써 성적으로는 '뜨겁고' 미학적으로는 '차

또 이어지는 여러 섹스 장면들은 영화 안에서 로버트 로지아의 정체성 또한 하나 이상이라는 사실을 드러낸다. 그리고 이 가운데 적어도 하나의 정체는 빌 풀먼의 죽은 아내와 친했던, 사치스럽고 수상쩍으며 도마뱀 같은 놈팡이, 그리고 메피스토펠레스적인 미스터리 맨 양쪽 모두와 아는 사이다. 로지아는 미스터리 맨과 함께 밸새저 게티의 집으로 전화를 걸어 오싹하고 모호하며 위협적인 말들을 하고 밸새저 게티는 부모 앞에서 전화를 받으며 알아들으려 애쓴다. 부모는(개리 부시와 루시 데이튼이라는 배우가 연기한다) TV 앞에서 대마초를 피우면서 수상하면서도 의미심장한 표정을 주고받는다.

그러나 〈로스트 하이웨이〉의 종막에 대해 너무 많은 말은 않는 편이 좋겠다. 그렇지만 이 정도는 알아두자. 밸새저 게티에 대한 금발 퍼트리샤 아켓의 의도는 그다지 순수하지 못한 것으로 나타나고 밸새저 게티의 이마 혹은 사실상 싹 낫는다. 빌 풀먼도 다시 등장하고 갈색 머리 퍼트리샤 아켓도 다시 등장하지만 말하자면 실물로 등장하는 것은 아니다. 금발과 갈색 머리의 퍼트리샤 아켓 둘 다(도마뱀 같은 친구들을 통해) 포르노그래피, 그것도 하드코어의 세계와 연관이 있으며 그 영상 결과물은 아주 상세하게 영화 속에 (적어도 가편집본 속에) 들어가 있어서 린치의 작품이 17세 이상 등

가운' 섹스 장면을 연출했는데 이런 메타에로틱한 효과는 〈아이다호〉에서 구스 반 산트 감독이 모방하고자 했다. 구스 반 산트는 이 영화의 섹스 장면을 자세가 복잡한 스틸 사진 여러 장으로 나타냈는데 린치의 오싹하고 몽환적인 특성은 어디로 가고 《카마수트라》에 들어 있는 삽화 같기만 하다.)

급을 어떻게 피할 수 있을지 의문이다. 또한 〈로스트 하이웨이〉의 결말은 결코 '발랄'하거나 '유쾌'하지 않다. 그리고 로버트 블레이크는 〈블루 벨벳〉의 데니스 호퍼보다 훨씬 더 절제되고 거의 연약한 모습으로, 적어도 호퍼가 연기한 프랭크 부스만큼은 매혹적이고 오싹하며 인상적이다. 그가 연기한 미스터리 맨은 분명 악마, 적어도 〈트윈 픽스〉의 리랜드/'밥'/무서운 부엉이와 비슷한, 일종의 순수한 악령으로서의 악마에 대한 우려스러운 생각을 담고 있다.

6b. 〈로스트 하이웨이〉를 해석하는 방법의 대략적인 수

어림잡아 37가지다. 앞서 말했다시피 이 영화의 해석에서 가장 큰 갈림길은 바로 빌 풀먼의 갑작스럽고 이유 없는 정체성 변화를 있는 그대로 받아들여야 하느냐(있는 그대로의 영화 속 사실로서) 아니면 죄책감, 부정, 정신적 도피를 설명하는 카프카적인 메타포로 받아들여야 하느냐, 아니면 이 모든 것을, 즉 집 안을 촬영한 비디오와 사형 선고, 자동차 정비공으로의 변신 등을 전문가가 처방한 약물의 도움이 간절한 말쑥한 재즈 색소폰 연주자의 아주 긴 환각으로 보느냐에 있다. 마지막 가능성이 가장 흥미가 떨어지는 설명이고 〈로스트 하이웨이〉가 정신이상자의 긴 꿈으로 해석되길 원하는 사람이 에이시메트리컬 프로덕션에 있다면 나는 적잖이 놀랄 것이다.

그게 아니라면 줄거리가 뒤죽박죽인 영화, 어떤 논리적 설명이나 기존 방식의 해석이 불가능한 영화일 뿐일 수도 있다. 그렇다고 해서 이것이 데이비드 린치의 실패작이라고 할 수는 없다. 〈이레이저 헤드〉의 꿈 논리는 단지 어떤 아주 느슨하고 비선형적인 방식에서만 '서사'라고 할 수 있고, 〈트윈 픽스〉 그리고 〈트윈 픽스: 파이어 워크 위드 미〉 또한 말은 되지 않지만 강렬하고 의미심장하며 일단 그야말로 멋지다. 린치의 영화가 문제에 부딪힐 때는 다만 영화에 어떤 요점이 있을 거라는 기대, 즉 줄거리의 요소들이 서로 논리적으로 연결될 거라는 기대를 안겨준 뒤 그런 요점을 밝히는 데 실패할 때다. 그 예로는 〈광란의 사랑〉이 있는데 샌토스와 레인디어 씨(청부살인업자의 우편함에 1달러 동전을 밀어 넣는 방식으로 일을 맡기는 KFC 할아버지처럼 생긴 남자), 해리 딘 스탠턴이 연기하는 인물, 그리고 룰라의 아버지 간의 관계가 복잡하게 구성되는 듯하지만 시각적으로도 서사적으로도 수습되지 않는다. 그리고 〈트윈 픽스: 파이어 워크 위드 미〉의 첫 30분 동안에는 FBI가 팔머 이전의 다른 여성 살인 사건을 수사하는 내용이 나오고 팔머 사건과 중요한 연결 고리가 있는 분위기를 풍기지만 수많은 기이한 신호와 단서는 어디로도 이어지지 않으며 린치를 좋아하는 비평가들조차 특별히 사납게 지적하는 부분이다.

영화의 최종 품질과 관련이 있을 수 있으니 알아두어야 할 점은 〈로스트 하이웨이〉가 린치가 스스로 만든 작품 중 가장 많은 제작비를 들였다는 점이다. 예산은 약 1,600만 달러로 〈블루 벨벳〉보다 세 배 많고, 〈광란의 사랑〉이나 〈트윈 픽스: 파이어 워크 위드 미〉보다도 적어도 50퍼센트 이상 많다.

그러나 이 시점에서는 〈로스트 하이웨이〉가 〈듄〉 수준의 실패작이 될지 〈블루 벨벳〉만큼 우수한 명작이 될지 그 중간이 될지 뭐가 될지 가늠하기가 불가능할 것이다. 내가 아주 자신 있게 말할 수 있는 단 한 가지는 이 영화가 린치적Lynchian이라는 것.

8. 린치적이라는 것이 무슨 뜻이고 왜 중요한지에 대하여

린치적이라는 말을 학술적으로 정의 내리자면 이 용어가 "굉장한 무시무시함과 굉장한 평범함이, 후자가 전자를 늘 포함하고 있음을 드러내는 방식으로 서로 뒤섞이는 특정한 아이러니를 지칭"한다고 할 수 있다. 그러나 포스트모더니즘적이나 포르노적이라는 말과 마찬가지로 린치적이라는 말은 실물을 지시하는 방식으로만 정의할 수 있는, 상당히 포터 스튜어트적인 말이라고 할 수 있다. 즉 보면 알 수 있는 것이다.(포터 스튜어트는 1964년 미국 대법원 판사 시절 음란물을 판단하는 기준에 대해 "보면 알 수 있다I know it when I see it"라고 말해 화제가 되었다.―옮긴이) 연쇄살인범 테드 번디는 그다지 린치적이지 않았지만 제프리 다머는 피해자 사체를 깔끔하게 해체하고 냉장고 속 초콜릿우유, 마가린 옆에 보관한 것으로 봤을 때 매우 린치적이었다. 보스턴에서 최근 있었던 살인 사건, 즉 사우스쇼어 교회의 집사가 앞으로 끼어든 차량을 따라가 차량을 도로 밖으로 내몬 다음 고성능 석궁을 쏜 사건은 린치적 양식의 경계에 놓여 있다.

한편 가정 내 살인 사건은 린치적 연속체의 다양한 지점에 놓일 수 있다. 남편이 아내를 죽이는 사건은 그 자체로 그다지 린치적인 맛이 없지만 아내가 얼음틀에서 얼음을 꺼낸 뒤 빈 얼음틀을 그대로 다시 넣어놓는 일이 자꾸 반복된다든가 남편이 정말 좋아하는 특정한 땅콩버터 제품을 아내가 고집스럽게 사지 않는다든가 하는 이유에서 남편이 아내를 죽였다면 그 살인 사건에는 린치적 요소가 있다고 말할 수 있을 것이다. 그리고 남자가 훼손된 아내의 사체를(그러나 1950년대풍으로 잔뜩 부풀린 머리는 이상하리만치 멀쩡한) 내려다보며 현장에 먼저 도착한 경찰들과 강력반 형사들과 검시관들을 기다리는 동안 지프와 스키피 땅콩버터의 상대적인 장단점에 대한 상세한 분석을 늘어놓으며 자신의 행위를 변호하려고 한다면, 그리고 순찰 중에 출동한 경찰관이 바닥에 펼쳐진 살육의 현장에 불쾌감을 느낄지언정 남자의 말에 일리가 있다고 인정한다면, 땅콩버터 맛에 민감하고 지프를 선호하는 미각을 가졌다면 결코 스키피가 만족할 만한 대체품이 될 수 없다는 데 동의한다면, 그래서 지프의 중요성을 인식하지 못했던 남자의 아내의 실수가 실은 두 몸과 마음, 영혼과 미각의 결합인 성스러운 혼인 관계 속에서의 본인의 공감 능력과 성실성에 관한 매우 의미심장하고 우려스러운 진술이었다고 주장한다면…… 더 말할 필요도 없이 린치적이다.

린치의 영화가 보여주는 이처럼 기이한 '진부한 일상의 아이러니'의 해체는 내가 세상을 바라보고 분류하는 방식에 영향을 주었다. 내가 1986년부터 주목해온 사실에는 이런 것도 있다. 자정부터 새벽 6시 사이 도심 버스 정류장에서 마주치는 사람들 가운데 족히 65퍼센트는 린치적인 인물이다. 현란할 만큼 매력이 없고 나약하며 흉측하고 눈에 보이는 상황에 조금도 비례하지 않는 근심을 짊어지고 있다. 또 우리는 누구나 사람들이 갑자기 흉측한 표정을 짓는 순간을 목격하곤 한다. 충격적인 소식을 들었을 때, 혹은 상한 음식을 입에 넣었을 때, 혹은 아이들 앞에서 아무 이유도 없이 단지 이상한 사람처럼 보이려고 할 때. 그러나 갑작스럽게 짓는 흉측한 표정은 진정한 린치적인 표정은 아니다. 린치적인 표정은 상황이 도저히 정당화할 수 없는 시간 동안 길게 유지되어야 한다. 흉측한 채로 그대로 고정된 채 동시에 한 열일곱 가지 별개의 의미를 드러내기 시작해야 한다.[11]

사소한 뒷이야기

〈로스트 하이웨이〉에서 빌 풀먼이 퍼트리샤 아켓의 사체 위에서 한참 동안 짓고 있는 길고 괴로운 표정은 〈이레이저 헤드〉의 서두에 나오는 수태 몽타주에서 잭 낸스가 짓는 절규의 표정과 거의 일치한다.

[11] (이것은 여담이지만 사실이다. 나는 1986년 이후 사람을 사귈 때 꼭 지키는 한 가지 개인적인 규칙이 있는데 여성을 데리러 여성의 집으로 가서 여성의 부모 혹은 룸메이트와 대화를 나누었을 때 아주 조금이라도 린치적인 대화가 오간다면 그 여성과 자동적으로 더 이상 만남을 갖지 않는다. 그 여성이 다른 방면으로 얼마나 매력적이든 상관없다. 그리고 내가 〈블루 벨벳〉을 보고 만든 이 규칙은 그동안 놀랍도록 유용했으며, 내가 온갖 오싹하고 곤란하고 답답한 상황에 처하지 않도록 막아주었다. 반면 내게서 이런 규칙에 대해 듣고도 일부러 무시하고 성격이나 주변 관계에 린치적인 요소가 명백했던 여성과 만남을 이어간 내 친구들은 뒤늦게 후회했다.)

9. 린치적인 양식이 현대 영화에 끼친 영향

1995년 PBS는 〈아메리칸 시네마〉라는 호사스러운 10부작 다큐멘터리를 방영했고 마지막 회는 '할리우드의 변두리'와 젊은 독립 영화감독들의 증가하는 영향력에 할애했다. 코언 형제, 짐 자무시, 칼 프랭클린, 쿠엔틴 타란티노 등이 그들이다. 데이비드 린치의 이름이 마지막 회에 단 한 번도 언급되지 않았다는 사실은 불공평할뿐더러 기이할 정도인데 언급된 감독들은 린치의 영향으로 범벅이 되어 있기 때문이다. 〈펄프 픽션〉의 마셀러스 월리스가 목에 붙이고 있는 반창고는 설명도 없고 시각적으로 조화롭지 않음에도 서로 다른 각도에서 세 번 뚜렷이 잡히는데, 이는 교과서적인 린치스러움이다. 돼지고기, 발 마사지, TV 파일럿 프로그램 등에 대한 길고 의식적으로 평범한 대사도 그렇다. 이 대사들은 〈펄프 픽션〉의 폭력 사이로 여기저기 끼어드는데 폭력을 오싹하면서도 코믹하게 양식화한 점도 심히 린치적이다. 타란티노 영화의 특이한 서사적 어조, 거슬리면서도 모호하고 집요한 방식으로 해석을 흐리는 어조는 린치의 어조다. 린치가 발명한 것이다. 쿠엔틴 타란티노 씨라는 할리우드 흥행의 귀재는 데이비드 린치라는 시금석, 관객의 두뇌 속 깊은 곳에 자리 잡은 암시적인 기호와 맥락의 집합이 없었다면 존재할 수 없을 것이다. 어떤 의미에서 타란티노가 프렌치 뉴웨이브와 린치를 다룬 방식은 가수 팻 분이 리틀 리처드와 패츠 도미노를 다룬 방식과 다르지 않다. 그들의 작업에서 거칠고 개성이 강하고 위협적인 부분을 가져다가 균질화하는 방식, 부드럽고 차갑고 위생적인 상태가 될 때까지 휘저어 대량 소비가 가능하도록 만드는 방식을 (다소 기발하게도) 찾은 것이다. 가령 〈저수지의 개들〉의 우스울 만큼 일상적인 점심 대화, 오싹할 만큼 게으른 암호명, 수십 년 전의 과장된 팝으로 이루어져 신경을 건드리는 배경음악 등은 상업화된 린치다. 더 빠르고 더 선형적이며 개성적인 초현실주의가 유행에 부합하는('힙'한) 초현실주의로 바뀌었을 뿐이다.

칼 프랭클린의 강렬한 〈광란의 오후〉에서 감독은 폭력적인 장면에서 목격자의 얼굴에만 집중하는, 즉 폭력을 그것을 바라보는 사람들의 얼굴로 나타내고 그것이 미치는 영향을 감정으로 그려내는 결정적인 결단을 내리는데, 이것은 철저히 린치적이다. 코언 형제의 〈블러드 심플〉과 〈허드서커 대리인〉에 끊임없이 사용되는 누아르 영화적 키아로스쿠로(색채를 생략하고 명암만을 나타내는 용법—옮긴이) 조명 기법도 그렇다. 짐 자무시의 모든 영화, 그리고 특히 1984년작 〈천국보다 낯선〉도 마찬가지다. 이 영화는 촬영 기법, 황폐한 배경, 젖은 도화선이 타듯 느린 속도, 장면 사이의 과한 디졸브 전환, 브레송 스타일의 고양된 동시에 딱딱한 연기 등으로 봤을 때 린치의 초기작에 대한 오마주에 다름 아니다. 여러분이 이미 보았을 만한 다른 오마주에는 구스 반 산트가 〈드럭스토어 카우보이〉에서 침대에 모자를 놓는 데 대한 별난 미신을 줄거리를 이끌어가는 아이러니로 사용한 사례도 있다. 또한 마이크 리가 〈네이키드〉에서 사용한 부조화스러운 평행 줄거리, 토드 헤인즈가 〈세이프〉에서 배경에 깔아둔 오싹한 공업 소음, 구스 반 산트가 〈아이다호〉에서 리버 피닉스의 캐릭터를 드러내기 위해 사용한 초현실적인 꿈 장면 등도 마찬가지다. 이 영화에서는 독일인 매춘객이 램프를 마이크처럼 들고 기괴한 표현주의적 립싱크를 하는 장면이 나오는데, 이것은 딘 스톡웰이 〈블루 벨벳〉에서 보여주는 인상적인 램프 싱크의 거의 노골적인 인용이다.

　〈블루 벨벳〉을 노골적으로 인용한 사례들 중에서 가장 할아버지 격인 사례가 있다면 〈저수지의 개들〉에서 마이클 매드슨이 촌스러운 1970년대 음악에 맞추어 춤추면서 인질의 귀를 자르는 장면이다. 이 이상 뻔뻔할 수 없다.

　이것은 물론 린치 자신이 히치콕, 존 카사베츠, 로베르 브레송, 마야 데렌, 로베르트 비네 등에 진 빚이 없다는 말은 아니다. 그러나 린치가 여러 가지 의미에서 당시의 '반할리우드' 영역을 개간하고 비옥하게 만들었으며 타란티노 외 감독들이 지금 거기서 환금작물을 재배하고 있다는 말이다.[12] 앞에서 언급했다시피 〈엘리펀트 맨〉과 〈블루 벨벳〉 모두 1980년대에 나왔다. 이 전이의 시대는

12　덧붙이자면 린치의 영향력은 주류 할리우드 영화에까지 미쳤다. 린치의 초기작에 나타나는 어둡고 밀도 높은 기계들의 과잉, 갑자기 터져 나오는 증기, 주변을 채운 공업 소음 등이 제임스 캐머런과 테리 길리엄에게 영향을 미쳤음은 명백하다. 길리엄은 린치가 집착했던 명백히 프로이트적인 환상(〈브라질〉) 그리고 고대 신화와 현대의 정신 질환의 해석(〈피셔 킹〉)을 극한으로 가져간다.
그리고 광범위하게는 대중을 위한 캐비아 수준의 예술 영화 세계에서도 마찬가지다. 예술 영화계 내 부상하는 젊은 급진주의자들의 작품에 각인되어 있다시피 한 린치의 감성을 보려면 애텀 이고이언이나 가이 매딘의 심오하고 조명이 은은하며 진행이 더딘 고뇌의 잔치를 보거나, 프랑스인 아르노 데스플레생의 1992년작 〈파수꾼〉(감독이 "분열된 의식에 대한 골똘하고 직관적 연구"라고 설명하고 있는 이 영화는 사실 정신 분열 상태의 의대생이 잘려나간 머리통과 맺는 관계에 대한 것이다), 아니면 35세 이하인 프랑스 남성 감독의 최근작이라면 어떤 것이라도 보면 된다.

유선 방송과 VCR, 관련 상품 끼워 팔기, 다국적 블록버스터 등 엄청난 돈을 벌어들이는 사업이 판을 치던 시절이었고 하이콘셉트와 관련이 없으면 미국 영화 산업에서 다 쫓겨날 것처럼 위협을 받던 시대였다. 린치의 음울하고 오싹하고 집요하고 틀림없이 개인적인 영화들은 하이콘셉트와 비교했을 때 1940년대 누아르 영화와 희희낙락하는 뮤지컬의 관계를 떠올릴 수 있다. 관객의 신경 어딘가를 건드림으로써 예상외의 호평을 받고 상업적 성공을 거둔 이 작품들은 어떤 작품이 팔릴 것이냐에 대한 제작사와 배급사들의 생각을 넓혀놓았다. 우리가 린치에게 많은 빚을 지고 있다는 말이다.

또한 50세의 데이비드 린치가 오늘날 뉴라인, 미라맥스를 위해 난폭한 아이러니를 담은 영화들을 만들고 있는 '힙'한 '반항아'들보다 훨씬 더 나은, 더 복합적이고 더 흥미로운 감독이라는 말이다. 특히 〈포 룸〉이나 〈황혼에서 새벽까지〉 등 오글거리는 최근작을 고려하지 않는다고 해도 린치는 타란티노보다 기하급수적으로 더 훌륭한 영화감독이다. 타란티노와 달리 린치는 미국 영화 속 폭력 행위가 반복과 둔감화로 인해 그 자체 외에는 다른 어떤 것도 지시할 수 없게 되었음을 알고 있기 때문이다. 이 때문에 린치의 영화 속 폭력은 흉측하고 냉담한 형식에 치중하며 심히 상징적일지언정 할리우드의, 심지어 반할리우드의 만화 같은 '힙'한 폭력과는 질적으로 다르다. 린치의 폭력은 언제나 어떤 의미를 가지려고 한다.

9a. 방금 했던 말을 더 잘 표현해보자면

쿠엔틴 타란티노는 누군가의 귀가 잘리는 것을 보는 데 관심이 있다. 데이비드 린치는 그 귀에 관심이 있다.

10. 데이비드 린치의 영화가 '변태적'인지 그렇다면 어떤 면에서 그런지에 대해서

폴린 케일은 1986년 《뉴요커》에 〈블루 벨벳〉 영화평을 쓰면서 유명한 경구를 덧붙였다. 영화관을 떠나던 한 사람이 친구에게 한 말을 인용한 것인데, "이렇게 말하면 변태적이라고 할지 모르겠지만 이 영화 다시 보고 싶어." 린치의 영화는 실로, 여러 가지 이유들에서―일부 흥미롭기도 하고 흥미롭지 않기도 한 이유들에서―'변태적'이다. 린치의 영화는 훌륭하고 인상적인가 하면 미숙하고 앞뒤가 맞지 않으며 형편없기도 하다. 지난 10년간 평단에서 린치의 명성이 마치 심전도 그래프 같았다는 사실은 놀랍지 않다. 린치가 천재인지 바보인지 때로는 잘 알 수가 없다. 이것이 린치가 매혹적인 이유다.

만약 '변태적'이라는 말이 지나치게 느껴진다면 '오싹하다'로 간단히 대체해보길 권한다. 린치의 영화는 논의할 여지없이 오싹하고 그 오싹함의 큰 부분은 영화가 매우 사적으로 느껴진다는 데서 온다. 좋게 말하면 린치는 자신의 무의식으로 들어가는 입구를 아는 흔치 않은 사람인 듯하다. 나쁘게 말하면 린치의 영화는 감독의 정신 속 불안하고 집착적이고 페티시즘적이고 오이디푸스적으로 구속된, 경계성을 띠는 부분들의 표현으로 보인다. 그리고 그 표현에는 절제나 기호론적 층위가 매우 부족해서 마치 아이의 순진한 (그리고 소시오패스적인) 자의식의 결여 같은 것이 드러나 있다. 나의 감정이 데이비드 린치의 영화에 대한 감정인지 데이비드 린치에 대한 감정인지 헷갈리는 이유는 린치의 작품이 그만큼 정신적으로 밀접하게 다가오기 때문이다. 〈블루 벨벳〉이나 〈트윈 픽스: 파이어 워크 위드 미〉를 보고 받는 린치라는 사람에 대한 인상은 영화는 무척 강렬하지만 결코 데이비드 린치라는 사람 옆자리에서 긴 비행을 함께하거나 그를 자동차 면허시험장 대기 줄에서 만나고 싶지는 않다는 것이다. 다시 말해 오싹한 사람이다.

린치의 영화와 관객 사이에 놓인 특수한 거리는 누구와 이야기하느냐에 따라 린치의 오싹함을 강조하기도 하고 희석하기도 한다. 린치의 영화는 극히 사적인 동시에 극히 동떨어져 있다. 선형성과 서사적 논리의 부재, 다면적인 상징들의 과도한 사용, 등장인물들의 흐릿하고 불투명한 얼굴, 야릇하고 장황한 대화, 기괴한 단역의 반복적인 기용, 화가처럼 모든 장면을 정확하게 구성하고 조명으로 밝히는 방식, 폭력, 일탈, 그리고 기타 끔찍함이 너무 화려하게 꾸민 듯하며 어쩌면 관음증적 시선으로 보일 수 있는 점, 이 모든 것이 린치의 영화를 침착하고 분리되어 있다고 여겨지게 만들고 심지어 일부 영화인들은 냉담하고 병적이라고 여기기도 한다.

린치의 가장 훌륭 영화는 가장 오싹한/변태적인 영화다. 이것은 불편하지만 사실이다. 아마도 린치의 가장 훌륭한 영화들의 경우 아무리 초현실적일지언정 아주 잘 완성된 주인공들이 이끌어가기 때문일 것이다. 〈블루 벨벳〉의 제프리 보몬트, 〈트윈 픽스: 파이어 워크 위드 미〉의 로라, 〈엘리펀트 맨〉의 메릭과 트리브스가 그렇다. 인물들이 충분히 완성되고 우리의 연민을 자아낼 정도로 인간적일 경우 린치의 영화를 적당한 거리에 분리시켜놓을 수 있게 하는 요소가 줄어들고 동시에 영화는 더욱 오싹해진다. 불편한 영화에 등장하는 인물에서 우리 자신의 일부를 목격한다면 우리는 훨씬 더 불편해지기 때문이다. 예를 들어 〈블루 벨벳〉보다는 〈광란의 사랑〉에 흉한 장면이 대체로 훨씬 더 많이 나오지만 〈블루 벨벳〉이 더 오싹한/변태적인/불쾌한 영화인데 제프리 보몬트가 충분히 입체적인 인물로 나오기 때문이다. 우리는 보몬트에 대해 감정이나 연민을 가질 수도 있고 감정을 이입할 수도 있다. 〈블루 벨벳〉에서 가장 불편한 부분은 프랭크 부스도 아니고 제프리가 럼버튼에 대해 발견하는 그 어떤 것도 아니다. 제프리 자신이 관음증적 행위와 원초적인 폭력, 변태 행위에 희열을 느낀다는 점이다. 그리고 린치는 우리가 제프리에 대해 감정이나 연민을 가질 수 있고 감정을 이입할 수 있도록 영화를 구성하기 때문에 우리는(적어도 나는) 제프리가 목격하는 사디즘과 변태 행위를 어느 정도 매혹적으로, 그리고 어쩐지 에로틱하게 느끼게 된다. 그러므로 내가 린치의 영화를 '변태적'으로 느끼는 것은 놀랍지 않다. 나 자신의 일부를 잊고자 간 영화관 스크린에서 나 자신을 보는 것만큼 변태적인 일은 없다.

반면 〈광란의 사랑〉의 등장인물은 둥그렇거나 입체적이지 않다.(이것은 의도적이라고 한다.) 세일러와 룰라는 포크너적 격정의 과장된 패러디이며 산토와 마리에타, 바비 페루는 만화적인 악귀, 기분 나쁜 웃음과 가부키적 히스테리의 집합체다. 영화 자체도 믿을 수 없이 난폭하지만(끔찍한 매질, 유혈이 낭자한 자동차 사고, 잘린 팔을 훔쳐 달아나는 개, 권총에 날아간 윌럼 더포의 머리가 마치 구멍 난 풍선처럼 세트장을 날아다니는 장면) 폭력은 변태적이라기보다 허탈한, 양식화된 몸짓의 흐름이다. 폭력이 까닭 없고 과도해서 허탈한 것이 아니라 살아 있는 등장인물이 없는 탓에 무서움이나 충격을 느낄 우리의 능력에 접근하지 못하기 때문이다. 〈광란의 사랑〉은 칸 영화제에서 상을 받았지만 미국 내에서는 그다지 좋은 평을 받지 못했고 여성 비평가들이 가장 무자비한 공격을 한 것, 그들이 영화의 냉랭함과 감정 결여에 특히 반감을 가진 데는 다 이유가 있다. 《필름 코멘트》의 캐슬린 머피는 〈광란의 사랑〉을 단지 '아무렇게나 버려진 인용구들'로 보았다. "영화는 관음觀淫하는 관객에게 괄호에 갇힌 현실을 보고 움찔거리거나 깔깔 웃으라고 한다. 추억의 팝 문화에서 가져온 이름난 폐기물들, 인간적 감정들의 유희인 척하는 일종의 영화적 보그 댄스(일련의 포즈를 취하는 듯한 현대적 춤―옮긴이)를 보고." (이런 논조의 혹평은 이 밖에도 넘쳤고 솔직히 대부분은 맞는 말이었다.)

　재미있는 것은 린치의 들쑥날쑥한 작품 세계가 온갖 역설을 야기한다는 점이다. 린치의 가장 훌륭한 작품은 가장 변태적인 작품이고 그 변태적임에 우리도 연루되어 있는 기분이 들게 만드는 능력 덕분에 린치의 영화들은 상당한 정서적 힘을 가지곤 한다. 그리고 이 능력은 린치가 아방가르드한 '비선형적' 예술 영화를 상업적 서사 영화와 구분하는 역사적 전통을 거부하는 데서 온다. 비선형적 영화는, 즉 전통적인 줄거리가 없는 영화는 인물에게 강한 개성을 부여하는 데도 반대한다. 린치의 영화 중에 전통적인 선형의 서사를 가진 작품은 단 한 편 〈엘리펀트 맨〉이다.[13] 그러나 대부분은(가장 훌륭한 영화들은) 인물을 그려내는 데 상당한 노력을 기울인다. 다시 말해 영화 속에 인간이 들어 있다. 제프리와 메릭, 로라 등은 동일시의 지점, 정서적 고통의 동력 기관으로서 관객에게 작용하는 방식과 동일하게 린치에게 작용할지 모른다. 린치의 영화가 불편할 정도로 '사적'인 또 하나의 이유는 린치가 영화의 주요 인물과 자신을 동일시하는 정도가 크기 때문일 것이다. 그가 관객과 자신을 그다지 동일시하지 않는다는 사실은 그의 영화를 '냉담하게' 만들지만 이러한 분리에는 장점도 없지 않다.

10번과 관련된 사소한 뒷이야기

로라 던이 룰라를 연기하고 니컬러스 케이지가 세일러를 연기하는 〈광란의 사랑〉에서는 다이앤 래드가 룰라의 엄마로 나온다. 마침 다이앤 래드와 로라 던은 실제로 모녀 사이다. 〈오즈의 마법사〉에서 많은 것들을 빌려온 〈광란의 사랑〉 자체도 시드니 루멧의 1959년작 안나 마냐니와 말런 브랜도 주연의 〈뱀가죽 옷을 입은 사나이〉를 포스트모더니즘풍으로 리메이크한 것이다. 〈광란의 사

---

13 (〈듄〉은 포함시키지 않았다. 이 영화는 전통적인 서사 구조를 갖고 싶은 것처럼 보이지만 사실은 그런 구조가 없는 민망한 위치를 점하고 있다.)

랑〉에서 케이지의 연기가 엘비스 흉내를 내는 브랜도, 아니면 브랜
도 흉내를 내는 엘비스를 떠올리게 만드는 것은 우연이 아니다. 〈광
란의 사랑〉과 〈뱀가죽 옷을 입은 사나이〉 둘 다 불을 주요 이미지로
사용하고, 세일러가 "자유와 개인적 선택권에 대한 나의 믿음의 상
징"이라고 말할 만큼 몹시 아끼는 뱀가죽 재킷이 〈뱀가죽 옷을 입
은 사나이〉에서 브랜도가 입은 뱀가죽 재킷과 똑같다는 점도 우연
이 아니다. 〈뱀가죽 옷을 입은 사나이〉는 테너시 윌리엄스의 잘 알
려지지 않은 희곡 〈오르페우스의 하강〉을 영화화한 것으로, 1960년
이 희곡은 루멧의 영화 덕분에 새로운 전성기를 맞았으며 뉴욕 오
프브로드웨이에서 상연되었다. 로라 던의 부모 브루스 던과 다이앤
래드는 바로 이 연극에 출연하면서 만나게 되었고 결혼했다.

**11. 10번의 마지막 부분을 연결 고리 삼아 데이비드 린치가 우리
로부터 정확히 무엇을 원하는가의 문제에 대해 이야기해보자**

　영화는 권위주의적인 매체다. 우리를 나약한 상태로 만들고 지
배한다. 저항을 포기하고 기꺼이 지배를 당한다는 데 영화관 가는
재미가 있다. 어둠 속 넋을 잃기 좋은 거리에 앉아 화면을 올려다보
며 화면 속에 있는 사람들 눈에 띌 걱정 없이 그 속의, 우리보다 훨
씬 크고 우리보다 훨씬 아름답고 우리보다 매혹적인 등등의 사람
들을 본다. 영화의 압도적인 힘은 새로운 것이 아니다. 그러나 다양
한 영화들은 이 힘을 여러 가지 방식으로 행사한다. 예술 영화는 기
본적으로 목적론적이다. '관객을 깨우'거나 우리를 좀 더 '자각하

게' 만들기 위해 다양한 시도를 한다. (이런 식의 목적은 쉽게 허세, 독선, 그리고 거들먹거리는 개소리로 타락할 수 있으나 목적 자체는 원대하고 고결하다.) 상업 영화는 관객을 가르치거나 일깨우는 데는 관심이 없어 보인다. 상업 영화의 목적은 '여흥을 제공하는' 데 있다. 이것은 대체로 관객에게 다른 사람이 된 기분을 주고 관객의 실제 인생보다 훨씬 더 화려하고 더 일관적이고 더 매혹적이고 매력적이며 전반적으로 더 재미있는 인생이 있는 것처럼 느끼게 해주는 다양한 환상을 제공한다는 의미다. 상업 영화의 목적은 사람을 깨우는 것이 아니라 극히 편안한 잠과 달콤한 꿈을 제공함으로써 그 경험에 기꺼이 돈을 지불하게 하는 것이라고 할 수 있다. 이런 유혹, 돈과 환상의 거래가 상업 영화의 본질적인 목적이다. 예술 영화의 목적은 대체로 좀 더 학구적이거나 미적이며 대개 해석에 노력을 기울여야 이해할 수 있으므로 예술 영화를 보기 위해 돈을 지불한다는 것은 돈을 내고 노력을 한다는 뜻이기도 하다. (반면 대부분의 상업 영화를 볼 때 필요한 노력은 영화표를 사기 위해 들이는 노동에 국한된다.)

데이비드 린치의 영화는 예술 영화와 상업 영화의 중간 지대를 차지하고 있는 것처럼 묘사되곤 한다. 그러나 사실 데이비드 린치의 영화는 제3의 전혀 다른 영역을 차지하고 있다. 린치의 가장 훌륭한 영화들에는 별다른 요점이 없고 영화의(특히 아방가르드 영화의) 핵심적인 주제들을 파악하기 위한 해석 과정을 여러 면에서 거부한다. 영국 비평가 폴 테일러는 바로 이런 이해를 바탕으로 린치의 영화를 "설명하기보다 경험해야 한다"고 말한 것 같다. 린치의 영화는 정말 다양하고 고차원적인 해석이 가능하지만 린치의 영화에 '영화의 해석은 필연적으로 다각적이다' 같은 요점이 있다고 결론짓는다면 큰 실수다. 린치의 영화는 그런 영화가 전혀 아니다.

유혹적이지도 않다. 적어도 상업적인 의미에서는 편안하거나 선형적인 영화가 아니며 하이콘셉트, 혹은 '기분이 좋아지는' 영화도 아니다. 린치의 영화를 보면서 영화의 목적이 나에게 '여흥을 제공'하기 위함이라는 생각은 결코 받을 수 없으며 내 호주머니를 털기 위해 만들어졌다는 인상도 결코 받을 수 없다. 이것이 린치의 영화가 불편한 또 하나의 이유다. 다른 영화를 볼 때 흔히 맺게 되는 무언의/무의식적인 표준 계약이 린치의 영화를 볼 때는 무효가 된다는 느낌이 든다. 이것은 불편하다. 무의식적인 계약의 부재로 인해 우리가 영화처럼 강력한 매체를 접할 때 보통(그리고 필수적으로) 착용하는 정신적 보호 장구를 잃게 되기 때문이다. 다시 말해 우리가 어떤 수준에서든 영화가 우리로부터 원하는 것이 무엇인지 안다면 우리는 특정한 내부적 방어 체계를 세워 우리 자신을 얼마나 내어줄지 선택할 수 있다.[14] 그러나 요점, 혹은 쉽게 알아챌 수 있는 의도가 없는 린치의 영화는 이런 잠재의식의 방어 체계를 해제하고 다른 영화와 달리 린치가 우리 머릿속으로 들어갈 수 있게 한다. 그래서 린치의 가장 훌륭한 영화들은 종종 감정을 동요하게 만

14　나도 좀 더 잘 설명하고 싶지만 잘 설명하기에는 지나치게 복잡한 문제다. 어떤 영화는 어린 관객에게 너무 무섭거나 강렬할 수 있다는 점과 관계가 있다. 정신적 방어 체계가 아직 잘 발달되지 않은 어린아이는 우리가 유치한 싸구려라고 생각하는 호러 영화를 보고 몹시 겁먹을 수 있다.

들고 악몽을 꾸게 하는 것이다. (우리는 꿈을 꿀 때도 무방비 상태다.)

린치의 진정한, 그리고 유일한 의도는 이것일지 모른다. 바로 우리 머릿속으로 들어오는 것.[15] 린치는 머릿속에 들어온 뒤보다는 일단 머리를 뚫고 들어오는 것 자체에 더 큰 관심이 있는 것처럼 보인다. 이것이 '좋은' 예술일까? 말하기 힘들다. 앞서 말했듯 천재적이거나 사이코패스적으로 보인다.

12. 〈로스트 하이웨이〉의 비교적 사소한 장면을 촬영하던 세트장을 내가 구경한 일에 대하여

작고 으스스한 마을을 좋아하는 경향이 있는 린치가 로스앤젤레스를 〈로스트 하이웨이〉의 배경으로 택한 것은 의외다. 나는 이것이 예산 절감을 위한 선택이거나 린치가 마침내 할리우드에 편입되었음을 나타내는 암울한 신호라고 일단 생각했다.

그러나 알고 보니 1월의 로스앤젤레스는 그 자체로 상당히 린치적이다. 어딜 보든 초현실과 일상의 병렬 그리고 상호 침투가 있다. 로스앤젤레스 공항에서 탄 택시에는 미터기에 택시 호출 회사에서 설치한 특수 장치가 달려 있어서 주요 신용카드로 요금을 계산할 수 있다. 내가 묵은 호텔[16] 로비에서는 굉장히 아름다운 스타

---

15 〈로스트 하이웨이〉에서 남의 머릿속으로 들어간다는 생각을 글자 그대로 다루고 있는 것은 우연이 아니다.

16 (참고로 《프리미어》에서는 필자들을 굉장히 세련된 호텔에 묵게 해준다. 장담하건대 로스앤젤레스의 호텔이 다 이렇지는 않을 것이다.)

인웨이 피아노 소리가 가득 울리고 있는데 내가 피아노 연주자의 술잔이든 무엇이든 그 안에 팁을 넣어주려고 가자 피아노 연주자가 없다. 피아노는 스스로 연주하고 있는데 자동 피아노가 아니라 보통 스타인웨이 피아노다. 건반 아래에 신기한 컴퓨터 장치 상자가 붙어 있다. 이 피아노는 24시간 연주되며 단 한 번도 같은 곡을 반복하지 않는다. 내가 묵은 호텔의 위치는 웨스트 할리우드가 아니면 베벌리힐스의 다소 저렴한 지역인데 우리가 있는 곳이 로스앤젤레스의 정확히 어느 지역이냐고 묻자 프런트에 있던 두 직원은 서로 이 질문에 관해 논쟁하기 시작한다. 논쟁은 우두커니 서 있는 내 앞에서 어처구니없이 긴 시간 동안 이어진다.

내 호텔 방은 믿을 수 없을 만큼 호화로운 데다 값비싼 프렌치 도어 밖으로 발코니까지 있다. 다만 발코니는 폭이 정확히 25센티미터이고 주물 난간의 장식은 얼마나 날카로워 보이는지 절대로 가까이 가고 싶지 않게 생겼다. 프렌치 도어와 발코니는 결코 웃자고 만든 것은 아니다. 길 건너에는 녹청색과 연어색이 어우러진 거대한 쇼핑몰이 있다. 굉장히 세련되고 값비싼 미래적 느낌의 에스컬레이터가 쇼핑몰 외벽을 타고 올라가고 있지만 나는 사흘 동안 그 누구도 그 에스컬레이터를 타고 올라가거나 내려오는 모습을 보지 못했다. 쇼핑몰은 불을 환하게 밝힌 채 열려 있지만 인기척이 전혀 없다. 겨울 하늘은 스모그 없이 깨끗하지만 비현실적이다. 〈블루 벨벳〉 도입부에 나오는 유명한 하늘처럼 과포화 상태의 파랑이다.

로스앤젤레스에는 거리 악사들이 많지만 여기서 악사들은 인도나 지하철이 아닌 중앙 분리대에서 연주를 하고, 지나가는 사람들은 달리는 차 안에서 악사들을 향해 동전이나 흐느적거리는 지폐를 던진다. 아무렇게나 던지는 것 같은데도 오랜 연습을 거친 듯 정확하다. 호텔과 데이비드 린치 세트장 사이의 중앙 분리대에 있는 거리 악사들은 대부분 손가락 심벌즈나 시턴 같은 악기를 연주하고 있다.

실제로 있었던 일:《프리미어》 취재차 여기 머문 사흘 동안 이름이 벌룬(풍선)인 사람을 두 명이나 만났다.

이 동네의 주요 산업 가운데 하나는 발레파킹인 듯하다. 심지어 일부 패스트푸드 식당에서도 발레파킹을 제공한다. 주차 요원이 입는 적갈색 재킷에 대한 웨스트 할리우드/베벌리힐스 지역 독점 판매권이 내게 주어진다면 정말 좋을 것이다. 주차 요원 대부분은 머리가 길고 뒤엉켜 있으며 할리퀸 로맨스 소설 표지에 나오는 이탈리아 남자 모델처럼 생겼다. 사실 거리를 돌아다니는 사람들 대부분이 터무니없이 잘생겼다. 그리고 모두가 유행에 맞게 잘 차려입고 있다. 사흘째가 되자 나는 가난한 사람이나 노숙자를 구분하는 법을 깨달았다. 그런 사람들은 기성복을 입고 있다.[17] 그나마 어느 정도 남루해 보이는 사람들은 무뚝뚝한 라틴계 남자들로 아직 시턴 연주자들이 차지하지 않은 중앙 분리대에서 식료품점 카트에 담긴 오렌지를 파는 사람들이다. 슈퍼모델이 4차선 도로를 황급히 무단으로 횡단하는 모습도 보인다. 자홍색 사브, 황갈색 메르세데

---

17 이런 소리가 싸구려 우스갯소리처럼 들린다는 것은 나도 알지만 정말 진지하게 하는 말이다. 싸구려 우스갯소리가 그대로 재현된 조화롭지 못한 현실로 인해 모든 것이 린치적으로 느껴졌다.

스를 탄 사람들이 경적을 울린다.

그리고 잘 알려진 고정관념도 사실이다. 언제든 어느 지점에서든 도로에는 자동차가 약 400만 대 정도 있고 그중에서 광택을 내지 않은 차는 없다. 이곳 사람들은 맞춤 번호판을 달고 다닐 뿐만 아니라 맞춤 번호판 테두리까지 있다. 그리고 거의 모든 사람이 운전하면서 통화를 한다. 이를 한동안 지켜보고 있으면 모두가 서로서로 이야기하고 있다는 기분을 떨칠 수 없다. 운전하면서 통화하는 사람의 상대 역시 운전하면서 통화하고 있을 것 같다.

세트장에서 돌아오던 첫날 밤, 멀홀랜드 드라이브에서 카르만 기아 한 대가 전조등도 켜지 않은 채 우리 차를 추월했고 운전대를 잡고 있던 나이 든 여성은 입에 종이 접시를 물고 있었는데도 어김없이 통화하고 있었다.

내가 하고 싶은 말은 처음의 우려와 달리 로스앤젤레스는 린치에게 영화적으로 전혀 낯선 공간이 아니라는 것이다.

뿐만 아니라 이 장소는 린치의 영화를 새로운 면에서 '사적'으로 느껴지게 만든다. 린치와 린치의 연인 메리 스위니[18]가 살고 있는 곳이 바로 로스앤젤레스이기 때문이다. 에이시메트리컬 프로덕션의 사업 및 기술 본부는 집 바로 옆에 있다. 골목을 따라 두 집만 더 내려가면 린치가 〈로스트 하이웨이〉 1막에서 빌 풀먼과 갈색머리 퍼트리샤 아켓의 집으로 쓰기로 선택한 주택이 나온다. 린치

---

18 메리 스위니는 〈로스트 하이웨이〉 공동 제작자 세 명 중 한 명이다. 스위니의 주요 책임은 매일 러시프린트와 가편집본을 준비하고 이를 저장, 관리하는 일이다. 스위니는 〈트윈 픽스: 파이어 워크 위드 미〉에서 편집을 담당했다.

자신의 집과 꽤 비슷하게 생겼다. 고야를 스페인 화가라고 부를 수 있다면 이 집도 대략 스페인풍 건축이라고 말할 수 있을 것이다.

영화감독 밑에는 조감독이 몇 명 있게 마련인데 조감독의 역할은 할리우드 관행에 따라 분명하게 정해져 있다. 제1조감독의 역할은 세트장이 최대한 매끄럽게 돌아가도록 하는 것이다. 세부 사항을 조율하거나 세트장에서 조용히 하라고 외치는 사람, 걱정이 많으며 사람들에게 고함을 친 대가로 미움을 받는 사람이다. 이 덕분에 감독은 무해하고 여유로운 군주가 되어 수준 높은 창조적 고민에 집중할 수 있으며 마치 할아버지 같은 존재로서 제작진의 사랑을 받을 수 있다. 〈로스트 하이웨이〉의 제1조감독은 스콧 캐머런이라는 베테랑으로 면 반바지를 입고 다니며 까칠한 수염을 기르고 있는데 약간 불행한 미남처럼 생겼다.[19] 제2조감독은 스케줄 관리 담당이며 매일 촬영 계획표Call Sheet를 뽑는다. 여기에는 그날의 제작 일정이 담겨 있으며 누가 언제 어디 가 있어야 하는지 나와 있다. 두 번째 제2조감독도[20] 있는데 배우들을 관리하는 역할로 분장과 의상에 이상이 없는지 확인한다. 대역을 이용해 배우의 위치와 카메라 각도를 정하고 1군이 들어올 준비가 끝나면 트레일러에 있는 배우들을 불러오는 일도 두 번째 제2조감독이 한다.

제2조감독의 일일 촬영 계획표에는 그날 촬영할 장면의 요약

---

19 (〈로스트 하이웨이〉 제작진 중 한 명은 스콧 캐머런을 "스트레스의 모차르트"라고 말했는데 그 의미는 도통 알 수 없다.)

20 (어떤 이유에선지 결코 '제3조감독'이라고 부르지 않는 것이 관행이다.)

설명이 도표에 가깝게 정리되어 있다. '원라인 스케줄' 혹은 '원라이너'라고 부르기도 한다. 1월 8일의 원라이너는 다음과 같다.

(1) 신 112

실내. 에디 씨의 메르세데스 안 / 낮 / 1쪽

에디 씨가[21] 메르세데스를 몰고 피트는[22] 차의 문제를 찾아내려고 귀

---

21 (로버트 로지아를 말한다.)

22 (밸새저 게티를 말한다. 여기서는 게티에 대해 말을 아낄수록 좋을 테지만 한 가지만 말하자면 톰 행크스와 존 큐잭, 찰리 신을 하나로 뭉친 다음 핵심적인 본질을 약간 비워낸 듯 생겼다. 키가 그렇게 크지는 않지만 〈로스트 하이웨이〉 속에서는 커 보인다. 자세가 매우 안 좋은 게티에게 린치가 왠지 그 자세를 더 과장하라고 지시했기 때문이다. 젊고 매력적인 남성 배우들의 영역에서 밸새저 게티와 리어나도 디캐프리오를 비교하자면 포드 에스코트와 렉서스를 비교하는 느낌과 대략 일치한다. 게티에게 명성을 안겨준 역할은 〈파리 대왕〉의 랠프 역할로, 게티의 연기는 무미건조하고 본질이 빠져 있었지만 끔찍하지는 않았다. 〈흔들리는 영웅〉에서 게티는 집이 없는 아이로 잘못 캐스팅되고 잘못된 연기 지도를 받았지만(어떻게 집이 없는 아이가 매일 머리에 새로 무스를 바를 수 있는지?) 〈홀랜드 오퍼스〉에서는 신경이 곤두서 있는 학생으로 훌륭한 단역 연기를 보여주었다.

솔직히 말해서 밸새저 게티가 〈로스트 하이웨이〉에서 얼마나 좋은 연기를 할지에 대한 나의 예상을 촬영장에서 내가 느낀 게티의 인격과 떨어뜨려 생각하는 것은 거의 불가능하게 되었다. 내가 받은 인상은 꾸준히 부정적이었기 때문에 여기서 너무 많은 말은 하지 않는 게 좋을 것 같다. 한 가지만 말하자면 게티는 촬영이 멈출 때마다 "급한 일"이 있다며 사람들에게 휴대전화를 빌리러 다니며 모두를 귀찮게 했다. 고백하자면 나는 그 급한 통화가 무엇인지 궁금해서 몇 번 엿들어봤는데 한번은 상대에게 "그런데 그 여자가 나는 어떻대?"라고 세 차례 연이어 물어봤다. 또 한 가지만 말하자면 게티는 골초였는데 절대 자기 담배를 갖고 다니지 않았고 수입이 게티의 1퍼센트 정도일 것 같은 제작진에게 늘 얻어 피웠다. 물론 이런 것들이 심각한 잘못이 아님은 인정하지만 작은 일도 모이면 크게 느껴지는 법이다. 게티는 또한 대역과 비교될 수밖에

를 기울인다.

(2) 신 113

야외. 멀홀랜드 드라이브 / 낮 / $\frac{1}{8}$쪽

에디 씨가 차를 몰아본다. 인피니티가 뒤로 바짝 따라붙는다.

(3) 신 114

야외. 에디 씨의 메르세데스 안 / 낮 / $\frac{1}{8}$쪽

에디 씨가 인피니티에 추월을 허용한 뒤 도로 밖으로 몰아낸다.

　앞서 말했듯 이같이 자동차가 많이 나오는 장면들은 그리피스 파크에서 촬영했다. 샌타모니카의 구릉지대에 위치한, 크기가 대충

없었다. 게티의 친구라는 대역은 언제나 게티 옆에 딱 붙어 있었고 가슴에 '피트'라고 필기체로 적힌 이름표가 붙은 정비소 작업복을 똑같이 입고 있었다. 이마에도 똑같이 흉측한 가짜 혹을 달고 있었는데 이 대역은 털털하고 멋스럽고 유머 감각이 아주 뛰어 났다. 가령 촬영장에서 보내는 시간 대부분이 아무런 할 일 없이 대기하는 데 소요되는 것을 보고 내가 놀라움을 금치 못했더니 여기 맞장구를 친 것은 뱀새저 게티의 대역이었다.
"저희는 사실 일은 무료로 해줘요. 그 대신 대기료를 받아요."
　지금은 싱겁게 들릴지 몰라도 하루 종일 촬영장에서 정신이 혼미해질 지경의 무료함 속에 있다가 이 말을 들었을 때는 기막히게 재미있었다.
에라, 모르겠다. 뱀새저 게티의 가장 신경 쓰였던 점은 이것이다. 데이비드 린치가 곁에 있을 때는 지나치게 아양을 떨며 존경을 표하고 알랑거렸지만 린치가 없을 때는 린치를 놀리거나 린치의 특이한 목소리를(14번 참조) 우스꽝스럽게 흉내 냈다. 썩 훌륭한 모사도 아니었으며 깎아내리고 흥잡으려는 의도가 분명했다.)

델라웨어주 정도 되는 넓은 공간이다. 반건조 기후의 옐로스톤 국립공원을 상상하면 된다. 수많은 산등성이와 외딴 봉우리들이 있고 흙과 자갈이 갑자기 작은 산사태를 이루는 곳. 에이시메트리컬 프로덕션의 선발대는 멀홀랜드와 샌디에이고 고속도로 사이의 작은 길목에 트레일러 여남은 대로 이루어진 이른바 베이스캠프를 구축해두었다.[23] 보안팀은 주행 장면을 찍기 위해 추가로 몇 개 도로를

---

23 정확히는 트레일러 열한 대다. 대부분은 글렌데일의 풋힐 스튜디오 장비 대여소, 그리고 버뱅크의 트랜스코드 모바일 스튜디오에서 왔다. 모든 트레일러는 차에서 분리된 상태로 블록 위에 설치되어 있다. '꿀차'는 그중에서 네 번째 트레일러다. 조명, 소품, 특수효과, 의상, 그립 장비를 위한 트레일러가 있는가 하면 주요 배우들을 위한 트레일러도 있다. 그러나 배우들의 트레일러라고 해서 이름이 붙어 있거나 문에 황금 별이 붙어 있지는 않다. 특수효과 트레일러에는 해적기가 붙어 있고 조명 트레일러에서는 하드그런지 음악이 나온다. 다른 트레일러 앞에서는 거칠어 보이는 제작진들이 캔버스 의자에 앉아 《카 액션Car Action》이나 《총과 총탄Guns and Ammo》 등의 잡지를 읽고 있다. 제작진의 특정 비율은 거의 모든 시간을 베이스캠프에서 보내며 트레일러에서 다양한 일을 하는데 정확히 무슨 일을 하는지는 알기 쉽지 않다. 왜냐하면 이 제작진은 약간 카니발 일꾼들처럼 트레일러에서 많은 시간을 보내고 트레일러를 그들만의 특수 영역으로 여기며 외부인이 트레일러에 올라 구경하는 것을 탐탁지 않게 생각하기 때문이다. 그러나 너무 기술적인 분야라는 이유도 있다. 예를 들어 조명과 촬영 장비 관련 트레일러 뒤쪽 가장 눈에 잘 띄는 곳에는 온갖 길이와 크기의 삼각대와 조명봉, 부속품들이 마치 군수품처럼 아주 정확하게 늘어서 있다. 삼각대 근처의 선반에는 '2×마이티' '2×8주니어' '2×미키몰' '2×베이비BJ' 등의 이름표가 구간별로 붙어 있다. 줄지어 선 렌즈 상자에도 다음과 같이 이름표가 붙어 있다.

롱 프라임	A FILTS/4×5/DIOPS	와이드 프라임
50mm 'E' T2 4′	SPC 200-108A	30mm 'C' T3 4′
75mm 'E' T2 4′	B FILTS 4×5	40mm 'E' T2 3.5′
100mm 'E' T2 4′		

미리 차단해두었다. 공연 인력처럼 검은 티셔츠를 입은 덩치 큰 사내들이 무전기를 들고 다양한 지점에 바리케이드를 친다. 조깅하는 사람이나 일반 운전자가 주행 장면 촬영을 방해하지 못하게 하고 스턴트 도중 제작진이 배상 책임을 져야 하는 사고가 나지 않도록 미연에 방지하기 위해서다. 로스앤젤레스 시민들은 바리케이드에 막혀도 쉽게 돌아서는 편이며 동네에서 영화를 찍는 것에 대해 뉴욕 사람들만큼 무심하다.

그리피스 파크는 바싹 마른 달 표면처럼 아름답기는 해도 철저히 린치적인 촬영 환경인 것으로 보인다. 햇빛은 넓고 깊게 파고들고 수입 맥주 빛깔이지만 나도 모르는 사이 어떤 묘한 불길함이 느껴지는 곳이다. 이 불길함은 콕 집어 말하기 힘들고 어떤 감각적인 설명도 불가능하다. 알고 보니 그날은 샌타아나 주의보가 발령된 날이었는데 샌타아나 바람은 산불을 일으키기도 하고[24] 인간과 짐승 모두에게서 기묘하지만 뚜렷한 고이온 불안high-ion anxiety을 초래하는 기이한 기상 현상이다. 샌타아나 바람이 부는 기간 동안 로스앤젤레스의 살인률은 그 어느 때보다 높다고 하며, 그리피스 파크에서는 대기가 심상치 않다는 것을 알아채기가 어렵지 않다. 소

---

24 촬영장에는 로스앤젤레스 소방서에서 나온 감독관들이 쫙 깔려 있고 담배에 불을 붙이면 노려보았다. 니코틴 충전을 위한 조건은 꽤나 열악했다. 스콧 캐머런의 지시에 따르면 모래를 채운 꽁초 쓰레기통 옆에 서 있을 때만 담배를 피울 수 있었는데 이 쓰레기통은 단 한 개밖에 없었고, 오로지 아메리칸 스피릿 올 내추럴 담배만을 피우는 데이비드 린치가 이 쓰레기통을 독차지하기 일쑤였다. 그래서 담배를 피우고 싶지만 린치와 가깝지 않은 사람들은 손가락 마디를 물어뜯고 있다가 린치가 등을 돌리기를 기다려 쓰레기통을 훔쳐야 했다.

리가 좀 더 거칠게 들리고 냄새는 더 강하게 나며 숨을 쉴 때 이상한 맛이 난다. 햇빛은 날카로운 빛줄기로 흩어져 두개골 깊숙이 침투하고 전체적으로 공기는 가죽처럼 질기면서 이상하게 고요하다. 중서부에서 폭풍우가 몰아치기 전에 느껴지는, 물을 머금은 듯한 기이한 고요함이 서해안에 오면 이렇게 바뀐다. 공기에서는 세이지와 소나무, 먼지, 그리고 아련한 크레오소트 향기가 난다. 들갓, 유카, 옻나무를 비롯해 다양한 수풀이 언덕 기슭에 거친 수염처럼 돋아 있다. 스크럽오크 나무와 소나무는 제멋대로의 각도로 솟아 있고 일부 나무의 몸통은 기괴하게 구부러지거나 뒤틀려 있다. 또한 잡초와 가시덤불 등이 감당하기 어려울 만큼 많아서 딱히 걸어 다니고 싶지는 않다. 촬영지 식물상의 질감은 간단히 말하자면 마당비의 바닥에 닿는 부분과 비슷하다. 붉은꼬리매 한 마리가 촬영 첫날 종일 머리 위를 맴돈다. 단 한 마리가 계속 같은 원을 그리며 비행하니 한참 뒤에는 하늘에 원이 새겨진 듯하다. 세트장이 있는 길은 한쪽에 산이 있고 반대편에는 깎아지른 절벽이 있는 작은 협곡 같은 지형을 지나간다. 절벽에서는 세트장의 구성도 잘 보이지만 반대편으로 고개를 돌리면 오른쪽으로는 할리우드의 훌륭한 조망이, 왼쪽으로는 샌퍼난도밸리와 샌타모니카, 먼 바다 한 조각이 구부러진 파란 껍질같이 눈에 들어온다. 에이시메트리컬 프로덕션이 그리피스 파크 내 이 지점을 선택한 것인지 영화 촬영을 허락해주는 시청에서 이 지점을 정해준 것인지 정확히 알기 힘들지만 어쨌든 크지 않고 아늑한 좋은 장소다. 전체 공간은 대략 삼각형 모양으로 작은 도로에 줄지어 선 베이스캠프 트레일러가 한 변을 이루고 점심 식사를 제공하기 위한 출장 요리 트레일러와 샐러드 바, 피크닉 테이블이 있는 도로가 수직으로 뻗어 있다. 그리고 그 사이 빗변을 이루는 좀 더 넓은 도로가 바로 실제 촬영이 이루어지는 장소다. 큰 언덕과 조망이 훌륭한 절벽에 있는 세트장은 바로 이 C2 변에 위치해 있다.

아침 내내 벌어진 상황은 이러하다. 로버트 로지아의 사악해 보이는 검은 메르세데스6.9와 그 뒤를 바짝 붙어 주행하는 인피니티, 그리고 제작진의 크고 복잡한 카메라 트럭은 한참 동안 사라져서 보이지 않는다. 차들은 멀홀랜드 드라이브처럼 보이게 만든 1마일 남짓의 차단 구간을 따라 천천히 왔다 갔다 하고 그동안 린치와 촬영감독은 린치적인 특성이 뚜렷한 주행 장면이라고 할 만한 조명과 앵글, 속도의 특정한 조합을 포착하려 애쓴다. 주행 장면 촬영이 진행되는 동안 나머지 야외 촬영 제작진과 보조 인력 60여 명은 자잘한 유지 관리 및 준비 작업을 하거나 빈둥거리거나 수다를 떨거나 아무튼 굉장히 많은 시간을 때우느라 애쓴다. 오늘 야외 촬영에 동원된 사람들은 그립, 소품 담당, 음향팀, 각본팀, 억양 코치, 촬영팀, 전기 담당, 분장과 헤어 담당, 구급 요원, 제작 보조, 대역, 스턴트 대역, 제작자, 조명 기사, 소품 및 장식 배치 담당, 세트 장식 담당, 조감독, 독립 홍보 담당자, 야외 촬영 매니저, 뉴욕시 가먼트 디스트릭트(맨해튼의 의류 산업 지구—옮긴이)에서 볼 수 있는 이동식 옷걸이를 가진 의상팀, 콘티 담당자들, 각본팀, 특수효과 코디네이터와 기술팀, 로스앤젤레스 소방서 흡연 방지팀, 제작 관련 보험 담당자, 온갖 개인 매니저들과 잡역부, 인턴, 그리고 뚜렷한 역할이 없어 보이는 꽤 많은 사람들 등이다. 이 모든 일이 엄청나게 복잡하고 혼란스러우며 정확한 인구 조사를 실시하기는 어려운데 그 까닭은 제작진 대부분이 대체로 비슷하게 생겼으며 그들이 수행하는 역할은 극도로 기술적이고 복잡한 데다 몹시 빠르고 효율적으로 이루어지기 때문이다. 모두가 작업에 착수했을 때 세트장의 움직임은 마치 로버트 올트먼 감독의 집단 대화를 시각적으로 재현한 모습이다. 시간이 꽤 지나야 비로소 외모와 장비의 다양한 차이를 보고 제작진을 역할에 따라 분류할 수 있게 되는 것이다. 따라서 아래의 거친 분류법도 1월 9일 늦은 시각이 되어서야 형태를 잡았다.

그립팀은 대체로 덩치가 큰 근육질의 블루칼라 인력으로 바다코끼리 같은 수염과 야구 모자, 굵은 팔목과 올챙이배가 특징이지만 극히 활기차고 지적이며 주의 깊은 눈빛을 갖고 있다. 아주 똑똑하고 전문적인 이사 인력 같은 느낌을 주는데 기본적으로 역할이 크게 다르지 않다. 제작진 중 전기 기술자, 조명 인력, 특수효과 인력 또한 한결같이 남성이고 덩치가 큰데 그립과 다른 점은 대체로 긴 머리를 하나로 묶었으며 해당 분야 종사자들만 알 수 있는 다양한 최첨단 장비를 광고하는 티셔츠를 입고 있다. 그립은 누구도 귀고리를 하지 않았지만 기술 인력의 50퍼센트 이상이 귀고리를 하고 있으며, 두어 명은 턱수염이 있지만 전기 기술자 다섯 명 중 네 명은 어떤 이유에선지 푸 만추 수염(코밑에서 턱 아래로 길게 늘어진 모양의 수염—옮긴이)을 하고 있다. 여기에 길게 길러 묶은 머리와 창백한 피부까지 더하면 레코드 가게 혹은 마약 관련 물품 가게에서 일하는 점원과 흡사하다. 뿐만 아니라 좀 더 기술적인 일을 하는 이 블루칼라 인력을 에워싼 분위기는 대체로 오락용 화학 약물에 가깝고, 맥주 분위기는 확실히 아니다.

남성 촬영 기사들은 어떤 이유에선지 피스 헬멧을 쓰고 있다. 특히 스테디캠을 조작하는 기사가 쓰고 있는 피스 헬멧은 진짜 어떤 무장 전투와 관련된 기념품 같다. 전체가 위장을 위한 촘촘한 코이어 섬유망으로 덮여 있고 모자를 두른 띠에는 발랄한 깃털이 꽂혀 있다.

촬영과 음향, 분장팀의 대다수는 여성이다. 그러나 이들도 다수가 비슷한 외모를 하고 있다. 삼십대 정도의 나이에 화장기 없는 무심하게 예쁜 얼굴, 물 빠진 청바지와 오래된 운동화, 검은 티셔츠. 거추장스럽지 않게 아무렇게나 묶어 올린 풍성하고 윤기 있는 머리카락은 가끔 삐져나와 흘러내리기 때문에 눈앞을 가리지 않도록 자꾸만 치우거나 반지를 끼지 않은 손등으로 쓸어 넘겨야 한다. 다시 말해 단정하지 않지만 예쁘고 첨단 기술에 밝으며 대마초를 피우고 개를 키우는 게 분명한 젊은 여자들이다. 이런 현장 기술 인력 여성의 대부분은 눈가에 어떤 특징적인 표정이 어려 있는데 그 표정은 "안 가본 데가 없고 안 해본 것도 없다"고 말하는 사람이 드러내는 태도와 정확히 일치하는 태도를 전달하고 있다. 점심시간이 되자 이들 가운데 일부는 두부밖에 먹지 않고 일부 그립이 두부의 모양새에 대해 하는 말에 대꾸할 가치조차 없음을 명확히 한다. 여성 기술 인력 중에는 영화 제작 상황을 스틸 사진으로 남기고 있는 수전이 있다. 수전은 키우는 개에 대해 재미있게 이야기할 줄도 알고 팔뚝 안쪽에는 '힘'을 의미하는 일본어도 문신으로 새겼다. 팔뚝 근육을 움직여서 이 문자가 니체적으로 튀어나왔다가 다시 들어가도록 만들 줄도 안다.

각본팀과 의상팀, 그리고 제작 보조도 다수가 여성이지만 그들은 다른 종류에 속한다. 더 젊고 덜 말랐으며 더 취약하고 첨단 기술에 밝은 촬영이나 음향 쪽 여성이 가진 자부심이 없다. 현장 여성 인력이 염세적인 멋을 가졌다면, 각본팀과 제작 보조 여성은 모두 "그렇게 좋은 대학 나와서 여기서 뭐 하고 있는 거야"라고 자문하는 듯한 괴로운 눈빛을 하고 있다. 일주일에 두 번 심리 상담을 받고 있거나 그렇지 않다면 그럴 돈이 없어서임을 알 수 있는 눈빛 말이다.

다양한 제작진의 지위와 역할을 구분할 수 있는 또 다른 방법은 어떤 소통 장비를 가지고 있는지 보는 것이다. 일반 그립을 제외하면 거의 모두가 개인 통신 장비를 가지고 있다. 나머지 현장, 기술 인력은 무전기를 가지고 다니며 야외 촬영 매니저, 카메라 트럭과 연락하는 사람들, 그리고 도로의 바리케이드를 지키고 있는 사람들도 마찬가지다. 그리고 많은 제작진이 허리에 차는 폼 나는 케이스에 휴대전화를 넣고 다니는데 휴대전화를 얼마나 많이 사용하는지 로스앤젤레스와 휴대전화에 대한 흔한 고정관념에 부합하고도 남는다.[25] 흑인이자 여성인 제2조감독 시몬과는 소통이 잦았는

---

25 미디어에서 너무나 많은 것을 흡수하고 난 뒤 로스앤젤레스를 실제로 방문하니 고정관념을 바탕으로 형성된 선입견이 사실로 드러났을 때 묘한 안도감이 들었다. 선입견이 뒤집히는 일도 없었고 미디어를 통해 형성된 고정관념을 그대로 받아들인 내가, 그런 나의 무지가 혐오스럽게 느껴지는 일도 없었다. 휴대전화, 넘처나는 미모의

데 항상 내가 무언가를 가로막고 있고 비켜야 한다고 말해주는 사람이었기 때문이다. (그러나 한 번도 짜증 내거나 무례하게 굴지는 않았다.) 시몬은 휴대전화를 허리에 차는 데서 그치지 않고 무선 헤드셋까지 썼다. 그러나 헤드셋은 폼으로 쓰고 있는 것이 아니다. 이 딱한 여성은 십대 청소년을 제외한 그 어떤 사람보다 통화를 많이 한다. 그리고 헤드셋 덕분에 두 손이 자유로워 다양한 클립보드를 들고 다니면서 메모한다. 여러 클립보드를 들고 다니기 위한 클립

사람들, 뉴에이지풍의 감상주의와 우파적 재무 관리 능력의 기묘하고 포괄적인 조합에 관한 고정관념도 사실이었다. (가령, 내가 앞서 언급한 벌룬이라는 이름을 가진 두 사람 중 한 사람은 버켄스탁을 신고 다녔고 오로지 섬유소만 먹고 사는 듯 보였는데 이 사람은 특정 종류의 선물 거래에 대한 마진 콜과 특정한 종류의 부동산 시장 가격 간의 통계적 관계를 설명하는 복잡한 공식을 도출했다고 말했다. 그리고 나와《프리미어》가 이 공식을 이 기사에 소개함으로써 자신이 값비싼 뉴스레터 같은 것을 발행할 수 있도록 돕는 데 관심을 가져보라고 했다. 그러면 사람들은 이 공식에 접근하는 대가로 큰돈을 지불할 것이라고 했다. 오후 내내 벌룬은 조금도 흔들리지 않았고 눈치 없기가 거의 선불교 수준이었다. 런던정치경제대학교에서 석사 이상의 학위를 받고 버스 정류장에서 괴짜 짓을 하는 린치적 인물 같기도 했는데, 이 사람을 떼어내는 유일한 방법은 내 명예를 걸고 그와 그의 공식에 대한 내용을 이 기사에 집어넣겠다고 약속하는 것이었다. 나는 이제 그 명예를 건 약속을 지켰고《프리미어》가 노련한 편집의 칼날을 휘두른다면 그것은 딱히 내 잘못은 아니다.
(내가 이번 방문에서 이름이 벌룬인 서로 관련 없는 두 사람을 만났다는 사실이 거짓말이거나 허풍이라고 생각하지 않길 바란다. 다른 한 사람은, 너무 좁고 위험한 난간으로 인해 나갈 수 없었던 아름다운 발코니, 그 건너편에 있던 호화롭고 텅 빈 쇼핑몰, 그 바깥에 있는 중앙 분리대에서 밴조와 마라카스를 어설프게 연주하던 거리의 듀오, 그중 한 명이었다. 벌룬은 얼굴과 목에 심한 상흔이 있었는데 나는 이것이 혹시 달려가는 차에서 날아온 25센트 혹은 50센트 동전 때문은 아닌지 묻기 위해 다가간 것이다. 답은 아니었다.))

보드 홀더까지 있다.

세트장의 진정한 간부급은, 즉 라인 프로듀서, 독립 홍보 담당자, 보험 담당자, 촬영감독은 개인 호출기를 가지고 있다. 때때로 이 호출기들은 한꺼번에, 그러나 약간의 시차를 두고 울리면서 묘하게 이온화된 샌타아나 바람 속에 더할 나위 없이 린치적인 음향의 결합을 만들어낸다. 원거리 통신 수단을 통해 제작진을 구분하는 방법은 여기까지다. (어떤 법칙에도 해당 사항이 없는 이는 제1조감독 스콧 캐머런이다. 그는 무전기 두 개, 휴대전화, 호출기, 그리고 건전지로 작동하는 매우 본격적인 확성기를 마치 체념한 시시포스처럼 짊어지고 다닌다.)

그러다가 한 시간에 한 번 정도 모든 무전기에서 잡음이 들리기 시작하고 몇 분 후 린치와 현장 촬영팀, 그리고 자동차들이 베이스캠프로 들어온다. 그러면 제작진 전원은 정신없지만 목적이 뚜렷한 행위들에 착수하는데 이 모습을 도로 옆 절벽의 거울 시점에서 보면 막대기로 휘저은 개미탑을 방불케 한다. 때로 촬영팀은 단지 차를 교체하기 위해 돌아오기도 한다. 제작진은 융케 검은 메르세데스6.9 두 대를 확보했고 각각의 차를 서로 다른 영화 제작 부속과 장비로 꾸몄다. 움직이는 메르세데스 안에서 찍어야 하는 한 장면을 위해 그립은 파이프를 그물 모양으로 엮어 일종의 받침대를 만들고 집게와 끈을 이용해 자동차 후드에 고정한다. 그리고 여러 다른 기술자들이 후드 받침대에 35밀리 파나비전 카메라를 설치하고 몰 조명과 밤비노 조명 여러 개를 복잡한 각도로 달고, 또 3′×5′ 크기의 반사판[26]도 부착한다. 이 모든 것은 단단히 붙들어 매어져 있고 모두가 '체즈니'라고 부르는,[27] 숨 막히게 아름답고 일밖에 모르는 여성인 제2촬영조감독은 아나모픽 렌즈와 다양한 필터를 능란하게 조정한다. 메르세데스 앞 유리에 반사되는 햇빛이[28] 문제가 되자 촬영감독, 특히 진짜처럼 보이는 피스 헬멧을 쓴 카메라 기사, 그리고 체즈니가 머리를 모으고 논의한다. 그리고 카메라와 자동차 앞 유리 사이에 얇은 확산 필터를 고정하기로 결정한다.

카메라 트럭은 복잡하게 생긴 초록 픽업트럭으로 옆문에 '카메라 트럭 무한회사'라고 적혀 있다. 적재함에는 장비, 조명, 스테디캠, 영상 모니터, 음향 장치가 세 개 층으로 구분되어 있고 데이비드 린치와 촬영감독, 카메라 조작 기사를 위한 작은 의자들이 마련되어 있다. 트럭이 베이스로 돌아오면 기술 제작진이 트럭으로 몰려들며 마치 곤충 무리 같은 열의와 효율을 보여준다.

제작진의 정신없는 움직임 속 스콧 캐머런이 확성기로 틈틈이 지시 사항을 외치는 와중에도 카메라 트럭에서 내린 기술자들과 자동차에서 내린 대역 배우들은 이제 서성거리며 휴대전화로 통화하고 간식 테이블로 가서 회사가 제공한 간식 바구니를 뒤적이며

---

26 (텅 빈 캔버스 혹은 크지 않은 돛처럼 생겼는데 조명을 원하는 곳에 집중시키기 위해 사용한다.)

27 체즈니가 이름인지 성인지 별명인지 명확하지 않다. 남들처럼 후줄근한 플란넬 셔츠와 지저분한 운동화를 착용하고 있으며 햇빛에 바랜 머리채를 약 2.5미터 높이로 올려 선글라스로 고정한(아슬아슬하게) 체즈니는 아나모픽 렌즈를 기가 막히게 다룰 줄 안다.

28 (제작진 중에 한 젊은 남자가 있는데 이 사람의 역할은 오로지 유리 세척제와 종이 타월 두루마리를 들고 모든 유리 표면을 눈이 부시게 깨끗하게 닦는 것인 듯하다.)

좋아하는 종류를 찾는다. 다시 말해 이제 이들이 서성거리며 시간을 때울 차례다. 주행 장면을 외부에서 찍을 때는 모든 차 안에 대역 배우가 타지만 촬영팀이 베이스로 돌아오면 실제 유명 배우들이 트레일러에서 나와 무리와 어우러진다. 특히 로버트 로지아는 밖으로 나와 자신의 대역 배우와 서성이며 잡담을 즐긴다. 대역도 로지아와 마찬가지로 근육질 체격에 피부가 올리브색이며 머리 가닥이 뚜렷이 드러나는 탈모 유형, 주름지고 위협적인 얼굴까지 흡사하다. 물론 로지아와 똑같이 폭력배 느낌의 아르마니 슈트까지 입고 있으므로 도로변 절벽에 멀찍이 서서 대화하는 두 사람을 바라보고 있자면 마치 그 자체로 평행 정체성 위기에 대한 초현실적인 메타 해설 같다.

데이비드 린치 자신은 촬영 사이사이 남는 시간을 이용해 조감독들, 제작자들과 논의하고 커피를 마시며 때로는 덤불 위로 방뇨하기도 한다. 그리고 아메리칸 스피릿을 피우며 생각에 잠긴 채 메르세데스와 카메라 트럭의 기술진 무리 주변을 서성이는데 때로는 한 손을 뺨에 올린 모습이 잭 베니를 떠오르게 한다. 50세의 린치는 여전히 쉬는 시간에 곧잘 얻어맞고 다니는 어린아이의 성인 모습이다. 덩치가 크고 뚱뚱하지는 않지만 물렁해 보이며 내 시야에 있는 그 누구보다 창백하다. 마약 관련 물품 가게 점원처럼 생긴 조명 및 특수효과 담당자들조차 범접할 수 없는 창백함이다. 린치는 소매가 긴 검정 정장 셔츠를 입고 있으며 잠글 수 있는 모든 단추는 잠그고 있다. 헐렁한 황갈색 면바지는 기장이 짧아서 발목 언저리에서 펄럭거린다. 챙이 아주 긴 심해 낚시용 모자도 쓰고 있다.

황갈색 모자는 바지와 색깔이 맞고 양말은 서로, 그리고 셔츠와 색깔이 맞는다. 정성 들여 선택하고 맞춘 몹시 모범생다운 의상이다. 린치의 경우 이런 모습은 왠지 딱하기보다는 귀엽게 느껴진다. 린치가 카메라 트럭에서 쓰는 선글라스는 얼굴을 감싸는 값싸고 거추장스러운 형태로 오래된 일본 괴수 영화에서 악당이 쓰는 것처럼 생겼다. 지나치게 꼿꼿한 자세는 어린 시절에 아주 엄격한 훈육을 받았거나 허리 보호대를 착용하고 있다는 인상을 준다. 전반적으로는 약간 괴짜지만 사람들이 괴짜라고 생각하든 말든 특별히 신경 쓰지 않는 괴짜라는 인상이다. 이 인상은 모종의 물리적 품위 같은 것을 만들어낸다.

린치의 가장 마음에 드는 점은 얼굴이다. 나는 린치가 세트장을 누비는 동안 린치의 얼굴을 여러 각도에서 물끄러미 바라보는 데 많은 시간을 할애한다. 사진 속 젊은 시절의 린치는 배우 제임스 스페이더와 흡사하다. 그러나 지금은 스페이더와 닮지 않았다. 어떤 사람들의 얼굴은 네모난 반면 린치의 얼굴은 둥그렇다. 창백하고 부드러워 보인다. 두 볼을 보면 매일 면도하고 로션을 바르는 것이 분명하다. 그리고 1990년 《타임》 표지에서 괴이하게도 동시에 두 방향을 바라보았던 린치의 눈은 더 이상 그렇게 움직이지 않으며 크고 온화하며 상냥하다. 린치가 자신의 영화만큼 '변태적'일 것이라고 생각한다면 이 점은 알아두기를 바란다. 린치의 눈빛에는 성도착증급의 정신 문제와 결부되곤 하는 번득거림이나 흐리멍덩함이 없다. 린치의 눈빛은 좋은 눈빛이다. 린치는 매우 강렬한 관심을 갖고 세트장을 바라본다. 그러나 따뜻하고 벅찬 가슴에서 나오는 관심이다. 말하자면 내가 사랑하는 사람이 나 또한 애정을 가지고 있는 활동을 할 때 지어지는 그런 표정으로 바라본다. 안달을 부리지 않으며 기술 인력을 방해하지 않는다. 다만 다음 촬영을 위해 정확히 어떤 배치를 원하는지 누군가 물으면 다가가 의논을 한다. 활동하고 있을 때도 쉬고 있는 것처럼 보일 줄 아는 사람이다. 다시 말해 매우 기민한 동시에 매우 차분해 보인다. 어떤 면에서는 오싹할 정도로 차분하다. 최극단에 있는 미치광이들은 기이할 정도로 차분하다는 점, 가령 한니발 렉터가 누군가의 혀를 물어뜯을 때 맥박이 80 이하에서 유지된다는 점을 상기시킨다.

13. 영화 전공자를 포함한 다양한 기술진과 제작 스태프들이 〈로스트 하이웨이〉에 대해 한 말

"데이비드는 로스앤젤레스의 뭐랄까 디스토피아적인 면을 보여주고 싶은 거예요. 디스토피아적인 뉴욕을 보여줄 수도 있지만 아무도 상관하지 않을걸요? 그건 누군가가 이미 다 했어요."

"기형성에 관한 영화예요. 〈이레이저 헤드〉 기억나세요? 이 남자는 궁극의 페니스 헤드가 될 거예요."

"이 영화는 정신이상을 주관적으로 탐구하고 있어요."

"확실한 건, 이걸 보러 가지는 않을 거예요."

"데이비드가 보는 사회를 반영하고 있죠."

"예술 영화와 대형 제작사 개봉작의 중간 지대에 있어요. 이런 틈새에서 일하는 건 굉장히 힘들어요. 경제적으로 취약한 틈새시장이라고 할 수 있어요."

"데이비드의 영역이에요. 이미 이전 작품에서 개척해두었던 공간으로, 그러니까 주관성과 정신이상의 영역으로 우리를 데리고 더 깊이 들어가고 있어요."

"로스앤젤레스를 다이앤 아버스처럼 바라보고 있어요. 꿈의 도시의 끈적끈적한 이면을 드러내고 있는 거예요. 〈차이나타운〉에서도 보여줬지만 역사를, 누아르 역사를 되짚는 방식으로 했죠. 데이비드의 영화는 광기에 관한 거예요. 주관적이에요, 역사적이지 않죠."

"의사나 간호사는 일이 끝난 뒤 여가 시간에 재미로 표를 끊고 수술을 구경하지 않아요. 일이 다 끝났는데 왜?"

"이 영화는 조현병을 단지 재현적인 방식이 아닌 수행적인 방식으로 보여줘요. 정체성의 해이, 존재론, 시간 속 연속성의 측면에서 말이죠."

"일단 데이비드와 이 업계, 이 업계 내에서 데이비드가 갖는 의미에 대해 더할 나위 없는 존경을 보낸다는 말부터 하겠습니다. 그리고 분명히 말하지만 아주 신이 납니다. 아주 신이 나고 더할 나위 없이 존경스럽다고 말하고 싶습니다."

"특수한 관객을 위한 영화예요. 영화 〈피아노〉처럼요. 수천 개의 극장에서 개봉하지는 않을 거라는 말이죠."

"'극도utmost'는 한 단어예요. '극도'라는 말에 하이픈은 없죠."

"정말 로스앤젤레스답죠. 제 생각이 궁금하시다면, 비현실적이지 않다는 거예요."

"여긴 어쨌거나 시장이고 이건 어쨌거나 상품이에요."

"이건 네거티브 픽업 방식의 계약이에요. 파인라인, 뉴라인, 미라맥스 모두 관심이 있죠."

"데이비드는 우리 시대의 이드Id예요. 제 말을 인용하실 거면 꼭 제 이름을 밝혀주세요. 영화 제작에서 ＿＿＿ 역할을 맡은 ＿＿＿ 는 데이비드가 '우리 시대의 이드'라고 말했다고 써주세요."

"예술가로서 데이비드는 원하는 것을 바탕으로 자신만의 선택을 해요. 하고 싶은 말이 생기면 영화를 만들죠. 데이비드 영화에 관심 있는 사람들은…… 어떤 작품은 다른 작품보다 낫죠. 이 작품은 저 작품보다 나은 평을 받기도 하죠. 데이비드는 여기에 딱히 신경 쓰지 않아요."

"천재예요. 이걸 이해하셔야 해요. 이 분야에서 데이비드는 우리와 달라요."

"머리가 바뀌는 장면은 분장과 조명으로만 만들어요. CGI는 없어요."[29]

"《석영의 도시City of Quartz》를 읽어보세요. 이 영화를 간단하게 말하자면 거기 다 들어 있어요."

"몇몇 제작자는 헤겔 얘기를 하던데요. 그게 도대체 뭔지는 몰라도."

"데이비드나 이 영화에 어떤 방식으로든 해를 입힐 생각은 아니길 바랍니다."

---

29 (＝'컴퓨터 생성 이미지'를 뜻함. 〈쥬만지〉가 여기 해당.)

〈블루 벨벳〉에서 샌디 역할을 한 로라 던의 차분한 금발 스타일은 〈이레이저 헤드〉에서 메리 X 역할을 한 샬럿 스튜어트의 차분한 금발 스타일과 동일하다.

14. 다른 부분에서 다 하지 못한 얘기들이 한데 섞여 있고 도무지 이를 한데 엮을 제목이 생각나지 않는 부분

포스트모더니즘적이라는 말은 실로 남용되고 있다. 그러나 데이비드 린치의 온화하고 건강한 안색과 그의 영화가 추구하는 오싹한 야망 사이의 괴리는 철저히 포스트모더니즘적이다. 린치의 기타 포스트모더니즘적인 특징에는 목소리도 포함된다. 린치의 목소리는 LSD를 한 제임스 스튜어트 같다고 설명하면 가장 정확하다. 린치의 말을 얼마나 진지하게 받아들여야 할지 알기가 거의 불가능하다는 점도 그 이유다. 이 천재적인 작가는 말할 때 "오키도크"(오케이를 앙증맞게 표현한 말—옮긴이) "멋져" "최고야" "아이, 참" 등을 남발한다. 마지막 주행 장면 촬영을 끝내고 베이스캠프로 돌아온 뒤 사람들이 카메라와 반사판을 철수하고 믿을 수 없이 매혹적인 체즈니가 그날 오후 사용하지 않은 필름을 빛을 반사하는 NASA 담요 아래 넣는 동안 린치는 5분 동안 무려 세 번이나 "어머나!"라고 말한다. "어머나!"라고 말할 때 단 한 번도 반어적이거나 부정직하게 들리지 않았고 심지어 자신을 희화화하는 사람에게서 찾아볼 수 있는 그 어떤 자포자기적 감정도 담겨 있지 않았다. (또한 기억할 것은 이 사람이 셔츠의 모든 단추를 채우는 사람이며 기장이 짧은 바지를 입는다는 사실이다. 주머니 보호대만 없을 뿐이다.) 린치가 세 번이나 "어머나!"라고 말하는 동안 45미터쯤 떨어진, 출장 요리 트레일러가 위치한 작은 빗변 도로에서 빌 풀먼 씨는 커다란 감독용 캔버스 의자에 앉아 E.P.K.[30]를 위한 인터뷰를 하면서 진지하게 상체를 기울이고 데이비드 린치에 대해 이렇게 이야기한다. "정말 솔직하세요. 배우로서는 그러니까 감독에 대한 믿음을 가질 수 있죠." 그리고 이렇게 말한다. "데이비드 특유의 서법, 그러니까 말하는 방식이 따로 있어서 굉장히 열려 있고 솔직하면서 동시에 매우 은밀하죠. 말을 하는 방식에 어떤 아이러니가 있어요."

〈로스트 하이웨이〉가 대히트를 치거나 말거나 그 황홀하면서 위협적인 분위기는 빌 풀먼의 커리어에 아주 큰 도움이 될 것이다. 〈시애틀의 잠 못 이루는 밤〉〈당신이 잠든 사이에〉 그리고 (꿀꺽) 〈캐스퍼〉 등의 영화에서 나는 빌 풀먼이 배우로서 선하고 멀쩡하지만 대체로 무력한 친구, '에지'가 없는 친구라고 생각해왔다. 이미 꽤 밍밍한 제프 대니얼스와 비슷하지만 좀 더 밍밍하다고 생각했

---

30 E.P.K.는 전자 홍보 키트Electronic Press Kit라는 뜻으로 〈로스트 하이웨이〉 홍보 담당자들이 연예 프로그램 〈엔터테인먼트 투나잇〉 혹은 풀먼의 짤막한 영상을 원하는 지방 TV 방송국 등으로 보내기 위해 만드는 짤막한 인터뷰 영상 모음이다. 영화가 큰 인기를 끌면 E.P.K.를 짜깁기해서 HBO가 그토록 좋아하는 것처럼 보이는 '무슨 무슨 영화의 제작기' 등의 다큐멘터리를 만들 수 있다. 모든 이름 있는 배우들은 어떤 영화를 하든 E.P.K.를 만들어야 한다고 한다. 계약서에 해당 조항이 있다던가. 나는 밸새저 게티를 제외한 모든 배우들의 E.P.K.를 보았다.

다.[31] 〈로스트 하이웨이〉를 위해 체중을 줄였거나 노틸러스 운동을 했거나 두 가지 모두 한(어쨌든 없던 광대뼈가 생겼다) 빌 풀먼은 이 영화에서 오싹한 동시에 괴로워하고, 파랗고 빨간 스폿 조명의 짙은 불빛 아래 재즈 색소폰을 불며 불규칙하고 잊기 힘든 연주를 보여주는가 하면, 훼손된 퍼트리샤 아켓의 사체를 내려다보며 고통스럽게 얼굴을 구기고 그 얼굴은 한 번 이상 다른 사람의 얼굴로 바뀐다. 이 영화에서 풀먼이 보여줄 '에지'와 깊이는 그를 진정한 스타로 만들어줄 것이라고 나는 믿는다. E.P.K. 촬영을 위해 그는 꽉 끼는 검은 재즈 연주자 의상을 입고 있으며 몇 시간 후에 있을 야간 촬영을 위한 분장을 마친 뒤이므로 얼굴에는 레이건을 방불케 하는 오싹한 혈색이 돈다. 한편 저녁 어스름에 활동하는 벌레들이 E.P.K. 인터뷰 진행자와 카메라맨, 음향 기사를 괴롭히지만 풀먼의 곁에는 얼씬도 하지 않는다. 마치 풀먼이 이미 진정한 스타덤의 오라를 풍기고 있다는 듯. 그 오라는 정의 내리기 힘들지만 곤충도 감지할 수 있는 것으로, 풀먼은 그 높은 의자에 앉아 있지만 앉아 있지 않은 듯하며 그게 아니면 거기 있는 동시에 또 다른 원초적인 어떤 곳에도 있는 듯하다.

퍼트리샤 아켓 씨는 〈트루 로맨스〉 이후 모든 작품에서 형편없었지만 이 사실은 커리어에 어떤 영향도 없는 듯하다. 〈로스트 하이웨이〉의 관객이 아켓에게 어떻게 반응할지 예측하기는 어렵다.

---

31 (풀먼이 〈라스트 시덕션〉에서 보여준 버림받은 사기꾼은 '에지'가 있었지만 연기를 너무 잘해서 그를 알아본 관객이 거의 없었다.)

내가 볼 때 이 영화에서 아켓은 완전히 새로운 역할을 시도한다. 지금까지 아켓이 가장 설득력 있게 연기했던 인물은 순진한 소녀들로 어쩌다 곤경에 빠지게 된 당찬 인물들이었다. 반면 〈로스트 하이웨이〉에서는 아켓 자신이 빌 풀먼과 밸새저 게티가 빠지게 되는 곤경의 일부가 된다. 〈로스트 하이웨이〉 여자 주인공은 노곤해 보이는 흐릿한 눈을 게슴츠레 뜨고 있는 '매우 섹시하지만 충격적인 비밀을 지닌 위험한' 누아르 타입의 역할이다. 근래에는 〈보디 히트〉의 캐슬린 터너와 〈밀러스 크로싱〉의 마샤 게이 하든만이 우스꽝스럽거나 과장되지 않게 이런 타입의 역할을 연기해냈다. 내가 본 장면들만 두고 말하면 〈로스트 하이웨이〉에서 아켓은 썩 괜찮지만 훌륭하지는 않다. 요부같이 행동하는 장면이 많은데 '섹시하지만 위험한'에 최대한 가까이 다가가려고 노력한 결과다. 가장 큰 문제는 눈이 지나치게 불투명하고 얼굴이 너무 경직되고 딱딱해서 대사가 없으면 효과적인 소통이 어렵다는 점이다. 그래서 린치가 요구한 수많은 길고 흐릿한 침묵 장면에서 아켓은 마치 대사를 잊어 걱정스러운 듯 뻣뻣하고 불편해 보인다. 그럼에도 솔직히 말하자면 퍼트리샤 아켓은 영화의 가편집 영상 속에서 너무 기가 막히게 예뻐서 당시 나는 아켓의 외모밖에는 별다른 것이 보이지 않았다. 듀에사 같은 아켓의 인물은 영화 속에서 기본적으로 대상으로 기능하고 있기 때문에 큰 문제는 없지만 이렇게 대놓고 말하기에는 여전히 부담스럽다.[32]

---

32 《프리미어》의 업계 내 영향력이 어떻든 나는 아켓이 연기하는 두 인물이 활약하

〈로스트 하이웨이〉는 또한 난데없이 미스터리 맨으로 캐스팅된 듯한 로버트 블레이크[33] 씨의 커리어에도 엄청난 도움이 될 것이다. 린치가 블레이크를 선택한 것은, 린치가 〈블루 벨벳〉의 프랭크 부스 역할에 호퍼를, 〈광란의 사랑〉의 바비 페루 역할에 윌럼 더포를 캐스팅한 데서도 알 수 있듯이 린치에게 잠재적 악역을 알아보는 천재적 눈이 있음을 보여준다. 가지고 있던 모든 깊이를 이미 오래전에 잃어버린 듯한 배우들에서 위협적인 깊이를 포착하고 부활시키는 능력이 있는 것이다.[34] 〈로스트 하이웨이〉에는 〈바레타〉의 예민하고 강인한 남자도, 잔뜩 취한 상태로 〈투나잇 쇼〉에 나왔던 블레이크 자신의 모습에 대한 고통스러운 풍자도 없다. 1967년 〈인 콜드 블러드〉에서 괄약근이 풀어져버리게 만들었던 블레이크의 유독한 카리스마를 린치가 어떻게든 다시 깨운 듯하다. 블레이크의

는 포르노 영상을 볼 수는 없었다. 그래서 〈로스트 하이웨이〉에서 아켓의 하드코어 연기가 어땠는지 평가할 수는 없다. 포르노 영상이 최종 편집과 미국영화협회의 웃음기 없는 평가 이후 얼마나 살아남을지 지켜보는 것은 흥미로울 것이다. 만약 〈로스트 하이웨이〉 최종본에 소문대로의 영상이 들어간다면 아켓에게는 완전히 새로운 추종자들이 생길 것이다.

33　1933년 뉴저지주 너틀리에서 본명 마이클 제임스 구비토서로 태어난 블레이크는 〈아워 갱Our Gang〉의 아역 배우 가운데 하나였으며 〈인 콜드 블러드In Cold Blood〉 등에서 살인자 역으로 인상 깊은 연기를 보여주었다.

34　〈블루 벨벳〉 이전 데니스 호퍼가 마지막으로 보여준 강렬한 연기는 1977년작 〈지옥의 묵시록〉에서였고 그 후 할리우드에서 약간 수치스러운 존재가 되었다. 더포는 〈플래툰〉과 〈그리스도 최후의 유혹〉에서 예수 같은 역할의 틀에서 벗어나지 못하고 있었다. 물론 십자가 위에서조차 관능주의자 더포의 입술에서 위협적인 말이 나온 것은 사실이다.

미스터리 맨은 프랭크 부스에 비하면 그 정도가 덜하다. 미스터리 맨 자신은 부드럽고 거의 연약할 정도이며 호퍼의 놀라운 열연보다는 딘 스톡웰의 끔찍한 카메오 출연을 떠오르게 한다. 또한 스테로이드를 과다 복용하고 "그 노래 제목은요"라고 말하던 1970년대 TV 속 형사의 모습도 온데간데없다. 린치는 블레이크의 체중을 줄이게 하고 머리도 짧게 깎게 했으며 크림을 바르고 분칠을 시켜서 어두운 곳을 좋아하는 사람처럼 창백하게 만들었다. 그를 악랄한 폐인처럼 보이게 만드는 이 분장 덕분에 블레이크는 〈노스페라투〉의 클라우스 킨스키, 그리고 끔찍한 양의 환각제 PCP를 투약한 레이 월스톤을 섞어놓은 듯 보인다.

　〈로스트 하이웨이〉에서 가장 논란이 될 만한 캐스팅은 밸새저 게티의 정비소 상사로 나오는 리처드 프라이어일 것이다. 다발성경화증으로 인해 체중이 30킬로 넘게 빠지고 말이 어눌해졌으며 눈이 튀어나온 바로 그 리처드 프라이어가 맞다. 그는 마치 어딘가 손상 입은 사람을 우스꽝스럽게 흉내 내는 잔인한 아이 같은 모습이다. 〈로스트 하이웨이〉에서 리처드 프라이어의 병든 몸은 흉측하고 '진짜' 프라이어에 대한 우리 모두의 기억과 충돌하도록 의도되어 있다. 〈로스트 하이웨이〉에서 데이비드 린치가 가장 못마땅한 건 프라이어가 나오는 장면들이다. 프라이어를 지켜보는 일은 고통스럽다. 좋은 쪽으로 고통스럽지도 않고 영화의 주제와 어떤 관련이 있지도 않다. 존 워터스가 퍼트리샤 허스트를 착취하는 방식으로 린치가 프라이어를 착취하고 있다는 생각을 떨치기가 힘들다.(미국 언론 재벌의 딸 퍼트리샤 허스트는 무장 단체에 납치된 후 이 단체의 일원이 되어 범죄에 가담한 인물로 존 워터스 감독 영화에 캐스팅되어 여러 자조적인 역할을 연기했다.—옮긴이) 다시 말해 배우를 구경거리로, 관객이 기뻐할 큰 웃음거리로 만들기 위해 고용해놓고 마치 연기를 위해 고용한 것처럼 착각하게 만든 것이다. 그럼에도 어떤 면에서 프라이어는 이 영화에서 상징적으로 완벽하다. 화면 속 마비된 껍데기 같은 남자와 우리 추억 속에 남아 있는 활기찬 남자 간의 불협화음은 우리가 〈로스트 하이웨이〉에서 보는 리처드 프라이어가 '진짜'인 동시에 진짜가 아님을 의미한다. 그래서 프라이어의 캐스팅은 주제적으로 흥미로우나 냉정하고 심술궂은 면이 있다. 프라이어가 등장하는 장면을 보면서 나는 린치를 예술가로서 일정한 거리 밖에서 존경하지만 린치의 트레일러에 초대를 받거나 린치와 친해지고 싶지는 않다고 느꼈다.

15. 린치와 인종에 관련해서 14번에 덧붙여 말하자면

이번에 나온 리처드 프라이어를 제외하면 데이비드 린치 영화에 흑인이 단 한 명이라도 있었던가?[35] 난쟁이나 팔다리가 절단된 사람, 경련 환자, 정신이상자는 넘쳐났지만 문화적으로 중요한 소수 집단이 있었던가? 라틴계나 하시드 유대인, 동성애자가 있었던가?[36] 아시아계 미국인은?…… 〈트윈 픽스〉에 나온 그 관능적인 제

---

35 게다가 리처드 프라이어는 '신경 장애를 가진 연예인 리처드 프라이어'로 영화에 나오지 흑인으로서 나오지 않는다.

재소 주인은 동양인이었지만 주인의 피부색은 그 관능에 가려 보이지 않았다고 말해도 전혀 지나치지 않다.[37]

다시 말해, 린치의 영화는 왜 이렇게 백인 위주인가?

아마 린치의 영화가 근본적으로 비정치적이라는 사실과 관련이 있을 것이다. 까놓고 말해서 화면에 백인과 흑인을 함께 두면 자동적으로 정치적 전압이 생긴다. 인종적, 문화적, 정치적 긴장이 생긴다. 그런데 린치의 영화는 어떤 의미에서도 인종적, 문화적, 정치적 긴장에 대한 영화가 아니다. 긴장에 대한 영화이기는 해도 이 긴장은 언제나 개인 안에 그리고 개인 사이에 존재한다. 린치의 영화에는 어떤 의미 있는 집단도 유대 관계도 없다. 때때로 협력 관계는 나타나지만 이런 관계는 집착의 공유를 바탕으로 한다. 린치의 인물들은 근본적으로 혼자이고 고독하다. 거의 모든 것으로부터 소외된 상태이고 유일하게 그 소외를 견디기 위해 길러온 집착만 예외다. (아니면 소외는 집착의 결과일까? 린치가 정말로 집착이나 환상, 페티시가 인간 소외를 달래는 진정한 진통제로 작용할 수 있다고 생각

---

36 〈블루 벨벳〉에서 딘 스톡웰이 연기한 벤은 아마도 엄밀하게는 동성애자였을 것이다. 그러나 벤의 경우 프랭크가 벤의 "매끄러움"이라고 부른 섬뜩한 여성성에 의미가 부여되었다. 〈블루 벨벳〉에 어떤 동성애적 저류가 있다면 그것은 오직 제프리와 프랭크 사이에서 나타났고 두 사람 중 누구도 동성애자라고 칭할 만하지 않았다.

37 (생각해보니 〈블루 벨벳〉에는 철물점에서 일하는 흑인 점원이 두 명(둘 다 이름이 에드) 나온다. 그러나 한쪽 에드는 눈이 멀었고 다른 쪽 에드는 철물 가격을 완벽하게 기억하는 눈먼 에드에게 의존한다는 코믹하고 상징적인 설정에서 인종은 부차적인 역할을 했다. 나는 소수 집단의 일원으로 린치의 영화에서 중심적인 역할을 하는 인물이 없다고 이야기하는 것이다.)

하는 것일까? 페티시가 있는 평균적인 성도착자는 페티시와 실제적인 관계를 맺고 있는 것일까?) 어쨌든 이런 종류의 것들이야말로 린치의 영화에 담긴 진정한 정치, 자아/외부, 이드/객체의 원초적인 정치다. 철저히 종교와 어둠의 정치지만 린치에게 이것은 성서나 피부색과는 아무 관련이 없다.

얽히고설킨 사소한 뒷이야기: 퍼트리샤 아켓이 어떤 차를 몰고 배우자가 누구인지 등

퍼트리샤 아켓은 갓 구입한 적갈색 포르셰를 갖고 있다. 언제나 이 차를 타고 있고 고작해야 60미터쯤 떨어진 트레일러와 그리피스 파크의 세트장 사이를 몰고 다닐 정도이니 아주 특별한 포르셰임에 틀림없다. 이 차 때문에 제작진은 언제나 장비로 가득 찬 수레를 치워줘야 하고 퍼트리샤 아켓의 아름다운 자동차에 흠집이 가지 않도록 조심하라고 서로 고함을 친다. 뿐만 아니라 퍼트리샤 아켓은 자신의 대역을 언제나 차에 태우고 다닌다. 절친한 친구이며 적갈색 포르셰를 함께 타고 가지 않는 곳이 없다고 한다. 멀리서 보면 둘은 섬뜩한 쌍둥이 같다. 퍼트리샤 아켓의 남편은 니컬러스 케이지 씨로 린치와 〈광란의 사랑〉과 〈산업 교향곡 제1번〉을 작업했다.

16. 〈로스트 하이웨이〉의 변신하는 주인공의(빌 풀먼일 때는 이름이 '프레드', 밸새저 게티일 때는 '피트'라고 불리는) '동기'와 관련해서 빌 풀먼과 밸새저 게티가 해결해야 할 중요한 도

전 과제에 대한 퍼트리샤 아켓의 생각

"빌과 밸새저가 대답해야 할 질문은 과연 프레드(혹은 피트)가 어떤 종류의 여성혐오를 보이느냐는 거예요. 여자와 데이트하고 잠자리를 하고 다시는 전화하지 않는 사람이냐, 아니면 데이트하고 잠자리를 하고 죽이는 사람이냐? 그런데 정말로 탐구할 가치가 있는 질문은 이거죠. 이 두 종류가 과연 얼마나 다른가?"

11a. 데이비드 린치가 우리로부터 원하는 게 없다는 점은 장점일 수 있다

우리가 대부분의 동시대 감독들에게 얼마나 심하게 윤리적으로 조종당하는지 생각해보면[38] 린치의 병적으로 분리된 영화 제작 방식이 신선할 뿐만 아니라 후련하기까지 하다는 사실을 이해하기 더 쉬울 것이다. 린치가 더 '고매해서' 조종을 하지 않는다는 말은 아니다. 관심이 없다고 보는 게 더 정확할 것 같다. 린치는 밖으

---

[38] (아무 예나 들어보자면) 앨런 파커의 〈미시시피 버닝〉이 마치 여학생의 브래지어를 어설프게 만지작거리는 신입생처럼 우리의 양심을 만지작거린 일을 생각해보자. 아니면 〈늑대와 춤을〉에서 옛 서부 영화의 '백인=선 & 인디언=악' 공식을 조잡하고 건방지게 뒤집은 것을 생각해보자. 아니면 〈위험한 정사〉나 〈무단 침입〉, 〈다이 하드〉 1-3편, 〈카피캣〉 등에서 우리는 로마시대로 돌아간 것이 아닌가 싶을 정도로 악역이 클라이맥스에서 잔혹하게 처벌받는 데 동의하도록 끊임없이 설득당한다. (악역이 패배하는 엄혹한 공식 덕분에 클라이맥스는 묘하게 치유적이고 의식 절차적인 성격을 띠게 되고 어떤 의미에서 악역을 순교자로, 흑백이 분명한 도덕과 편리한 판결에 대한 우리의 욕망을 위한 희생물로 만든다……. 나는 〈다이하드〉 1편에서 처음으로 의식적으로 악역을 응원했던 것으로 기억한다.)

로 꺼내 복잡한 현실로 재현하고 싶은, 자기 머릿속에 들어 있는 영상과 이야기를 영화로 만든다. (린치가 〈이레이저 헤드〉 제작에 대해 "X 부부의 집 안을 구현한 세트장에 서서 머릿속에 그렸던 그림이 정확히 재현된 것을 깨닫고 느낀 희열" 운운한 것에서 잘 드러난다.)

린치가 자신의 세세한 환상 속에 푹 잠긴 매우 똑똑한 어린이의 감성을 자기 작품에 담고 있다는 점은 이미 알려져 있다. 이런 방식의 접근에는 단점이 있다. 린치의 영화는 특별히 세련되거나 지적이지 않다. 말이 되지 않는 착상에 대한 비판적 판단, 혹은 품질 관리 형태의 점검 절차가 없다. 될 대로 되라는 식이다. 뿐만 아니라 린치의 영화는 마치 환상에 곧잘 잠기는 어린아이처럼 자아도취적이어서 유아론에 빠질 지경이다. 그래서 냉랭하다.[39]

이런 것이 오로지 좋기만 하고 린치가 어떤 진정성의 표본이라고 말하려는 게 아니다. 린치의 열정적인 내향성은 어린아이 같다는 점에서 신선하지만 우리는 어린아이를 친구로 삼는 일이 드물다. 사람들 반응에 대한 린치의 초연함에 대해 내가 느낀 점은 이렇다. 남들이 어떻게 생각하는지 정말로 상관하지 않는 사람들의 정신적 용기를 나는 존경하고 어느 정도 부러워하지만 이런 사람들은 나를 불안하게 만들기도 해서 나는 안전한 거리 밖에서 이들에게 존경을 보낸다. 그런 반면(말했다시피), 그럼에도, '메시지'를 담은 영화, 타깃층 대상 시사회, 그리고 유해한 닐슨주의(닐슨은 미

---

39 (여러 종류의 정신철학적 지향성이 있지만 그중에서 유아론적 지향은 굳이 말하자면 장작이 타들어가고 있는 유쾌한 난롯가는 아니다.)

국 TV 시청률 집계 회사다—옮긴이), 즉 관람료를 투표용지 삼아 우리를 감동시키는 화려한 효과, 혹은 우리의 무감각을 지속시키는 교훈적 클리셰의 옹알이에 표를 던지게 하는 국민투표에 의한 영화 산업이 만연한 요즘 할리우드에서 우리의 인정에 대한 린치의 다소 반사회적인 무관심은 신선함/후련함(그리고 섬뜩함)을 선사한다.

17. 이 기사에서 진짜 '비하인드' 스토리라고 할 수 있는 부분이 있다면 이것

에이시메트리컬 프로덕션A.P. 본부는 앞서 말했듯 린치의 이웃집이다. 정말 그냥 집이다. 현관문 밖 마당에는 백화점에서 산 그네가 있고 빅휠 세발자전거가 쓰러져 있다. 누가 정말 거기 살지는 않는 것 같다. 린치 자택의 별채처럼 쓰이고 린치 아이들에게 놀이 공간의 연장이다. 유리문을 지나 A.P. 본부로 들어가면 부엌이 나온다. 매닝턴 타일 바닥과 식기세척기, 재치 있는 자석이 붙은 냉장고가 있고 부엌 식탁에서는 한 대학생이 노트북 컴퓨터 앞에서 부지런히 일하고 있다. 처음에는 대학생이 주말 동안 부모님 집에 와 있는 듯한 원형적인 가정의 그림이 떠오르지만 가까이 가서 보면 이 대학생은 헤어스타일이 무시무시하고 얼굴은 심각한 틱 증세를 보이며 컴퓨터 화면에 갈색 머리 퍼트리샤 아켓의 훼손된 사체 사진을 띄우고 있다. 보인턴의 삽화가 그려진 커피잔에 알 수 없는 수치들이 적힌 클립보드를 기대어놓고 작업 중이다. 이 대학생이 누

구이며 무엇을 하고 있는지, 심지어 돈을 받고 하는 일인지조차 명확하지 않다.[40]

할리우드 힐스 지역 대부분이 그렇듯 에이시메트리컬 프로덕션이 자리한 골목은 협곡에 가깝고 집 앞마당에는 번행초가 깔린 잔디밭이 80도 경사져 있다. 그래서 본부의 입구이자 부엌은 실제로 그 집의 맨 위층이고 집 안의 다른 부분을 보려면 현기증이 절로 나는 나선형 계단을 내려가야 한다. 이를 포함해서 여러 다양한 요소가 감독의 업무 환경이 린치적일 것이라는 합리적인 기대를 만족시킨다. 본부 화장실에 가보면 찬물 나오는 수도꼭지가 고장 나 있고 변기 시트를 세우면 자꾸 내려가지만 변기 옆에 있는 벽에는 매우 최첨단의 값비싸 보이는 파나소닉 XDP 전화기가 있다. 팩

40　제작 과정이 일급비밀이라고는 하지만 린치와 에이시메트리컬 프로덕션은 역할이 없는 인턴이나 말 없는 이상한 젊은 사람들이 〈로스트 하이웨이〉 세트장을 누비는 데 놀랍도록 관대하다. 이사벨라 로셀리니의 사촌 동생 '알레산드로'도 여기 와 있다. 이탈리아 잡지에 실릴 제작 현장 사진을 찍는다는 명목으로 와 있는 이 25세 언저리의 젊은 남자는 사실 가죽 미니스커트를 입은 여자친구와 여기저기 돌아다니며 짧은 머리를 매만지거나 꽁초 쓰레기통과 전혀 가깝지 않은데도 담배를 피울 뿐이다. '롤랑'이라는 친구도 있다. ('롤랜드'가 아닌 두 음절의 단장격 운율로 '롤랑'으로 발음해야 한다고, 롤랑은 나와의 대화 대부분을 이를 강조하는 데 할애했다.) 롤랑은 매우 섬뜩한 프랑스 친구인데 이마가 1미터쯤 되는 이 친구는 용케 린치의 마음을 사서 인턴으로 고용되었다. 롤랑은 아무런 역할 없이 꾸준히 세트장에 출몰해서 작은 스프링 노트에 병적으로 깔끔하지만 알아보기 힘든 글씨를 빼곡 채워 넣는다. 거의 모든 제작진과 스태프가 롤랑과 있으면 오싹하고 불쾌하다는 데 동의하고, 깨알 같은 글씨로 또박또박 무엇을 적는지 누가 알겠느냐고 말한다. 그렇지만 린치는 이 녀석이 마음에 드는지 녀석이 근처에 있을 때마다 대견하다는 듯 어깨를 두드리고 그럴 때마다 녀석은 아주 환하게 웃는다. 그런 뒤에는 어깨를 문지르고 음침하게 중얼거리며 자리를 뜬다.

스 장치도 달려 있는 것으로 보인다. 에이시메트리컬의 안내 직원 제니퍼는 노스페라투적인 아이섀도와 청회색 매니큐어만 바르지 않았다면 정말 아름다울 여성, 법적 미성년으로 보이는 여성이고, 유혹을 하는 게 아닌가 싶을 정도로 눈을 아주 느리게 깜빡이는 버릇이 있으며, 헤드폰으로 무슨 음악을 듣고 있는지 밝힐 수 없다며 말을 꺼린다. 제니퍼의 책상 위 컴퓨터와 전화기 옆에는 들뢰즈와 가타리의 《안티 오이디푸스》《우리Us》《레슬링 월드Wrestling World》가 꽂혀 있다. 린치의 사무실은 창문 밖으로 흙이 보일 것 같을 정도로 지하 깊숙한 곳에 있다. 사무실의 묵직한 잿빛 문은 굳게 닫혀 있는데 잠겨 있을 뿐만 아니라 어쩐지 무장을 한 것처럼 보인다. 그래서 바보가 아니면 아무도 문손잡이를 만지지 않을 것처럼 생겼다. 그러나 사무실 문밖 우측 벽에는 반출OUT과 반입IN이라고 적힌 두 금속 상자가 있다. 반출 상자는 비어 있고 반입 상자에는 위에서 아래로 다음과 같이 들어 있다. 스윙라인 상표 스테이플심 5,000개들이 한 상자. 그리고 딕 클라크와 에드 맥마흔의 얼굴이 점으로 인쇄된 커다란 홍보물 봉투. 보내는 이는 퍼블리셔스 클리어링하우스, 받는 이는 에이시메트리컬 프로덕션의 린치로 되어 있다. 마지막으로 비닐 포장도 뜯지 않은 잭 니클라우스의 교육용 비디오 〈골프 마이 웨이〉. 여러분이나 나나 영문을 알 수 없는 것은 매한가지다.

《프리미어》의 업계 내 영향력(그리고 친절한 메리 스위니) 덕분에 나는 다른 데도 아니고 영화 편집이 실제로 이루어지게 될 에이시메트리컬 프로덕션 편집실에서 〈로스트 하이웨이〉 가편집본을 볼 수 있게 됐다. 편집실은 최상층 부엌과 거실에 붙어 있다. 원래는 안방이나 아주 야심 찬 서재였을 것이 분명하다. 회색 금속 선반에는 복잡한 기호가 적힌 〈로스트 하이웨이〉 촬영이 끝난 필름 깡통이 가득하다. 한쪽 벽에는 색인 카드가 줄지어 붙어 있었는데 각각의 카드에는 〈로스트 하이웨이〉 장면들이 세부 기술 사항과 더불어 나열되어 있다. 또한 KEM 사에서 나온 판상형 필름 재생 및 편집 기계가 두 대 있다. 각각의 기계에 단독 모니터가 달려 있고 필름과 음향을 함께 재생할 수 있게 한 쌍의 오픈릴 장치가 있다. 나는 푹신한 책상 의자를 끌어당겨 앉아 실제로 KEM 모니터 바로 앞에서 편집 보조가 끼우는 다양한 영상을 보게 됐다. 낡은 의자는 사용한 흔적이 많은데 푹신한 시트 부분은 나보다 꽤 큰 엉덩이에 수천 시간 눌려 마치 틀이 잡혀 있는 것처럼 보인다. 워커홀릭이자 상습적으로 밀크셰이크를 마시는 사람의 엉덩이임이 분명하다. 나는 이 깨달음의 찰나 내가 데이비드 린치 자신의 편집용 개인 의자에 앉아 있음을 확신한다.

편집실은 당연히 어둡다. 어둡게 처리된 유리창에는 추상표현주의 그림이 덧붙여져 있다. 검은색이 주를 이루는 이 그림들은 데이비드 린치의 작품이다. 그리고 외람된 말이지만 이 그림들은 별로 흥미롭지 않다. 어디선가 파생된 듯하고 아마추어적이다. 프랜시스 베이컨이 중학교 때 그렸다고 상상할 수 있을 만한 수준이다.[41]

---

41 린치의 가장 잘 알려진 그림은 〈아야, 어떡해, 엄마, 개가 나를 물렀어Oww, God, Mom, the Dog He Bited Me〉이다. 《타임》 표제 기사에서 린치는 이 그림을 이렇게 설명했다. "아래쪽 구석에 반창고가 한 무더기 있어요. 배경은 어두워요. 막대 사람의 머리가

훨씬 더 흥미로운 그림은 데이비드 린치의 전 아내가 그린 그림으로 이 그림들은 아래층 메리 스위니의 사무실 벽에 여러 겹으로 비스듬히 세워져 있다. 이 그림들이 린치의 소유인지 전 아내에게 빌린 것인지는 분명하지 않지만 〈로스트 하이웨이〉의 1막 중 빌 풀먼과 퍼트리샤 아켓이 자신들이 잠든 모습을 찍은 침입자의 오싹한 영상을 보는 장면에서 두 사람이 앉은 소파 위 벽에 이 그림 세 점이 걸려 있다. 이것은 데이비드 린치가 영화 속에 배치한 작은 사적인 요소들 중 하나에 불과하다. 이 가운데 가장 흥미로운 그림은 밝은 원색을 사용해서 묘하게 마음을 움직이는, 무디고 투박한 스타일로 그린 그림으로 한 여자가 식탁에 앉아 아이가 쓴 쪽지를 읽고 있다. 이 모습 위로 쪽지 내용이 그려져 있는데 칸이 넓은 노트에, 거꾸로 적은 글자 등을 포함해서 아이의 서툰 글씨로 이렇게 적혀 있다.

엄마 자꾸 물고기
꿈을 꿔요. 얼굴을 물어!
아빠한테 낮잠 싫다고 해요. 물고기는
말랐고 미쳤어요
보고 싶어요. 아빠의 아내는 나한테

있어야 할 곳에는 피가 번져 있어요. 그리고 풀로 만든 아주 작은 개도 있어요. 집도 있죠. 작고 검은 혹이에요. 꽤 조잡해요. 원시적이고 단순하죠. 저는 마음에 들어요." 그림 자체는 린치의 책 《이미지》에 실리지 않았지만 엽서로 나왔고 만약 진단용으로 그려진 집-나무-사람 그림이었다면 환자의 조속한 입원으로 이어졌을 것 같다.

송어랑 멸치를 먹여 물고기는

시그러운nosis 소리를 내고 거품bubbels을

불어요. 어떻게 [판독 불가] 엄마

지내요? 잊지 말고 문을

잠가요 물고기가 나를 [판독 불가]

해요 싫어해요

사랑하는

데이나

이 그림에서 특히 마음을 움직이는 부분은 쪽지 내용 일부가 엄마 머리 위에 그려져 있고 그래서 엄마 머리가 어떤 글씨를 '[판독 불가]'로 만든다는 점이다. 린치에게 데이나라는 자녀가 있는지 모르지만 작가가 누군지 고려하면, 그리고 그림 속 아이의 생생한 상황과 고통을 생각하면 린치가 이 그림을 영화 속 벽에 걸어두었다는 점은 심히 감동적인 동시에 다소 변태적이다. 어쨌든 이제 독자 여러분은 빌 풀먼의 오브제에 어떤 내용이 담겨 있는지 알게 되었으니 내가 영화 초반 실내 장면에서 이 그림을 자세히 보려고 눈살을 잔뜩 찌그렸을 때 느꼈던 오싹함을 느낄 수 있을 것이다. 그리고 이후 살인 사건이 있은 뒤 빌 풀먼과 퍼트리샤 아켓의 집 안이 나오는 장면에서 더욱 소름이 돋을 것이다. 소파 위에는 여전히 같은 그림이 걸려 있으나 이번에는 어떤 이유도 설명도 없이 그림이 거꾸로 걸려 있기 때문이다. 이 모든 것에는 그냥 오싹함이 아니라

사적인 오싹함이 있다.

사소한 뒷이야기

〈이레이저 헤드〉가 영화제에서 의외로 인기를 끌고 배급사가 생겼을 때 데이비드 린치는 출연진과 제작진의 계약서를 새로이 써서 모두 수입의 일부를 받을 수 있게 했다. 그래서 매 회계 분기마다 출연진과 제작진은 수입을 나눠 갖는다. 그것도 영원히. 〈이레이저 헤드〉에서 린치의 조감독이자 제작 보조, 그리고 그 밖의 모든 것을 담당한 사람은 캐서린 쿨슨으로 〈트윈 픽스〉에서 통나무 부인으로 나왔다. 그리고 쿨슨의 아들 토머스는 연필 공장으로 헨리의 머리통을 가져오는 작은 남자아이 역할을 맡았다. 배우들에 대한 린치의 의리, 그리고 가내 수공업, 협동조합 방식의 제작 형태는 린치의 영화 세계를 영화들이 서로 연결된 진정한 포스트모더니즘적 개미탑으로 만들어준다.

사소한 뒷이야기

인기 감독이라면 할리우드 정신 건강 전문의들이 '타란티노병'이라고 말하는 것을 피하기가 매우 어렵다. 좋은 감독이 되려면 좋은 배우가 되어야 한다는 착각이 지속되는 병이다. 1988년에 린치는 이사벨라 로셀리니 씨와 함께 티나 래스본의 〈젤리 선생님〉에 출연했는데 한 번도 들어본 적 없는 영화라면 왜 그런지 쉽게 추측할 수 있을 것이다.

9a. 린치를 있게 한 영화적 전통이지만 아무도 눈치채지 못하는 전통(그리고 관련 인용구)

> 〈칼리가리 박사의 밀실〉을 좋아하는 사람들은 대개 화가이
> 거나 시각적으로 생각하고 기억하는 사람들이라는 말이 있
> 다. 이것은 잘못된 생각이다.
>
> 폴 로사,《독일 영화The German Film》

린치가 애초에 그림을(추상표현주의 그림을) 공부했는데도 어떤 영화 비평가나 학자들도[42] 린치의 영화가 로베르트 비네, 한스 코베, 초기 프리츠 랑의 표현주의 영화 전통과 명확한 관련이 있다는 점을 이야기하지 않는다. 게다가 나는 가장 단순하고 직설적인 의미에서 **표현주의**를 말하는 것이다. 즉 "사물과 인물을 표상이 아닌 감독 자신의 내적 인상과 기분의 전달자로 사용"함을 말한다.

물론 폴린 케일을 비롯해서 많은 비평가들은 린치의 영화에 대해 이렇게 말한다. "감독의 정신세계와 관객 사이에 별다른 기교가 자리할 수 없는데…… 일반적인 수준보다 낮은 억제력 때문이다." 비평가들은 린치의 작품에서 보이는 압도적인 페티시와 집착, 린치의 인물들이 보여주는 일반적인 내적 성찰의 부재(영화에서는 곧 '주관성'과 동일한 내적 성찰), 그리고 잘린 팔다리에서 목욕 가

---

42 (린치에 열광하는 프랑스 영화 전문가들도 린치의 영화에 대해《카이에 뒤 시네마》에 스무 개 넘는 글을 실었지만 매한가지였다. 프랑스 사람들은 린치를 신처럼 떠받드는데 제리 루이스 또한 신처럼 떠받든다는 점을 감안할 필요가 있다…….)

운의 허리끈까지, 두개골에서 '심장 플러그'[43]까지, 반으로 가른 로켓에서 길게 자른 통나무까지 모든 것을 성적으로 만드는 그의 방식을 언급한다. 그들은 또 자칫하면 우스꽝스러운 클리셰로 보일 수 있는 프로이트적 모티프들에 대해서도 언급한다. 가령 마리에타가 세일러에게 "엄마한테 와서 섹스하자"고 유혹하는 장면이 화장실을 배경으로 하는 점, 여기서 생성된 분노로 인해 밥 레이 레몬이 화풀이 대상이 되는 점. 또한 메릭의 도입부 꿈 혹은 환상 속에서 엄마가 흥분한 코끼리 앞에 누워 있고 엄마가 공포 혹은 오르가슴으로 해석될 수 있는 표정을 짓고 있는 점, 린치가 〈듄〉의 미로 같은 줄거리를 구성할 때 폴의 아버지가 '배신'으로 인해 '죽은' 뒤 '마녀 어머니'와 '탈출'한 사건을 강조한 점 등. 비평가들이 특히 힘주어 언급하는 장면은 린치의 아마도 가장 유명한 장면일 것이다. 바로 〈블루 벨벳〉의 제프리 보몬트가 옷장 문살 사이로 엿보는 와중에 프랭크 부스가 도로시를 강간하면서 자신을 '아빠'로 도로시를 '엄마'로 칭하고 '나를 본' 죄로 나쁜 벌을 내리겠다고 약속하는 장면이다. 게다가 프랭크 부스가 어떤 설명도 없이 쓰고 있는 가스마스크는 제프리의 아버지가 쓰고 있던 산소마스크와 매우 유사해 보인다.

비평가들은 이 모든 것을 언급해왔고 그 육중한 무게에도 불구하고 프로이트적인 요소들로 인해 린치의 영화가 엄청난 심리적 영향력을 끼친다고 말해왔다. 그럼에도 이런 육중한 프로이트적 리

---

43 (〈듄〉의 1막에서 하코넨 남작이 하인 소년의 '심장을 침범'하는 장면 참조.)

프가 우스운 대신 강렬할 수 있는 이유가 바로 표현주의적으로 전개되었기 때문에, 다시 말해 구식으로, 그리고 포스트모더니즘 이전의 방식으로, 즉 포스트모더니즘의 추상화 혹은 아이러니 없이 적나라하고 진정성 있게 전개되었기 때문이라는 당연한 사실은 말하지 않는 것 같다. 제프리 보몬트의 문살을 통한 관음은 '원초적 장면Primal Scene'(정신분석학에서 어린아이가 부모의 성행위를 목격하는 것을 지칭—옮긴이)의 변태적인 패러디일 수도 있지만 보몬트도 ('대학에 다니는 아이'), 영화의 그 어떤 등장인물도 "어머, 이건 다들 아는 그 원초적 장면을 변태적으로 패러디한 것 같네"라는 식으로 말하지 않는다. 심지어 벌어지고 있는 일들이 상징적으로도 정신분석학적으로도 끔찍하게 무겁다는 사실에 대한 인식조차 드러내지 않는다. 린치의 영화는 그 안에 노골적인 원형과 상징, 텍스트 간의 언급 등이 아무리 많이 담겨 있어도 이런 것들을 놀라울 만큼 의식하지 않고 있으며 이는 표현주의 예술의 전형적인 특징이라고 할 수 있다. 린치의 영화에 등장하는 그 누구도, 심지어 린치 자신도 어떤 것을 분석하거나 메타 비평, 해석학의 관점에서 보지 않는다.[44] 이런 제약으로 인해 린치의 영화에는 근본적으로 아이러니가

---

44 린치의 인물들이 이상하게 불투명한 이유는 여기에 있다. 무엇에 취한 듯 과도하게 진지하고 솔직해서 납에 중독된 중서부 이동 주택 마을의 아이들이 떠오른다. 사실 린치의 인물은 지능이 떨어지는 것처럼 보일 정도로 무신경할 필요가 있다. 그러지 않으면 벌어지고 있는 일의 노골적인 상징성에 대해 눈썹을 치켜올리거나 손가락을 세우거나 하는 아이러니한 표현을 해야 할 텐데 린치는 등장인물들로부터 결코 그런 것을 원하지 않는다.

없다. 그리고 일부 영화인들이 린치를 숙맥 혹은 어릿광대로 취급하는 것은 이 아이러니의 부재 때문이라고 나는 주장한다. 오로지 아이러니한 자의식을 보여주었을 때만이 비로소 세련되었다고 보편적으로 인정해주는 시대이기 때문이다. 사실 린치는 숙맥도 어릿광대도 아니다. 물론 영상의 암호화 혹은 제3의 상징 방면으로 천재도 아니다. 린치는 전통적 표현주의자와 현대적 포스트모더니스트의 이상한 혼종이다. 자신의 '내적 인상과 기분이'(우리의 것과 마찬가지로) 신경적 소인, 기원 설화, 정신분석학적 도식, 팝 문화적 도상 체계의 잡탕에서 나오는 예술가다. 다시 말해 린치는 엘비스의 헤어스타일을 한 G. W. 파브스트다.

　　이런 식의 현대적 표현주의 예술을 잘 만들기 위해서는 두 가지 함정을 피해야 한다. 첫째는 모든 것이 특정 양식을 따르고 교묘하게 자기를 언급하는 방식, 즉 형식에 대한 자의식이 드러나는 방식이다.[45] 두 번째 함정은 좀 더 복잡한데 '구제 불능의 개성' 혹은 '반공감적 유아론' 등으로 부를 수 있을 것이다. 예술가 자신의 감각과 기분과 인상과 집착이 그 예술가 자신에게만 느껴지는 특유의 것일 때를 말한다. 어쨌거나 예술은 일종의 소통이며, '개인의 표현'은 표현된 것이 관객의 심금을 찾아 울릴 때만이 영화적으로 흥미롭다. 소통에 성공하는 예술과 그렇지 못한 예술을 경험하

45 　린치는 〈광란의 사랑〉에서 한 바퀴 반 공중제비를 돌아 이 함정으로 들어갔다. 이 영화가 포스트모더니즘적으로 교묘해 보이는 것은 이 때문이다. 또 아이러니한 상호 텍스트적 자의식(〈오즈의 마법사〉〈뱀가죽 옷을 입은 사나이〉 참조) 때문이다. 린치의 좀 더 나은 표현주의 영화들은 대체로 이를 피해갔다.

는 것의 차이는 상대와 성적으로 친밀한 관계를 맺는 것과 상대가 자위하는 모습을 바라보는 것의 차이로 설명할 수 있다. 문학으로 말하자면 풍부하게 소통하는 표현주의의 전형은 카프카다. 반면 형편없고 자위행위적인 표현주의는 대학원 문예 창작 과정에서 나온 흔한 아방가르드 소설에서 나타난다.

두 번째 함정이야말로 바닥이 없고 끔찍하다. 린치의 최고 영화인 〈블루 벨벳〉은 이 함정을 너무나 환상적으로 피해갔기 때문에 이 영화가 처음 나왔을 때는 일종의 깨달음을 경험했다. 나한테 얼마나 큰일이었으면 십 년이 지난 지금도 그 날짜를 기억한다. 1986년 3월 30일, 수요일 밤이었다. 함께 MFA[46] 과정을 공부하고 있던 동료 학생들과 극장을 나와서 무얼 했는지도 기억난다. 커피집에 가서 이 영화가 얼마나 깨달음을 주는 영화였는지 이야기했다. 우리가 공부 중이었던 대학원 예술학 석사 과정은 그때까지 꽤나 실망스러웠다. 우리 대부분은 스스로를 아방가르드 작가로 생각하고 싶었고 교수들은 모두 《뉴요커》 학파의 상업적 사실주의 작가들이었다. 우리는 이 선생들을 혐오했고 그들이 우리의 '실험적'인 글에 보인 냉랭한 반응을 원망했다. 그러나 이와 동시에 우리가 쓰고 있던 아방가르드 소설의 대부분이 사실은 유아론적이고 건방지고 형편없는, 자의식과 수음의 글이라는 것을 인식하기 시작하고 있었다. 그래서 그해 우리는 스스로에 대한 혐오, 그리고 다른 모든

---

46 (=예술학 석사Master of Fine Arts 과정을 말한다. 대개 전문적으로 소설이나 시를 쓰고 싶은 대학원생을 위한 2년 과정이다.)

사람에 대한 혐오를 품고 돌아다녔고 역겨운 상업적 사실주의의 압박에 굴복하지 않고 어떻게 실험적으로 더 나은 글을 쓸지에 대한 어떤 단서도 찾지 못하고 있는 상태였다. 이런 상황에서 〈블루 벨벳〉이 우리에게 그런 대단한 인상을 남긴 것이다. 영화의 뚜렷한 '주제', 즉 완벽하고 아늑해 보이는 부러움의 대상 그 이면에 있는 악, 사디즘과 성, 부모의 권위주의, 관음증, 1950년대의 촌스러운 팝 음악, 성인이 되기 위한 통과의례 등의 결합은 우리에게 그다지 새롭지 않았다. 그러나 영화의 초현실주의와 꿈의 논리가 우리에게 주는 느낌은 달랐다. 진실하게 느껴졌고 실제라고 느껴졌다. 그리고 매 장면에서 아주 약간 그러나 경이로울 만큼 빗나가 있는 몇 가지 것들이 있었다. 선 채로 죽어 있다시피 했던 옐로 맨, 어떤 설명도 수반되지 않는 프랭크의 가스마스크, 도로시의 집 밖 계단에서 들리는 오싹한 공업 소음, 제프리의 침대 위 빈 벽에 유일하게 걸려 있는 이가 돋은 질 모양의 기이한 조각상,[47] 쓰러진 아버지의 손에 있는 호스에서 물을 받아먹는 개 등. 이런 린치 특유의 손놀림이 독특하게 세련되거나 실험적이거나 예술적이어서만은 아니었고 이 것이 진실된 느낌을 전달했기 때문이다. 〈블루 벨벳〉은 미국의 현재 가 우리의 신경종말에 작용하는 방식의 결정적인 무엇을 포착했고 그것은 분석할 수도, 기호 체계나 미학 원리, 작업 기법으로 환원할 수도 없는 결정적인 무엇이었다.

47 (이제 와서 든 생각이지만 린치의 전 아내가 이런 걸 걸어놓은 것은 아니기를 바란다……)

바로 이것이 대학원에 다니던 우리에게 〈블루 벨벳〉이 준 깨달음이었다. 영화는 최고 수준의 실험주의가 진실을 '초월'하거나 진실에 '저항'하는 것이 아니며 진실에 경의를 표하는 것임을 깨닫게 도와주었다. 우리가 젖을 먹듯 먹고 컸으며 가장 잘 신뢰하고 있던 매체인 영상을 통해, 가장 중요한 예술적 소통은 지적인 수준에서 이루어지는 것이 아닐뿐더러 완전한 의식조차 없는 수준에서 이루어진다는 것을 깨닫게 해주었다. 무의식을 전달하기 위한 진정한 매체는 언어가 아닌 영상이며, 그 영상의 경향이 사실주의든 포스트모더니즘이든 표현주의든 초현실주의든, 무엇이 됐든 그것은 중요하지 않으며 중요한 것은 진실로 느껴지느냐, 전달받는 사람의 마음속에서 대박을 터뜨리느냐 하는 것이다.

이게 도대체 말이 되는지 나도 모르겠다. 하지만 감독으로서 데이비드 린치가 내게 소중한 이유는 이것이다. 나는 3/30/86에 린치가 나에게 어떤 순수하고 중요한 사실을 보여주었다는 느낌을 받았다. 그가 자신을, 즉 무엇보다 자기 자신을 전달하고자 하는 자신을, 즉 표현주의자로서 자신을 철저히, 노골적으로, 순수하게, 단순하게 드러내지 않았다면 이것은 불가능했을 것이다. 그가 표현주의자로서 순진하건 병적이건 포스트모더니즘 방면으로 엄청나게 세련되었건 내게는 중요하지 않다. 중요한 것은 〈블루 벨벳〉이 내 안에서 대박을 터뜨렸고 현대의 예술적 영웅성의 한 사례로 내게 남아 있다는 것이다.

10a. (인용구 추가)

> 린치의 모든 작품은 정서적으로 유치하다고 말할 수 있
> 다……. 린치는 카메라를 타고 구멍으로 들어가(삼베 복면의
> 눈구멍이든 잘린 귀든) 그 너머의 어둠을 파헤쳐보기를 좋아
> 한다. 그 이드의 깊이에서 음란한 사진 무더기를 펼쳐놓는다.
> 캐슬린 머피, 《필름 코멘트》

현대 표현주의자가 영웅적인 이유는 자신의 작품을 좋아하지
않는 사람들로 하여금 예술에서 예술가로, 인격을 논하는 방향으로
움직이도록 사실상 권장하기 때문이다. 적지 않은 비평가들이[48] 데
이비드 린치의 영화에 문제를 제기한다. '변태적'이거나 '추잡'하거
나 '유치'하다는 이유에서다. 그러면서 영화 자체가 린치 자신의 인
격의 다양한 결핍 상태, 즉 발달 정지, 여성혐오, 사디즘 등의 문제
들을 드러낸다고[49] 주장한다. 이런 비평가들은 말한다. 린치의 영화
에서 비정상적인 사람들이 서로에게 끔찍한 행위를 한다는 사실뿐
만 아니라 린치의 카메라가 그 끔찍한 행위를 기록하는 방식이 암
시하는 '도덕적 태도'가 문제라고 한다. 어떤 면에서 린치를 비난
하는 사람들의 말에도 일리가 있다. 린치의 영화 속에서 도덕적으

---

48 (가령 캐슬린 머피, 톰 카슨, 스티브 에릭슨, 로랑 바쇼)

49 신비평주의와 대중심리학을 버무린 이런 투스텝 비평은 의도치 않은 오류Uninten-
tional Fallacy라고 이름 붙일 수 있을 것이다.

로 잔학한 행위가 연출된 방식은 분노를, 심지어 불만조차 일으키지 않는다. 끔찍한 행위가 벌어질 때 감독의 태도는 병적인 중립성과 관음에 가까운 곁눈질 사이의 어딘가에 있는 것으로 보인다. 프랭크 부스, 바비 페루, 그리고 릴랜드/'밥'이 린치의 최근 세 영화에서 누구보다 주목을 받는 것, 이런 인물에 대한 우리의 끌림이 일종의 향성向性처럼 형성되는 것은 우연이 아니다. 린치의 카메라가 이들에게 집착하고 이들을 사랑하기 때문이다. 린치 영화의 심장이기 때문이다.

이런 인신공격성 비평의 일부는 무해하고 감독 자신도 어느 정도까지 자신의 '괴상함의 대가' '기괴함의 황제' 이미지를 즐긴다. 《타임》 표지를 위해 눈동자를 두 방향으로 움직이게 만든 것만 해도 그렇다. 그러나 린치의 영화가 끔찍함/사악함/변태적임에 어떤 표면적 '판단'도 하지 않으며 심지어 그것을 흥미진진하게 만들기 때문에 그 영화가 비도덕적, 부도덕적, 심지어 악하다는 주장은 가장 야비한 형태의 개소리다. 그 논리가 엉성하기 때문만이 아니라 우리가 요즘 영화를 볼 때 가정하는 도덕적 전제들이 얼마나 빈약한지 나타내기 때문이다.

나는 데이비드 린치의 영화가 근본적으로 악에 관한 영화라고 주장하고자 한다. 그리고 인간이 악과 맺고 있는 다양한 관계에 대한 린치의 탐구는 별나고 표현주의적일지언정 섬세하고 예리하며 진실하다. 내 생각에 많은 영화인들이 린치에게서 '도덕 문제'가 있다고 느끼는 진짜 이유는 우리가 린치의 진실을 도덕적으로 불편하다고 느끼기 때문이며, 우리는 영화를 볼 때 불편을 느끼고 싶어 하지 않기 때문이다. (물론 우리의 불편이 복수, 피의 숙청, 누명을 쓴 여자 주인공의 낭만적 승리 등 일종의 상업적 카타르시스를 위해 이용된다면, 다시 말해 우리의 불편이 우리가 극장에 가지고 들어온 편안한 도덕적 확신을 강화하는 결론에 복무한다면 이야기는 달라진다.)

중요한 사실은 데이비드 린치가 악이라는 주제를 오늘날 영화를 만드는 그 누구보다 잘 다루고 있다는 점이다. 더 잘, 그리고 다른 방식으로 다룬다. 린치의 영화는 도덕에 저항하지는 않지만 공식에 저항하는 것은 분명하다. 린치의 영화적 세계는 악으로 물들어 있지만 악의 책임이 욕심 많은 대기업이나 부패한 정치인, 혹은 얼굴 없는 미치광이 상습범에게 손쉽게 돌아가지 않는다. 린치는 책임 소재를 따지는 데 관심이 없고 등장인물에 대한 도덕적 판단을 내리는 데도 관심이 없다. 오히려 사람들에게 악을 행할 능력이 주어지는 정신적 공간에 관심이 있다. 어둠에 관심이 있다. 그리고 어둠은, 데이비드 린치의 영화에서는 언제나 하나 이상의 얼굴을 가지고 있다. 가령 〈블루 벨벳〉의 프랭크 부스는 프랭크 부스이자 '옷을 잘 차려입은 사나이'다. 〈이레이저 헤드〉의 대재앙 이후 세계, 즉 악령 임신, 기형 출산, 즉결 참수의 이 세계는 전부 악하지만 결국 아기 살인자가 되는 인물은 '가난한' 헨리 스펜서다. TV 시리즈 〈트윈 픽스〉와 극장용 〈트윈 픽스: 파이어 워크 위드 미〉에서 모두 '밥'은 릴랜드 파머이기도 하며 '영적으로' 둘은 하나다. 〈엘리펀트 맨〉의 서커스 호객꾼은 메릭을 착취하는 악한 사람이지만 훌륭하고 친절한 트리브스 의사도 마찬가지다. 린치는 매우 조심스럽게

트리브스가 이를 소리 내어 인정하도록 한다. 그리고 〈광란의 사랑〉에 나오는 수많은 악역들이 구분이 명확하지 않고 다 비슷해서 영화의 일관성이 해를 입었다면 그 이유는 그들이 기본적으로 다 같았기 때문이다. 동일한 힘이나 정신에 복무하고 있었기 때문이다. 린치의 영화에서 등장인물들은 그 자체로 악하지 않다. 악이 그들을 착용한다.

이 주장은 강조해도 지나침이 없다. 린치의 영화는 괴물(즉 본성이 악한 사람들)에 대한 영화가 아니라 **끊임없는 출몰**에 대한 영화, 환경, 가능성, 힘으로서의 악에 대한 영화다. 이것은 린치가 끊임없이 누아르적인 조명을 배치하고 오싹한 음향을 깔고 기괴한 단역을 이용하는 이유를 설명한다. 린치의 영화 속 세계에는 어떤 영적 반물질의 분위기가 머리 위에 드리워져 있다. 린치의 악역이 단지 악하거나 변태적인 데서 그치지 않고 열광하며 무아지경에 빠져 있는 이유도 설명된다. 그들은 그야말로 홀린 것이다. 〈블루 벨벳〉에서 데니스 호퍼가 기뻐 날뛰면서 "움직이는 모든 것과 다 섹스할 거야"라고 말하는 장면, 혹은 〈광란의 사랑〉에서 다이앤 래드가 얼굴 전체가 악마처럼 빨개질 때까지 립스틱을 문지른 다음 거울 속 자신에게 비명을 지르는 장면, 아니면 〈트윈 픽스: 파이어 워크 위드 미〉에서 '밥'이 로라의 서랍장 앞에서 일기장을 뒤지고 있을 때 이를 발견한 로라가 겁에 질려 죽으려고 하자 '밥'이 지었던 극히 악마적이고 열광적인 표정을 떠올려보라. 린치의 영화에 나오는 악한들은 언제나 기쁨이 넘치고 오르가슴을 느끼는 듯하며 가장 악한 순간에 가장 현재에 충실하다. 이것은 그들이 악에 의해 움직일 뿐만 아니라 악이 이들 안에 불어넣어졌기inspired 때문이다.[50] 그들은 그 어떤 한 사람보다 큰 어둠에 자신을 내어주었다. 이 악한들이 가장 악한 순간, 카메라와 관객이 이들을 흥미진진하게 느낀다면 그것은 린치가 악을 '지지'하거나 '낭만화'하기 때문이 아니라 진단하기 때문이다. 진단을 하되, 불만의 표명이라는 안락한 등딱지 밑에 숨지 않는 까닭이며, 악이 강력한 이유가 악이 끔찍하게 치명적이고 확고하며 대개의 경우 악에서 눈을 떼기 힘들기 때문이라는 사실을 기꺼이 인정하는 까닭이다.

악이 어떤 힘이라는 린치의 생각은 불편한 결론으로 이어진다. 사람은 선하거나 악할 수 있지만 힘은 단지 그 자체로 존재한다. 그리고 힘은, 적어도 잠재적으로는, 어디든 있다. 따라서 린치에게 악은 움직이고 이동하며[51] 모든 것에 스며든다. 어둠은 모든 것에 언제나 내재한다. '이면에 숨어' 있지도 않고 '누워서 기다리고' 있지도 '지평선 위를 맴돌고' 있지도 않다. 악은 바로 여기 지금 있다. 빛, 사랑, 속죄(이런 현상 역시 린치의 작품에서는 힘이자 정신이므로) 등도 마찬가지다. 린치의 도덕 구도에서 어둠과 빛을 서로 고립된 것으로 보는 것은 말이 되지 않는다. 선이 악을, 어둠이 빛을 '암시하

---

50 ('in-spire'는 라틴어 inspirare, '숨을 불어넣다'에서 온 단어로 '신적인 기운이 영향을 주고 안내하고 고취하다'라는 뜻이다.)

51 떠다니는/날아다니는 존재, 즉 빗자루를 탄 마녀, 정령과 요정, 선한 마녀, 머리 위에 매달린 천사 등에 대한 린치의 페티시는 이런 맥락에서 해독할 수 있다. 〈블루 벨벳〉에서 개똥지빠귀를 빛, 〈트윈 픽스〉에서 부엉이를 어둠으로 사용한 것도 마찬가지다. 이런 동물을 사용한 이유는 바로 움직이기 때문이다.

고' 있다거나 그런 게 아니라 악한 것이 선한 것에 포함되어 있다. 악한 것이 선한 것으로 암호화되어 있다는 것이다.

악에 대한 이런 생각을 무신론이라고 부르든 노장철학, 신혜겔주의라고 부르든 상관없지만 또한 린치적이기도 하다. 린치의 영화들은[52] 이 생각과 이 생각의 가장 불편한 후과들을 최대한 상세하게 펼치기 위한 서사적 공간을 만드는 데 관심이 있기 때문이다.

그리고 린치는 이런 세상을 탐험하고자 한 대가를 비평적으로도 금전적으로도 호되게 치른다. 왜냐하면 우리 미국인들은 우리의 예술 속 도덕 세계가 깨끗하게 그려지고 정확하게 구분된 말끔하고 정리된 세계라야 좋아하기 때문이다. 여러 가지 측면에서 우리는 우리의 예술이 도덕적으로 편안하기를 필요로 하는 것으로 보인다. 우리가 좋아하는 예술 작품으로부터 흑백 윤리를 도출하기 위해 우리가 행하는 지적 체조는 잠깐 멈추어 들여다보면 충격적이다. 예를 들어 린치가 만들었다고 가정되는 윤리적 구조 가운데 가장 찬사를 받는 구조는 바로 '추악한 이면' 구조다. 미국 아무 도시의 푸른 잔디 마당과 학부모 위원회의 포틀럭 파티 이면에 어둠의 힘이 넘실대고 욕망이 들끓고 있다는 생각이다.[53] 린치를 좋아하는 미국 비평가들은 "일상생활의 문명화된 표면을 뚫고 들어가 그 아래 자리한 기괴하고 변태적인 욕망을 발견하는 재주"를 칭찬하

---

52 (〈듄〉은 예외다. 이 영화에서 선한 자와 악한 자는 말하자면 모자 색으로 구분할 수 있을 정도다. 그렇지만 〈듄〉은 정말 린치의 영화라고 할 수도 없다.)

53 이런 식의 해석은 〈블루 벨벳〉과 〈트윈 픽스〉에 대한 긍정적 평가의 거의 대부분을 차지했다.

고 린치의 영화가 "공포와 욕망의 내적 성소로 가는 데 필요한 암호"를 제공하고 "향수를 불러일으키는 구조 이면에서 작용하는 악의 어린 힘"을 환기시킨다고 말한다.

린치의 관음적인 시선에 대한 비난은 놀랍지 않다. 비평가들은 린치에게 관음증이 있다고 규정해야만 선이 위/바깥에, 악이 아래/내부에 있는 기존의 도덕적 틀 안에서 〈블루 벨벳〉을 인정할 수 있다. 그러나 변태성이 '이면에' 있고 공포가 '숨겨져' 있다는 생각이 린치의 영화 속 도덕 구조의 중심이라고 생각하는 비평가들은 사실 린치를 터무니없이 오해하고 있는 것이다.

예를 들어 〈블루 벨벳〉을 해석할 때 "마을 중심에 자리 잡은 부패를 발견하는 소년"[54]을 영화의 주요 주제로 생각한다면 그것은 영화의 마지막 부분 보몬트 가족의 집 창가에 앉은 개똥지빠귀를 보고 그 부리 사이에서 몸부림치고 있는 딱정벌레를 무시하는 것만큼 둔감한 것이다.[55] 〈블루 벨벳〉이 기본적으로 성장 영화이고 제프리가 도로시의 옷장 속에서 목격하는 잔인한 강간은 영

---

54 (린치를 우러러보던 비평가들 대부분은 이렇게 해석했다. 이 인용구의 출처는 《뉴욕 타임스 매거진》에 실린 린치에 대한 기사 90분의 1.)

55 (무시하고 있는 것은 그뿐이 아니다. 제프리의 바버라 이모를 연기하는 프랜시스 베이는 제프리와 샌디와 함께 창가에 서서 개똥지빠귀를 보며 얼굴을 찡그린다. 그리고 "어떻게 벌레를 먹고 살아?"라고 말하며, 이 영화를 여덟 번도 더 본 내가 보기에는 입에 벌레를 넣는다. 입에 넣는 것이 설령 벌레가 아니더라도 충분히 벌레처럼 보여서 개똥지빠귀의 식생활을 비난한 직후 입에 넣는다는 것에 린치가 어떤 의미를 부여하고 있음이 명백하다. (바버라 이모가 이 장면에서 벌레를 먹는 것처럼 보이는지 친구들에게 물어보았더니 정확히 절반으로 갈렸다. 직접 확인하시길.))

화의 가장 공포스러운 장면일지 몰라도 이 영화의 진정한 공포는 제프리가 자신에 대해 깨닫는 사실들이다. 예를 들어 프랭크 부스가 도로시 밸런스에게 저지르는 행위를 보고 자신의 일부분은 흥분을 느꼈다는 사실.[56] 프랭크가 강간 중에 '엄마'와 '아빠'라는 말을 사용한 것, 프랭크가 죽어가며 사용하는 가스마스크와 제프리의 아버지가 병원에서 쓰고 있던 산소마스크 간의 유사성, 이런 것들은 강간의 원초적 장면으로서의 의미를 강화하기 위해서 있는 것만은 아니다. 프랭크 부스가 어떤 심오한 의미에서 제프리의 '아버지'임을 명백히 제시하고 있는 것이다. 프랭크 안의 어둠은 제프리 안에도 암호화되어 있다. 어두운 프랭크의 발견이 아닌 제프리 자신과 프랭크 간의 어두운 연결 고리의 놀라운 발견이 이 영화 속 불안의 동력이다. 예를 들어 제프리가 영화의 2막에서 꾸는 길고 꽤 무거운 불안의 꿈은 프랑크가 도로시에게 잔혹한 행위를 한 이후가 아닌 제프리가 섹스 중에 도로시를 때리는 데 동의한 뒤에 발생한다.

조금이라도 주의를 기울이는 관객이라면 이런 중요한 단서들로부터 충분히 〈블루 벨벳〉의 진정한 클라이맥스, 요점을 깨달을

---

56 솔직히 말해서 관객의 일부도 마찬가지다. 흥분을 느꼈다는 말이다. 린치는 분명히 강간 장면이 끔찍한 동시에 흥분되게 느껴지도록 연출했다. 그래서 색감이 그토록 풍부하고 미장센이 그토록 섬세하며 육감적인 것이며 카메라가 강간 장면을 주시하면서 페티시처럼 취급하는 것이다. 린치가 이 장면에 의해 변태적으로, 혹은 천진하게 흥분을 느꼈기 때문이 아니라 그도 우리처럼 인간적으로, 착잡한 흥분을 느꼈기 때문이다. 시선을 떼지 않는 카메라는 프랭크와 제프리뿐만 아니라 감독과 관객까지 모두 동시에 연루시키기 위함이다.

수 있다. 클라이맥스는 생각보다 빨리,[57] 영화의 2막이 끝나가는 부분에 나온다. 프랭크가 뒷좌석에 앉은 제프리를 돌아보며 "너도 나랑 닮았어"라고 말하는 순간이다. 이 순간은 제프리의 시각적 관점에서 촬영되었기 때문에 프랭크가 뒤를 돌아보는 순간 그는 제프리와 우리 모두에게 이야기를 하고 있다. 그리고 여기서 제프리는, 도로시를 때리고 싶지 않았던 제프리는 심히 불편해하는 것이 사실이다. 그래서 우리도, 프랭크가 성적 파시즘 잔치를 벌이는 것을 옷장의 문살을 통해 엿보았으며 비평가들과 마찬가지로 이 장면이 이 영화의 가장 흥미진진한 장면이었다고 생각한 우리도 심히 불편하다. 프랭크가 "너도 나랑 닮았어"라고 말할 때 제프리의 반응은 뒷좌석에서 앞으로 몸을 홱 던져 프랭크의 코에 주먹을 날리는 것이다. 잔혹할 만큼 원초적인 이 반응은 알고 보면 제프리보다는 프랭크에게 더 어울린다. 영화의 관객으로 앉아 있는 나에게도 프랭크는 닮았다고 주장했지만 나는 그런 폭력적인 감정의 방출이라는 사치를 부릴 수 없다. 나는 거기 앉아서 불편해할 수밖에 없다.[58]

그리고 강조하지만 나는 영화를 보러 가서 불편해지고 싶지

<hr/>

57 (시기상조다!)

58 1986년 처음으로 함께 〈블루 벨벳〉을 보았던 대학원 시절 친구들 가운데 이 영화를 가장 불편하게 여긴 두 사람, 영화가 정말 변태적이거나 자신이 정말 변태적인 사람이거나 둘 다라고 말했던 두 사람, 영화의 예술적 힘을 인정했지만 그 변태성의 축제 같은 영화는 하느님께 맹세코 다시는 보지 않겠다던 두 사람이 남성이었다는 사실은 우연이 아니다. 두 사람 모두 프랭크가 도로시의 유두를 꼬집으며 느린 미소를 짓는 장면, 그리고 스크린 너머를 응시하며 "너도 나랑 닮았어"라고 말하는 장면이 각자의 영화 관람 역사상 가장 오싹하고 불쾌한 장면이었을 것이라고 말했다.

않다. 나는 주인공이 도덕적이고 희생양이 가여운 게 좋고 악한의 악행이 줄거리와 카메라 모두에 의해 명확하게 규정되고 새침하게 불허되는 게 좋다. 온갖 종류의 끔찍함이 들어 있는 영화를 보러 갈 때 나는 사디스트와 파시스트, 관음증 환자, 정신이상자, 그리고 나쁜 사람들과 나의 근본적인 차이가 그 영화로 인해 의심할 여지 없이 인정되고 확인되길 바란다. 나는 남에 대해 판단하기를 좋아한다. 정의가 실현되는 것을 응원하고 싶으며 정의가 아마도 나의 인격의 어떤 부분들 역시 썩 좋아하지 않을 것이라는 어떤 찜찜한 기분도(나의 실제 도덕적 삶에서 그 찜찜한 기분이 너무 넓고 우울하게 퍼져 있으므로) 느끼고 싶지 않다.

독자들이 이런 면에서 나와 같을지 나는 알 수 없다……. 그러나 흥행에 성공하는 미국 영화 속 인물 묘사와 도덕 구조로 미루어 보면 나와 똑같은 사람이 아주 많을 것임에 틀림없다.

나는 이런 생각도 한다. 관객으로서 우리는 은밀하고 수치스러운 부도덕이 파헤쳐지고 밝은 곳으로 끌려 나와 노출되는 것을 정말 좋아한다. 좋아하는 이유는 영화에서 비밀이 밝혀질 때 우리는 우리에게 인식론적 특권이 있다는 인상, "일상생활의 문명화된 표면을 뚫고 들어가 그 아래 자리한 기괴하고 변태적인 욕망을 발견"한다는 인상을 받기 때문이다. 이는 놀랍지 않다. 아는 것은 힘이고 우리는(적어도 나는) 힘이 있다는 기분을 즐긴다. 그러나 우리는 '비밀'도 좋아하고 '이면에서 작용하는 악의 어린 힘……'도 좋아하는데 대부분의 나쁘고 추악한 것들이 정말 비밀이고, '자물쇠가 채워져' 있으며 '표면 아래' 있다는 우리의 열렬한 희망이 확인되길 바라기 때문일 것이다. 열렬히 희망하는 이유는 우리 자신의 끔찍함과 어둠도 비밀이라고 믿고 싶기 때문이다. 그러지 못하면 불편해진다. 그리고 관객의 일원으로서, 표면/빛/선 그리고 비밀/어둠/악의 구분이 흐트러지는 방식으로 영화가 구성되면, 다시 말해서 어두운 비밀이 초자연적 힘에 의해 밝은 표면으로 끌어 올려져 나의 판단력에 의해 정화되는 대신 고상한 표면과 추악한 이면이 뒤섞이고 통합되고 말 그대로 섞이는 구조라면, 나는 심히 불편해질 것이다. 그리고 나의 불편감에 대한 반응은 두 가지 중 하나일 것이다. 나를 불편하게 만든 영화에 벌을 줄 방법을 찾든가 나의 불편감을 최대한 제거할 수 있는 방식으로 영화를 해석할 것이다. 린치의 영화에 관한 출판물을 조사해본 결과 장담하건대 업계에서 인정받는 모든 전문 평론가와 비평가는 두 가지 중 한 가지 반응을 선택했다.

이 모든 주장이 다소 추상적이고 막연해 보인다는 것을 나도 안다. 〈트윈 픽스〉의 흥망이라는 특정한 사례를 두고 생각해보자. 이 시리즈의 기본 구조는 "어느 살인 사건 수사가 더 복잡한 문제로 이어진다"라는 평범한, 누아르 개론 수업에서 가져온 듯한 공식을 바탕으로 하고 있다. 로라 팔머의 살인자를 찾는 과정에서 죽은 로라 팔머의 이중생활이 드러나고(로라 팔머=낮에는 교내 축제의 여왕 & 로라 팔머=밤에는 코카인에 찌든 괴로운 매춘부) 이는 마을 전체의 도덕적 분열증을 반영한다. 이 시리즈의 첫 시즌에서 줄거리는 점점 더 많은 이면의 끔찍함을 발견하고 드러내면서 전개되었고 시리즈는 큰 인기를 누렸다. 그러나 두 번째 시즌이 되자 추리 수사물 구조라는 특성 때문에 정확히 누가 혹은 무엇이 로라의 죽음을 가져왔는지에 초점을 맞추고 명시적으로 이야기할 수밖에 없게 되었다. 그리고 〈트윈 픽스〉가 더 명시적으로 진행될수록 시리즈는 인기를 잃었다. 특히 이 미스터리의 마지막 '해결'은 비평가들과 관객 모두에게 심히 불만족스러웠다. 그랬던 것은 사실이다. '밥'/릴랜드/악한 부엉이 부분도 모호했고 잘 표현되지 않았으나[59] 정말 깊은 불만은, 즉 관객에게 억울함, 배신감을 주고 비평가들로 하여금 들고일어나 린치가 천재 작가가 아니라고 주장하게 만든 불만은 내 생각에는 도덕적인 불만이었다. 미국 대중 연예 문화의 도덕 논리대로라면 깡그리 드러난 로라 팔머의 '죄악'은 필연적으로 로라의 죽음을 둘러싼 상황과 인과적으로 연결되어 있어야 했다. 관객으로서 우리는 뿌린 대로 거두는 것에 대한 내적인 확신을 갖고 있으며 우리는 이런 확신을 누군가 인정하고 주물러주기를 원한다.[60] 그런데 그렇게 되지 않았고 앞으로도 그렇게 되지 않

---

59 사실 더 심했다. 미스터리를 주제적 장치가 아닌 구조적 장치로 이용하는 이야기꾼들 대다수와 마찬가지로 린치는 미스터리를 해결하기보다는 더 깊고 복잡하게 만드는 데 훨씬 더 능하다. 이 시리즈의 두 번째 시즌에서는 린치가 이 사실을 깨닫고 있으며 이로 인해 몹시 긴장하고 있음이 눈에 보였다. 30화쯤 되자 이 시리즈는 반복적인 경련과 익살, 틀에 박힌 수법과 주의를 돌리려는 장치의 모음으로 전락했고 이는 린치가 중심 살인 사건을 어떻게 수습해야 할지 전혀 모르고 있다는 사실로 일부 설명할 수 있었다. 나는 사실 〈트윈 픽스〉의 두 번째 시즌을 첫 번째 시즌보다 더 재미있게 봤는데 서사 구조가 해체되는 모습, 서사의 작가가 예술가로서 자신의 약점이 노출되기 직전, 얼어붙은 채 애써 횡설수설하는 모습을 구경하는 것이 흥미진진했기 때문이다.

60 이것은 논란의 여지가 없는 진리다. 미국의 미스터리, 서스펜스, 범죄, 공포 영화의 놀라운 점은 이 영화들이 점점 폭력적이 되어간다는 점이 아니라 아기방에서 갓 나

을 것 같자 〈트윈 픽스〉 시청률은 폭락했고 비평가들은 한때 '대담하고' '창조적'이었던 시리즈가 '자기 언급'과 '인위적인 지리멸렬'의 내리막길을 걷고 있다고 슬퍼했다.

그런 뒤 TV 시리즈의 극장용 프리퀄로 만들어진, 〈듄〉 이후 흥행이 가장 나빴던 린치의 작품 〈트윈 픽스: 파이어 워크 위드 미〉가 더욱 심각한 죄를 저질렀다. 로라 팔머를 극의 객체에서 극의 주체로 변모시키고자 한 것이다. 죽은 사람으로서 TV 시리즈 내 로라의 존재는 전적으로 언어적이었으므로 로라를 분열적인 흑백 구조의 존재, 낮에는 선하고 밤에는 음탕한 존재 등으로 상상하기가 꽤 쉬웠다. 그러나 영화에서 셰릴 리 씨가 연기하는 로라는 거의 끊임없이 화면에 등장하면서 대상화된 페르소나들로 이루어진 이 다변적인 체계, 즉 체크무늬 치마를 입은 여대생/가슴을 드러낸 선술집의 매춘부/괴로움에 몸부림치는 퇴마 의식 후보 대상/학대받은 딸

온 듯한 도덕적 진리에 지속적이고 광적인 충성을 보낸다는 점이다. 도덕적인 여주인공은 연쇄 살인을 당하지 않고, 동료가 부패 경찰이라는 사실을 뒤늦게 깨닫고 동료의 총구 앞에 서게 된 정직한 경찰은 그럼에도 상황을 뒤집어 치열한 대결 끝에 동료를 죽인다. 주인공이나 주인공의 가족에게 몰래 접근하는 범죄자는 영화 내내 아무리 이성적이고 천재적인 수법으로 접근하더라도 끝에 가면 날뛰는 미치광이로 돌변하고 자포자기식의 정면 공격을 시도할 것이다. 이런 식으로 끝도 없이 이어진다. 사실 요즘 미국 서스펜스 영화에서 느껴지는 서스펜스의 주요 요소는 감독이 어떻게 다양한 줄거리와 인물 요소를 조작해서 우리의 도덕적 확신을 요구된 만큼 주무를 것이냐 하는 것과 관련이 있다. 그래서 우리가 '서스펜스' 영화를 보면서 느끼는 불편감은 유쾌한 불편감이다. 그래서 감독이 자신의 상품을 적절한 진리 인증 방식에 따라 포장하지 않으면 우리는 혼란이나 심지어 불쾌감도 아닌 분노, 일종의 배신감을 느끼는 것이다. 암묵적이지만 극히 중요한 약속이 깨졌다고 느끼는 것이다.

을 살아 있는 통합된 전체로 그려내려고 시도한다. 이 다양한 정체성은 다 같은 사람이었다고 영화는 주장하고자 한다. 〈트윈 픽스: 파이어 워크 위드 미〉에서 로라는 더 이상 '수수께끼'이거나 '공포의 내적 성소로 가는 데 필요한 암호'가 아니다. 이제 로라는 TV 시리즈 속에서 의미심장한 눈빛의 교환, 달콤한 수군거림으로만 암시되던 어두운 비밀을 보란 듯이 체화한다.

객체/계기에서 주체/인간으로의 로라의 변모는 사실 린치 영화가 보여준 도덕적으로 가장 야심 찬 시도였다. 아마 불가능한 시도였을 것이다. TV 시리즈의 심리적 맥락 때문에도 그렇고 TV 시리즈를 잘 알아야 영화를 조금이라도 이해할 수 있기 때문이다. 또한 셰릴 리 씨로부터 복잡하고 모순적이고 아마도 불가능한 연기를 요구했다. 그가 그만두지 않고 노력했다는 것만으로도 오스카 후보로 올라야 한다고 나는 생각한다.

소설가 스티브 에릭슨이 1992년 〈트윈 픽스: 파이어 워크 위드 미〉에 대해 쓴 평론을 보면 그가 영화의 의도를 이해하고자 그나마 시도했던 몇 안 되는 비평가에 속한다는 사실을 알 수 있다. "우리는 로라가 자유분방한 여자라는 것을 늘 알고 있었다. 코카인이라면 사족을 못 쓰는 교내 축제의 팜파탈로서 돈보다는 그 순순한 퇴폐성을 위해 선술집 취객에게 몸을 팔지만 이 영화는 궁극적으로 로라에게 괴로움을 주는[로라의 괴로움 속에 자리한] 그 퇴폐성에서 오는 자극에는 관심이 없다. 셰릴 리의 여우 같고 악마적인 연기는 끔찍하다고 해야 할지 역작이라고 해야 할지 알기 힘들다. ['그나마' 시도했다고 하는 이유는 다음에 나온다] 방금 머리가 날아간 남자의 시체 위에서 깔깔거리며 웃는 로라의 행동은 순수한 행위로 볼 수도 있고, 지옥으로 가야 마땅한 행위로 볼 수도 있으며 [이제 나온다] 혹은 둘 다라고 볼 수도 있다." 혹은 둘 다라고 볼 수도 있다고? 물론 둘 다. 이 영화에서 린치가 의도하는 것이 그것이다. 순수한 행위인 동시에 지옥에 가야 마땅한 행위. 죄 지음을 당하는 동시에 행하는 것. 〈트윈 픽스: 파이어 워크 위드 미〉의 로라 팔머는 '선한' 동시에 '악하고' 또한 그 어느 쪽도 아니다. 로라는 복잡하고 모순적이며 실제적이다. 그리고 우리는 영화 속에서 이런 가능성을 보고 싶어 하지 않는다. 우리는 이렇게 '둘 다'인 것을 싫어한다. '둘 다'는 게으른 묘사, 모호한 연출 같고 초점이 없는 것처럼 보인다. 아무튼 〈트윈 픽스: 파이어 워크 위드 미〉의 로라는 그런 이유에서 혹평을 받았다.[61] 그러나 린치가 만들어낸 모호하게 '둘 다'인 로라를 우리가 비난하고 싫어한 이유는 이렇다. 로라에게 감정 이입된 우리는 모호하게 '둘 다'인 우리 자신과, 친밀한 주변인과 마주하게 되기 때문이다. '둘 다'인 도덕적 자아가 있는 현실 세계는 우리를 긴장시키고 불편하게 만들고 우리는 그 세계를 한두 시간쯤 벗어나보자고 영화를 보러 간 것이기 때문이다. 이처럼 우리 자신과 세상의 여러 양상들을 환상을 통해, 판단을 통해 없애거나 주물러 편안하게 해주지 않고 오히려 확인시켜주고 더 나아가 우리가 여주인공과 맺은 정서적 관계로 끌어들이는 영화는 우리를 불편하

---

61 (그 밖에도(여러 평론 기사에서 주장하기를) "과도하고" "앞뒤가 맞지 않고" "너무 나갔다"고 비난받았다.)

게 하고 우리의 화를 돋운다. 우리는《프리미어》편집주간의 말을 빌리자면 '배신감'을 느끼게 된다.

　나는 린치가 〈트윈 픽스: 파이어 워크 위드 미〉에서 이루고자 했던 모든 것을 이루는 데 성공했다고 주장하는 것이 아니다. (그러지 못했다.) 단지 이 영화가 평론계에서 받은 빈약한 평가가(직전 영화로 황금종려상을 받은 감독의 영화임에도 이 영화는 1992년 칸 국제영화제에서 야유를 받았다) 어떤 시도에 실패했기 때문이 아니라 시도를 했다는 사실 자체 때문이라고 주장하고 있는 것이다. 그리고 만약《프리미어》가 훌륭한 부품으로 작동하고 있는 미국 예술비평 기계가 〈로스트 하이웨이〉를 비슷한 방식으로 공격하거나, 심지어 무시한다면, 이 모든 사실을 상기해주기를 나는 바라는 것이다.

(1995년)

무엇의 종말인지 좀 더 생각해봐야겠지만

종말인 것만은 분명한

(존 업다이크의 《시간의 종말을 향하여》에 대하여)

Certainly the End of Something or Other,

One Would Sort of Have to Think

(Re John Updike's Toward the End of Time)

◎ 　존 업다이크의 1997년 소설 《시간의 종말을 향하여》에 대한 가혹한 서평
　　으로 1997년 《뉴욕 옵저버》에 실렸고 산문집 《랍스터를 생각해봐》에 수록
　　되었다.

나에 대한 노래만을…… 부른다. 다른 노래는 알지 못하므로.

존 업다이크, 《중간점MIDPOINT》 1편, 1969년

노먼 메일러, 존 업다이크, 필립 로스를 비롯해 전후 미국 픽션계를 지배했던 '위대한 남성 나르시시스트들'[1]은 이제 노년에 들어서고 있으며, 그들의 예정된 죽음 뒤로 다가오는 새로운 세기 그리고 명명백백한 소설의 죽음에 대한 온라인상의 예측이 역광처럼 비추고 있음은 그들에게 필연처럼 느껴질 것이다. 어찌 됐든 유아론자solipsist가 죽으면 모든 것이 그와 함께 사라지기 때문이다. 그리고 유아론자의 내부 지형도를 존 업다이크만큼 잘 그려낸 미국 소설가도 없다. 1960년대와 70년대에 떠오른 업다이크는 루이

---

1   약칭 GMN(Great Male Narcissists)

14세 이후 가장 자아도취적인 세대의 사관이자 목소리로 자리 잡았다. 프로이트와 마찬가지로 업다이크가 가장 몰두했던 주제는 늘 죽음과 섹스였다. (꼭 이 순서대로인 것은 아니다.) 그리고 업다이크 작품의 분위기가 근래에 좀 더 냉랭해진 것은 이해할 만하다. 업다이크는 언제나 주로 자신에 대해 써왔고 의외로 감동적이었던 《토끼, 휴식을 취하다Rabbit at Rest》 이후 점점 더 노골적으로 자신의 죽음이라는 종말의 가능성을 탐구해왔다.

《시간의 종말을 향하여Toward the End of Time》는 매우 학구적이고 성공적이며 나르시시스트이고 섹스에 집착하는 한 은퇴 남성에 관한 이야기로 이 남성은 1년에 걸쳐 일기를 쓰며 자신의 죽음이라는 종말의 가능성을 탐구한다. 또한 《시간의 종말을 향하여》는 내가 읽은 스무 권 넘는 업다이크 책 가운데 그야말로 최악이다. 얼마나 투박하고 제멋대로인지 작가가 이 상태로 출간되도록 내버려두었다는 것이 믿기지 않을 정도다.

바로 이 직전 문장이 이 평론의 요지이며 나머지 내용은 단순히 내가 이토록 불손한 평가를 내리게 된 데 대한 근거/이유의 제시다. 그러나 일단 비평가로서 나의 머리를 프레임 안으로 잠시 들이밀어 말하자면 나는 40세 이하 문학 독자들 사이에 흔한, 발끈해서 침을 튀겨가며 성을 내는 업다이크 혐오자가 아님을 보장하고 싶다. 따지자면 나는 매우 희귀한 40세 이하 업다이크 팬에 속할 것이다. 가령 니컬슨 베이커처럼 과격한 팬은 아니지만 《구빈원의 축제The Poorhouse Fair》 《농장에 대하여Of the Farm》 《켄타우로스The Centaur》는 모두 훌륭한 책이라고, 심지어 고전일지 모른다고 생각한다.

그리고 1981년작《토끼는 부자Rabbit Is Rich》이후 등장인물이 점점 불쾌해졌고 그들이 불쾌해지고 있다는 사실을 작가가 자각하고 있다는 그 어떤 신호도 없었지만 나는 계속해서 업다이크의 소설을 읽었으며 업다이크의 묘사적인 산문체의 순수한 아름다움을 동경했다.

내가 개인적으로 알고 있는 문학 독자들은 대부분 40세 이하이고 상당수가 여성이며 단 한 명도 전후 GMN을 크게 동경하지 않는다. 더군다나 존 업다이크는 대체로 싫어하는 듯하다. 업다이크의 책뿐만 아니라 어쩐지 업다이크라는 사람을 언급하기만 해도 깜짝 놀랄 만한 반응이 돌아온다.

"동의어 사전을 든 페니스에 불과할 뿐이야."

"그 새끼 생각 중에 출판되어 나오지 않은 게 하나라도 있니?"

"밴드 러시가 파시즘을 우스워 보이게 만든다면 업다이크는 여성혐오를 문학적으로 만들지."

장담하건대 이것은 내가 정말로 들은 말이며 더 심한 말도 들었다. 그리고 대개 이런 말들을 하면서 짓는 표정이 있는데 의도론의 오류intentional fallacy에 호소하거나 업다이크의 산문체가 주는 순수한 미적 쾌감에 대해 이야기해봤자 어떤 이득도 없을 것임을 그 표정으로 알 수 있다. 업다이크 세대의 다른 유명한 남성 우월주의자들, 즉 메일러나 프레더릭 엑슬리, 로스, 심지어 찰스 부코스키도 그런 격렬한 증오를 불러일으키지 않는다.

물론 이런 혐오의 일부는 손쉽게 설명 가능하다. 질투, 우상 파괴, 정치적 올바름의 반발, 그리고 우리 부모들 상당수가 업다이크를 존경한다는 사실. 부모가 존경하는 대상을 비방하기는 쉽다. 그러나 우리 세대의 상당수가 업다이크와 기타 GMN을 싫어하는 진정한 이유는 이 작가들의 급진적 자아도취, 나아가 자아도취적인 자신과 등장인물에 대한 무비판적 찬양과 관련이 있다.

가령 존 업다이크는 수십 년 동안 근본적으로 동일한 남성을 주인공으로 삼았고(가령 래빗 앵스트롬, 딕 메이플, 피트 해너마, 헨리 벡, 톰 마시필드 목사, 《로저의 해석Roger's Version》에 나오는 '눙크 삼촌') 이들은 모두 업다이크 자신의 대역임이 분명하다. 그들은 항상 펜실베이니아 아니면 뉴잉글랜드에 살고 있고 불행한 결혼 생활을 하고 있거나 이혼했으며 업다이크와 나이가 비슷하다. 언제나 화자 자신이거나 시점 인물로 작가처럼 놀랍고 천재적인 지각 능력을 갖고 있다. 그들은 업다이크와 마찬가지로 호화롭고 공감각적인 언어로 어려움 없이 생각하고 말한다. 또한 구제불능의 나르시시스트이자 바람둥이이며 자기혐오와 자기연민에 빠져 있다. 그리고 매우 고독한데 정서적 유아론자에게만 가능한 방식으로 고독하다. 그들은 어떤 커다란 단위나 집단, 대의에 속하지 않는 듯하다. 대체로 가정적이지만 누군가를, 특히 여성을 진정으로 사랑하지 않는다. 남자색정증 수준의 이성애를 추구하지만 여성을 사랑하지는 않는다.[2] 그들이 극히 아름답게 바라보고 묘사하는 주변 세계는 그들의

---

2 물론 여성의 "성스러운 다중 입술의 관문"에 긴 찬미의 노래를 바치거나 "정말이지 정숙하게 눈꺼풀을 내리깐 그녀의 통통한 입술이 나의 부어오른 기관 주위로 참하게 부풀어 있는 모습을 보면 종교적 평온이 찾아온다"라고 말하는 것이 곧 사랑이라고 생각한다면 이야기는 달라진다.

위대한 자아 내부에 인상과 연상, 감정과 욕망을 불러일으키는 한에서만 존재하는 경향이 있다.

　추측하건대 1960년대와 70년대의 교양 있는 젊은이들에게 가장 공포스러운 것은 부모 세대의 위선적 순종과 억압된 본능이었을 것이고 그들에게 업다이크가 보여준 호색적인 자아의 섭동攝動은 신선하고 심지어 영웅적으로 느껴졌을 것이다. 그러나 1990년대의 젊은이들은, 많은 경우 업다이크가 그토록 아름답게 묘사했던 열정적 불륜과 이혼이 낳은 자녀들로서 새롭고 씩씩한 개인주의와 성적 자유가 '미 제너레이션Me Generation'의 무미건조하고 아노미적인 자아도취로 악화되는 것을 지켜보았다. 그 결과 오늘날의 40세 이하 젊은이들은 전혀 다른 공포를 가지고 있다. 주로 아노미와 유아론 그리고 특히 미국적인 고독, 즉 자신 이외에 그 누구도 사랑하지 않고 죽을 수 있다는 가능성을 두려워한다. 업다이크 최신작의 화자인 벤 턴불은 66세이고 바로 그러한 죽음을 향해 가고 있으며 겁에 질려 있다. 그러나 업다이크의 수많은 주인공들과 마찬가지로 턴불은 잘못된 것들을 두려워하고 있는 것으로 보인다.

　《시간의 종말을 향하여》의 출판사는 이 책을 업다이크의 야심 찬 변신, 올더스 헉슬리와 J. G. 밸러드, 소프트 SF 장르의 미래적, 디스토피아적 전통으로의 진출로 홍보하고 있다. 때는 서기 2020년이고 흔히 말하듯 세월은 상냥하지 않았다. 중미 핵전쟁으로 수백만 명이 죽었고 우리가 아는 중앙집권형 정부는 사라졌다. 달러도 사라지고 없다. 매사추세츠주에서는 빌 웰드 주지사의 이름을 딴 임시 지폐를 사용한다. 더 이상 세금도 내지 않는다. 지역 깡패가 돈을 받고 다른 지역 깡패들로부터 부유층을 보호한다. 에이즈는 완치 가능한 질병이 되었고 중서부는 텅 비었으며 보스턴의 일부는 폭격을 당해 방사선에 피폭(추정)되었다. 버려진 저궤도 우주정거장은 마치 어린 달처럼 밤하늘에 걸려 있다. 유독한 폐기물에서 생겨난 돌연변이인 작지만 탐욕스러운 '금속 바이오폼'은 전기를 먹으면서 돌아다니고 때때로 인간을 먹기도 한다. 미국 남서부 지역을 탈환한 멕시코가 대대적으로 침략할 것처럼 위협하지만 수천, 수만 명의 미국 청년들은 더 나은 삶을 찾아 남쪽으로 리오그란데강을 건넌다. 간단히 말해 미국은 죽을 준비를 하고 있다.

이 소설의 미래적 요소는 때로는 꽤 멋지지만 업다이크의 야심 찬 변신을 보여준다고 하기에는 너무 피상적이고 주제를 벗어나 있으며 화자가 집 주변의 모든 나무, 식물, 꽃, 덤불을 하나하나 끝없이 묘사하는 와중에 종속절로 문득 던져지곤 할 뿐이다. 《시간의 종말을 향하여》의 95퍼센트는 앞서 언급된 식물군에 대한 벤 턴불의 묘사(계절이 바뀔 때마다 줄기차게), 남편 기를 죽이는 냉담한 아내 글로리아에 대한 묘사, 간통 때문에 이혼당한 전 아내에 대한 추억, 글로리아가 여행을 가고 없는 사이 집에 들이는 어린 매춘부에 대한 찬사로 이루어져 있다. 또한 턴불이 노화, 필멸성, 인간 조건의 비극에 대해서 골똘히 생각하는 내용도 많다. 뿐만 아니라 섹스와 성적 욕구의 긴급함에도 많은 분량을 할애하고 다양한 매춘부와 비서, 이웃, 브리지 게임 상대, 며느리, 그리고 신변 보호를 위해 돈을 주고 고용한 젊은 깡패 무리에 속한 한 소녀에 대해 느끼는 정욕을 상세히 설명한다. 깡패 소녀는 열세 살로 "그 끝에 인동

초 열매 같은 유두가 달린 야트막하고 팽팽한 원뿔" 모양의 가슴을 갖고 있고 턴불은 아내의 눈을 피해 집 뒤편 숲에서 마침내 그 가슴을 어루만진다.

이 같은 요약이 너무 가혹하다고 여겨진다면 이 소설이 업다이크의 평소 작업 방식에서 얼마나 벗어나 있는지 여기 객관적인 통계 증거를 제시한다.

- 중미 전쟁―그 원인, 기간, 사망자 수―에 할애하는 페이지 수: 0.75
- 치명적인 금속 바이오폼 돌연변이에 할애하는 페이지 수: 1.5
- 턴불의 뉴잉글랜드 집 주변의 식물군 그리고 동물군, 날씨 그리고 바다 전망이 계절에 따라 어떻게 바뀌는지에 할애하는 페이지 수: 86
- 멕시코의 미국 남서부 지역 탈환에 할애하는 페이지 수: 0.1
- 벤 턴불의 페니스와 페니스에 대한 벤 턴불의 다양한 생각과 느낌에 할애하는 페이지 수: 10.5
- 제대로 된 시정과 경찰이 없는 보스턴 특유의 삶이 어떠한지, 전쟁 속 핵 전투가 낙진 혹은 피폭으로 인한 질병을 유발했는지에 할애하는 페이지 수: 0.0
- 매춘부의 몸, 특히 성적 기관들에 할애하는 페이지 수: 8.5
- 골프에 할애하는 페이지 수: 15
- 벤 턴불의 대사―"나는 더러운 여자가 좋아.""여자는 최상급 고깃덩어리였고 나는 여자가 끝까지 정당한 값을 요구하

길 바랐다." 53페이지 하단의 인용문. "고통스러운 접촉의 순간을 위해 모든 것을 희생하는 성기는 악하다." "여성의 사나운 잔소리는 남성이 심히 애석히 여기는 특권, 즉 힘과 이동성과 페니스를 누리기 위해 치러야 하는 대가다."—에 할애하는 페이지 수: 36.5

《시간의 종말을 향하여》에서 가장 좋은 부분은 턴불이 자신이 다양한 역사적 인물, 즉 고대 이집트의 도굴꾼, 성 마르코, 나치 수용소 간수 등의 몸에 들어갔다고 상상하는 대여섯 개의 주요 장면이었다. 보석 같은 부분이고 독자는 이런 장면이 더 많았으면 좋겠다고 생각하게 된다. 그런데 문제는 이런 장면들에 딱히 어떤 기능이 없다는 것이다. 업다이크가 원한다면 굉장히 창의적인 소품들을 쓸 수 있는 사람이라는 사실을 알려줄 뿐이다. 줄거리에 이런 장면들이 포함된 이유는 화자가 과학 팬이라는 사실과 상관이 있다. (소설에는 천체물리학과 양자역학에 대한 소강좌가 들어 있고 잘 썼지만 대략《뉴스위크》수준의 이해를 드러낸다.) 턴불은 특히 아원자 물리학과 '다중우주론'이라고 부르는 것에 관심이 있다. 다중우주론은 실제로 존재하는 이론으로 불확정성 원리와 상보성 원리가 야기하는 일부 양자 역설에 대한 해결책으로 1950년대에 제기되었다. 이는 사실 몹시 복잡하고 기술적이지만 턴불은 이것이 전생과 연결이 가능하다는 이론과 별반 다를 것 없다고 믿는 듯하다. 그래서 턴불이 다른 사람 몸에 들어가 있는 장면들이 나오게 된다. 양자역학을 들먹이다가 이런 결론에 이르렀을 때 느껴지는 당혹감은 어떤 허세 섞인 말이 틀리기까지 할 때 느껴지는 특별한 당혹감과 일치한다.

책의 결말 부근에는 청색에서 적색으로 빛의 파장의 이동, 우리가 아는 우주의 궁극적 내파에 대한 화자의 독백이 나오는데 이 부분은 한결 낫고 훨씬 더 미래적이다. 이 부분은 이 소설의 하이라이트가 될 수도 있지만 그러지 못했다. 벤 턴불이 단지 자신의 죽음에 대한 거창한 메타포로서 우주의 종말에만 관심이 있기 때문이다. 아름답지만 가슴 아프도록 찰나적인 앞마당의 꽃들에 대한 시인 하우스먼과 같은 묘사, 검안학적으로 유의미한 2020년(2.0/2.0은 완벽한 시력을 의미한다―옮긴이), 그리고 책의 마지막에 나오는, 늦가을에 "실수로 알에서 깨어난 작고 하얀 나방들"이 "마치 코앞에 다가온 혹독한 겨울 밑 좁은 시공간의 한구석에 갇힌 듯 아스팔트 위로 나직하게 팔랑거리는" 모습의 과중한 묘사도 맥락을 같이한다.

이 소설의 투박한 점강법은 거의 40년 동안 이어져온 업다이크의 크나큰 강점인 문체 한 줄 한 줄에도 영향을 미친 것으로 보인다. 《시간의 종말을 향하여》에는 곳곳에 아름다운 기법이 보인다. 사슴을 "가냘픈 얼굴의 반추동물"로, 나뭇잎이 "알풍뎅이에게 먹혀 레이스"가 되었다고, 차의 급회전을 "비방"으로, 그리고 차가 떠나는 모습을 "진입로를 따라 대수롭지 않은 듯 가속"했다고 묘사한 부분들이 그렇다. 그러나 이 책의 끔찍하게 많은 부분들은 이런 식이다. "여자는 왜 눈물을 흘리는가? 방황하는 내 의식이 보건대 여자는 바로 이 세계, 이 세계의 아름다움과 낭비, 잔혹함과 뒤섞인 가냘픔을 위해 눈물을 흘리는 듯했다.""여름은 왜 시작하기도 전에 거의 다 끝나버리는지! 우리의 탄생이 죽음을 수반하듯 여름의 시작은 끝을 나타낸다.""그러나 이 같은 전개는 이 시들어버린, 사람이 사라진 행성에서의 보다 시급한 생존의 문제들 사이에서 아득하게 느껴졌다." 게다가 수식어가 너무 많은 문장들도 잔뜩 있다. "우리의 태평하고 순수한 독립은 그들의 주근깨투성이, 혹은 벌꿀색의, 혹은 마호가니색의 벗은 팔다리로부터 마치 땀방울처럼 반짝였다." 종속절도 지나치다. "우리 인류가, 스스로에게 강타를 날린 채, 휘청거리는 동안 다른 종은, 거의 녹아웃 직전에서, 치고 들어온다." 두운법도 지나치다. "색 필터가 없이는 얻을 수 있으리라 생각지 않았던 파랑blue을 너른broad 바다는 요란하게 퍼뜨린다blare."

이 책의 과장된 문체는 업다이크가 다쳤거나 아픈 것은 아닌지 신경 쓰이게 하는 한편, 소설 화자에 대한 우리의 미움을 키운다. (자신이 늦게 잠자리에 드는 것을 아내가 좋아하지 않았다고 하면 될 것을 "아내는 의식이 용해되는 깨지기 쉬운 단계들의 연속을 내가 방해하는 것을 싫어했다"라고 말하는 사람을, 손주들에 대해서 "나의 임박한 망각에 대한 대책이 마련되었다는 증거, 나의 씨앗이 뿌리를 내렸다는 증거"라고 하는 사람을 좋아하기는 어렵다.) 그리고 이런 반감으로 인해 《시간의 종말을 향하여》는 그야말로 침몰하다시피 한다. 이 소설의 비극적 절정인 전립선 수술로 인해 턴불은 발기 불능이 되고는 몹시 낙담한다. 작가는 "수술로 인해 엉망진창 가엾게 오그라들어버린 사랑하는 나의 생식기"에 대한 턴불의 슬픔을 우리가 불쌍히 여기거나 심지어 공유하기를 바라고 있음이 역력하다.

이러한 우리의 연민에 대한 요구는 이 책의 전반부에 나오는 가장 큰 위기를 되풀이해서 보여준다. 책의 전반부는 회상 장면으로 우리는 지하실에서 딸아이를 위해 인형 집을 만드는 서른 살 턴불의 다소 교과서적인 실존적 불안에 감정을 이입해야 할 뿐 아니라("나는 죽겠지만 내가 이걸 만들어주고 있는 내 딸도 죽을 것이다……. 신은 없다고 녹슬고 썩어가고 있는 지하실의 모든 세세한 부분들은 분명히 말하고 있다. 퇴비 더미 속 쇠똥구리처럼 나의 삶도 무심하고 사정없이 소비해버릴 자연만이 있을 뿐") 이 불안을 해소할 방법을 찾은 ("나의 첫 정사. 육욕의 발견, 중독성 있는 위기감, 비겁한 죄책감의 다채로운 짜임이 게걸스러운 잿빛의 시간 감각을 가렸다.") 턴불의 안도감에 역시 공감하기를 요구받는다.

벤 턴불에 대해 독자가 감사히 여기게 되는 한 가지가 있다면, 그가 업다이크 소설 속 주인공들의 여러 특징을 폭넓게 아우르고 있는 덕분에 우리가 업다이크의 최근 인물들을 왜 그토록 불편하고 짜증스럽게 느끼는지 깨닫게 해준다는 점이다. 턴불이 바보 같아서가 아니다. 턴불은 불안에 대한 파스칼과 키르케고르의 말을 인용할 줄 알고 슈베르트의 죽음에 대해 논할 줄도 알며 왼쪽으로 감기는 마디풀속 덩굴 식물과 오른쪽으로 감기는 식물을 구분할 줄도 안다. 다만 원하는 사람과 원하는 때에 성관계를 가지면 인간 절망을 치료할 수 있다는, 사춘기 청소년 같은 괴상한 믿음을 버리지 않기 때문이다. 그리고 내가 추측하건대 《시간의 종말을 향하여》의 작가 역시 같은 믿음을 갖고 있다. 업다이크는 화자의 최종적인 발기 불능 상태를 대재앙으로, 죽음 자체의 궁극적 상징으로 보고 있음을 명백히 하고 있으며 턴불이 슬퍼하듯 우리가 슬퍼하길 바라는 것이 분명하다. 나는 이런 태도가 충격적이거나 불쾌하게 느껴지지는 않는다. 다만 이해가 가지 않을 뿐이다. 꼿꼿하든 축 늘어져 있든 벤 턴불이 불행하다는 사실은 소설의 첫 페이지부터 명백하다. 그러나 그가 불행한 이유는 그가 개자식이기 때문이라는 사실, 그는 이것을 상상조차 하지 못한다.

(1998년)

수사학과 수학 멜로드라마

Rhetoric And the Math Melodrama

◎　정수론을 주제로 하고 있는 두 권의 장르 소설에 대한 서평으로 월리스가
　　자신의 고등수학 지식을 마음껏 뽐내는 글이다. 2000년 《사이언스》에 실
　　렸으며 산문집 《육체이면서도 그것만은 아닌》에 수록되어 있다.

최근 수학의 문화적 주가가 치솟은 데는 물론 기피 대상이었던 어제의 공붓벌레를 오늘의 사이버 거물로 만든 전이성轉移性 지식 경제 붐이 동력으로 작용했을 것이다. 이 현상을 "긱 시크Geek Chic(괴짜들의 도도한 매력)"라고 하든 "힙투비스퀘어Hip(2b)^2(샌님은 멋짐)"라고 하든 이제 난해한 기술은 섹시한 것으로, 수학자는 상업성이 뛰어난 주인공으로 여겨진다. 최근 〈굿 윌 헌팅〉이나 〈파이〉 등의 영화가 성공한 것만 봐도 그렇다.

수학이 새로이 얻은 명성을 더 잘 보여주는 사례로는 아미르 D. 악젤의 《페르마의 마지막 정리Fermat's Last Theorem: Unlocking the Secret of an Ancient Mathematical Problem》가 있다.(국역본 제목은 '쉽게 읽는 페르마의 마지막 정리'—옮긴이) 이 책은 1996년 논픽션 베스트셀러 목록에 올랐고 프린스턴 대학의 앤드루 와일스를 뿔테 안경을 쓴 팝 문화의 기묘한 우상쯤으로 변모시켰다. 그리고 이 책이 지나간

자리는 폴 호프먼의 《우리 수학자 모두는 약간 미친 겁니다》, 실비아 네이사의 《뷰티풀 마인드》,[1] 데이비드 벌린스키의 《뉴턴의 선물 Newton's Gift》, 찰스 세이프의 《무의 수학 무한의 수학》 등이 채웠다.

픽션이기는 하지만 필리베르트 스호호트의 《천재와 광기The Wild Numbers》와 아포스톨로스 독시아디스의 《그가 미친 단 하나의 문제, 골드바흐의 추측Uncle Petros & Goldbach's Conjecture》은 모두 악젤의 《페르마의 마지막 정리》에 (그리고 고드프리 해럴드 하디의 《어느 수학자의 변명》[2]에) 많은 빚을 지고 있다. 뿐만 아니라 이 두 소설 간에는 기타 매우 놀라운 유사점들이 있다. 두 소설 모두 수학 학계를 배경으로 하고 있으며 등장인물의 전문 분야가 고등수학에서 가장 순수하게 추상적인 분야인 정수론[3]이다. 두 소설 모두 정수론의 유명하고 오래된 문제들을 풀고자 하는 주인공의 원정기를 중심으로 돌아간다. 그리고 《천재와 광기》와 《그가 미친 단 하나의 문제, 골드바흐의 추측》(이하 《골드바흐의 추측》) 모두 영어가 아닌 언어로 쓰였지만 원저자가 직접 영어로 번역했다.

두 소설이 매우 닮았다는 사실, 미국에서 거의 동시에 출간되

---

1 이 두 작품은 순서대로 20세기 수학자 폴 에어디시와 존 내시에 관한 자세하고 잘 쓴 전기.

2 1940년 처음 출간되었고 1992년 케임브리지 대학교 출판사에서 재출간한 이 길고 고전적인 산문은 지난 세기 나온 대부분의 수학 산문의 숨은 아버지라고 할 수 있다. 최근에 나온 책들에 담긴 대부분의 내용은 하디의 간결하고 아름다운 '변명'이 먼저, 더 잘, 그리고 요란스럽지도 않게 다루었다.

3 (정수와 유리수, 디오판토스 방정식, 힐베르트 문제 9-12 등을 연구하는 정식 학문으로 하디와 와일스 역시 이 분야 전문가였다.)

었다는 사실, 그리고 미국 내 출판사들에서 이 두 소설을 열렬히 홍보하고 있다는 사실[4]은 모두 완전히 새로운 상업 장르, 즉 이른바 '수학 멜로드라마Math Melodrama' 장르의 태동을 알리고 있는 것으로 보인다. 이런 진전은 전혀 놀라울 이유가 없다. 위에서 언급한 여러 작품도 성공했을뿐더러 근래에는 새로운 기술을 중점적으로 다루는 기타 장르도 상업적인 성공을 이루었기 때문이다. (《뉴로맨서》 유의 사이버펑크 장르, 톰 클랜시 풍의 테크노스릴러 장르, 〈스니커즈〉 〈해커스〉 〈매트릭스〉처럼 젊고 당돌한 해커들이 사악하고 획일화된 제도를 무너뜨리는 영화 등이 그 예다.)

픽션에서는 《천재와 광기》《골드바흐의 추측》, 논픽션에서는 《페르마의 마지막 정리》《뷰티풀 마인드》가 보여주고 있듯 수학 멜로드라마는 거칠게 말하면 아서 헤일리, 마이클 크라이튼 같은 장르 작가들의 '직업 여행기'[5]적인 매력에다가 그 밖의 장르와 그 장

---

4 《천재와 광기》표지에는 《페르마의 마지막 정리》를 쓴 악젤의 추천사가 실려 있는데—"순수수학 연구를 이보다 더 잘 그려낸 픽션은 없다"—향정신성 약물을 먹고 쓴 추천사임이 틀림없고 숨 가쁜 홍보 문구 "천재와 광기는 한 끗 차이!" 역시 이 책의 표지에 실려 있다. 《골드바흐의 추측》을 펴낸 출판사는 2002년 이전까지 골드바흐의 추측을 증명해내는 사람에게 상금 100만 달러를 주는 거창한 계획을 전략으로 삼고 있다.

5 '직업 여행기'를 설명하자면 일단 아주 오랫동안 사람들이 진짜로 가볼 수 없는 장소와 문화로 상상의 여행을 떠나기 위해 픽션을 읽었다는 점을 간략하게 짚고 넘어가야 한다. 그런데 이 기능은 오늘날의 여객기, TV 등 덕분에 사라지다시피 했다. 반면 현대 기술이 만들어낸 직업의 극단적인 전문화로 인해 사람들은 자신이 종사하고 있는 전문 분야 외의 분야에 대해 잘 알 수가 없다. 그래서 픽션의 '관광' 기능은 이제 독자에게 다양한 학문과 전문 분야의 실무 영역으로 극화된 접근권을 주는 쪽으로 작용

르의 주인공들이 종종 수행하는 좀 더 무거운 우화적 기능―아폴로적 질서를 상징하는 서부의 보안관, 실존주의적 고민을 하는 누아르 장르의 사립 탐정, 오디세우스적 장난꾸러기에 다름없는 젊고 당돌한 해커―을 얹은 것이다. 수학 멜로드라마의 우화적 틀은 좀 더 고전적인, 비극의 틀로 보인다. 주인공은 프로메테우스나 이카로스와 같이 고도의 천재성을 가진 동시에 휘브리스(신적인 경지를 넘보는 인간의 오만한 행동이나 생각을 의미하는 말로 곧잘 신의 분노, 인간의 파멸로 귀결된다―옮긴이) 혹은 운명적인 결함을 갖고 있는 인물이다.[6] 너무 거창하게 들린다면 그것은 거창하기 때문이다. 그러나 수학 멜로드라마가 순수수학의 과제를 묘사하는 방식은 거창하다고 표현해도 과하지 않다. 그야말로 신성한 진리를 향한 필멸자의 원정기로 그려진다. 특이하게도 어떤 독자가 이런 묘사를 받아들이느냐, 아니면 허세 섞인 우스꽝스러운 설명으로 여기느냐 하는 것은 수학 멜로드라마들의 특성에 달려 있다기보다는 독자 자신의 삶의 특정한 행적에 달려 있다. 특히 고등수학에 대해 얼마나 많은 지식과 경험이 있느냐에 달려 있다.

이런 특이점은 사실 '장르 픽션'을 평론하거나 평가할 때 자주 생기는 문제다. 장르 픽션은 '이런 걸 좋아하는 사람이 좋아할 만

한다. 직업 여행기의 중요한 시초들에 속하는 헤일리의 소설 《에어포트》《호텔》, 에드 맥베인의 '경찰 소설' 등은 1950년대 후반과 60년대 초반 등장하기 시작했다.

6 (참조: 위 각주 4번에 언급된 천재와 광기에 대한 《천재와 광기》의 홍보 문구. 그리고 《골드바흐의 추측》 책날개에 실린 과도한 설명 "어떤 대가도 감수하는 진리의 탐구와 진리의 발견에 따르는 값비싼 대가"[sic])

한' 서사의 일종으로 설명해도 너무 부당하지는 않다. 이런 평가 기준은 거의 장르 픽션에만 국한된다. 픽션 문학을 평론할 때는 기본적으로 미학적인 진단을 내리는 반면, 즉 "좋은 작품인가?" 묻는 반면, 장르 픽션 비평은 궁극적으로 보다 수사학적이다. 즉 "누가 이 작품을 선호할 것인가?" 묻는다. 다시 말해 아주 노골적이고 투박한 장르 픽션을 제외하면 《천재와 광기》나 《골드바흐의 추측》 등의 소설에 던져지는 주요 질문들은 수사학자들이 '청중audience'이라고 부르는 독자들과 상관이 있다. 이 책의 의도된 청중은 누구인가? 이 청중은 다른 수학 멜로드라마를 만족스럽게 여기는 만큼 이 소설을 만족스럽게 여길 것인가? 그게 아니라면 이 책이 만족시킬 수 있는 다른 청중이 있는가? 이런 식이다. 서평을 쓰는 사람들에게 이것은 문제가 아닐 수 없는데 서평은 대개 짧고 명확하며 비교적 간단해야 하기 때문이다. 그러나 수사학적인 기준은 대개 매우 복잡하고 심지어 역설적인 결론을 내리게 만든다. 《천재와 광기》와 《골드바흐의 추측》의 경우 역설은 바로 이것이다. 순수수학을 숭고하게 여기고 찬미하는 이 두 소설을 받아들이고 인정할 가능성이 높은 청중은 이 두 소설 속에서 실질적인 수학 내용이 여러모로 단순화되었으며 모호하고 일관성 없는 방식으로 다루어졌다는 데서 실망할 가능성 또한 높다.

간단하고 좀 더 서평다운 방식으로 말하자면 이렇다. 두 소설다 별로다. (이 중 하나는 아주 꽝이다.) 그러나 각각의 소설이 정확히 어떤 방식으로 별로인지 그것은 두 소설이 극화하려고 애쓰고 있는 이 비상한 분야에 대한 개별 독자의 사전 지식과 직접적인 상

관이 있다.[7]

전문 수학자뿐만 아니라 운 좋게 고등수학을 공부할 행운이 있었던 사람이라면 누구나 안타깝게 여기는 것이 있다. 대부분의 학생들의 수학 공부가 개론적인 수준에서 멈춘다는 점이다. 그래서 학생들은 미적분학이나 기초통계학의 건조하고 혹독한 문제 풀기만을 아는 데서 그친다. (이것은 거칠게 비교하자면 마치 문법과 구문론의 단계에서 시 공부를 멈추는 행위와 같다.) 현대 수학은 마치 피라미드와 같고 토대를 이루는 넓은 부분은 재미가 없는 경우가 많다. 좀 더 높고 정점에 가까운 수준에 있는 기하학, 위상수학, 해석학, 정수론, 수학 논리학으로 가야 비로소 재미있어지고 심오해진다. 계산기와 맥락 없는 공식이 떨어져나가고 연필과 종이만 남으며 '천재성'이라고 불리는 것, 즉 가장 훌륭한 인간 정신에서 나

---

7 엄밀히 따지자면 독자의 수학적 배경이 다양하다는 점은 수학에 관한 대중적 산문을 쓰려는 모든 사람에게 문제가 된다. 하디는 이 문제에 대해 다음과 같이 말한다. "글을 쓸 때 여러 제약이 있다. 한편으로 내가 제시하는 사례는 아주 단순하고 전문적인 수학 지식이 없는 독자가 이해할 수 있어야 한다……. 다른 한편으로 나의 사례들은 '제대로 된' 수학, 즉 활동 중인 전문 수학자들의 수학에서 가져와야 한다." 이 서평처럼 좀 더 '특수한 목적'을 가진 글에서도 문제는 여전하다. 잡지《사이언스》의 일반적인 독자에게 페르마의 마지막 정리(1637년경)를, 즉 n이 정수이고 $n > 2$일 때 $x^n + y^n = z^n$에는 어떤 정수해도 없다는 정리를 알려주거나 상기시켜주는 것이 과연 필요할까? 4보다 크거나 같은 모든 짝수는 두 소수의 합으로 표현할 수 있다는 골드바흐의 추측(실은 레온하르트 오일러가 1742년 다시 정리한 '강한' 골드바흐의 추측)은? 마침 필자는 이런 것을 설명해야 할지 말아야 할지 확신이 없다. 이 내용을《사이언스》편집자들이 삭제하지 않았다는 사실(즉 독자 여러분이 이 내용을 읽고 있다는 사실)로 미루어봤을 때 편집자들 역시 뚜렷한 확신이 서지 않았을 수 있다.

타나는, 이성과 신들린 창의성의 특수한 혼합이 드러난다. 고등수학을 공부하는 혜택을 누린 사람들(또는 어쩔 수 없이 공부한 사람들)은 고등수학 공부가 실은 '예술'[8] 행위이며 다른 예술과 마찬가지로 영감, 용기, 노력 등에 달려 있음을 깨닫는다. 그러나 여기 한 가지 제한 사항이 추가되는데 수학이라는 예술이 표현하려는 '진리'는 연역적이고 필연적이며 선험적 진리로서 논리적 증명을 통해 추론하고 입증될 수 있어야 한다는 점이다.[9]

수학이 일반적으로 예술이라고 여겨지지 않는 이유는 그 미美를 감상하기 위해 너무 많은 피라미드적 훈련과 연습이 필요하기 때문일 수 있다. 수학은 학습된 취향[10]의 궁극에 있을지 모른다.

---

8 하디의 《어느 수학자의 변명》은 이 점에 대해 다른 어떤 글보다 잘 이야기하고 있다. "수학자의 패턴은 화가나 시인의 것처럼 아름다워야 한다. 개념들은 빛깔이나 단어들처럼 서로 조화롭게 들어맞아야 한다. 첫 번째로 아름다움이라는 시험을 통과해야 한다. 이 세상에서 추한 수학은 오래가지 못한다."

9 (여기서는 일반적인 《사이언스》 독자가 '선험적 진리' '연역적 진리' '논리적 증명'이 무엇인지 이미 알고 있으며 순수수학과 형식논리학의 관계에 대해서도 어느 정도 익숙하다는 것을 전제로 하고 있다. 이처럼 부수적인 내용을 설명하고 넘어가자면 엄청난 공간과 시간이 소요될 것이며 《사이언스》 독자들을 (아마도 상당히 높은 비율로) 소외시킬 수 있다. 이미 이런 것들에 대해 잘 알기 때문에 부가 설명이 쓸데없을 뿐만 아니라 짜증스럽게 느껴질 텐데 필자는 그런 독자가 점점 괴로워하고 조급해할 모습이 머릿속에 그려지는 것이다. 아마 이렇게 생각할 것이다. 도대체 독자를 뭘로 보는 거야? 굳이 이런 이야기를 하는 이유는 다시 한 번 수학 산문 분야가 감수해야 하는 수사적 위험을 강조하기 위함이다. 이 위험은 이 서평에서 다루게 될 두 편의 실제 소설에 대한 비판의 중심에 자리하고 있는데 그 비판적 논의는 이제 곧, 아주 금방 시작하도록 하겠다.)

10 여기서 짚고 넘어갈 점은 현대 시, 클래식 음악 등이 점점 추상적이고 복잡하며

또한 수학의 진리가 절대적이고 전적으로 추상적이기 때문에 많은 사람이 여전히 이 분야를 무미건조하다고 생각하며 수학을 하는 사람들을 사회성 떨어지는 괴짜라고 생각하는 것일 수 있다. 이차방정식의 따분한 인수분해 내지 삼각법 수업 중간고사의 공포만을 기억하는 사람에게 가우스의 미분기하학 또는 바나흐-타르스키 역설의 아름다움과 힘을 설명하는 일이 얼마나 답답한 일인지 《사이언스》 독자 일부는 아마도 잘 알고 있을 것이다. 낮은 수준의 수학이 그토록 많은 사람들에게 불러일으키는 기이한 공포와 불쾌감[11]이야말로 수학 멜로드라마의 대두를 흥미진진하게 바라보게 되는 이유다. 이 장르가 순수수학에 생명을 불어넣고 이 분야의 비상한 아름다움과 열정을 평범한 독자[12]들에게 전달할 수 있다면 독자

기술적으로 까다로워지는 만큼 그 청중도 점점 적어지고 특화된다는 사실이다. 아주 소수의 예외를 제외하고 언어 시language poetry나 무조음악의 푸가를 진정 '즐길' 수 있는 사람들은 이런 예술의 역사와 이론을 집중 교육받은 사람들이다. 미국 예술계에서 보이는 이런 배타성의 증가는 흔한 '문화적 엘리트주의'보다는 특수화가 점점 심해지는 시대적 경향과 관련이 있다. 현대 시를 읽는 사람 대부분이 현대 시인이라는 점은 우연이 아니다.

11 교육심리학에서는 이제 '수학 불안증'이라는 용어를 사용하고 있으며 "고등학교로 돌아와 AP(고등학교에서 선행되는 대학 수준 과정―옮긴이) 미적분학 기말고사를 보려는데 공부를 안 했거나 연필에 흑연이 아닌 피망이 들어 있는" 유의 악몽은 너무 흔해서 진부하게 느껴질 정도다.

12 '평범한 독자'란 "주로 기분 전환이나 흥미를 위해 책을 읽는 사람들"을 의미하는 일종의 제유적 표현이다. 이들은 미국 장르 픽션의 주 청중이다. 하디의 《어느 수학자의 변명》이나 돈 드릴로의 《래트너의 별Ratner's Star》, 토머스 핀천의 《중력의 무지개》, 닐 스티븐슨의 《크립토노미콘》 등의 소설은 이미 흥미롭고 의미 있는 방식으로 고등수학을 다루었지만 이런 책들은 순수문학에 속하고 그 청중은 이미 말했듯 매우 적으

들에게도 수학에도 이로울 것이다.

스호흐트와 독시아디스의 소설이 수학의 인간적인 면을 그리고 거기에 생기를 불어넣는 방식도 비슷하다. 두 소설의 주인공은 모두 정수론의 오랜 미제를 풀기 위해 애쓰는 동시에(《골드바흐의 추측》에서는 현실의 골드바흐 추론을,《천재와 광기》에서는 "보르가르의 와일드 넘버 문제"[13]라는 가상의 수수께끼를 풀고자 한다) 자신 앞에 놓인 과제를 개인적 성취와 영광의 측면에서만 생각한다.《천재와 광기》의 주인공 아이작 스위프트는 한때 촉망받던 학생이었지만 전문 수학자로서는 커리어가 정체기를 맞은 상황에서 허구한 날 와일드 넘버 문제를 푸는 상상을 한다. 그러면 "나를 기념하기 위한 국제 학회가 열릴 것이고…… 그냥 수학자가 아닌 명망 높은 수학자가 되면 여자들은 갑자기 나를 매력적으로 느낄 것이다. 나를 특이하다고 생각하거나 좋게 봐서 엉뚱하다고 여기는 지금과는 다를 것"이라고 생각한다. 그리고《골드바흐의 추측》의 페트로스

며 다소 특화되어 있다. 장르 도서는 대중 서적이고 대중을 상대로 마케팅한다.

13 이 문제를 제기한 것으로 추정되는 '아나톨 밀상 드 보르가르'(1791년경) 역시 가상의 인물로 폰 노이만과 갈루아의 일생을 섞어놓은 것으로 보인다.《천재와 광기》는 거의 한 챕터 전체를 보르가르의 화려한 생애에 할애한다. "보르가르는 사람을 끌어당기는 성격을 갖고 있었고 술과 여인, 노래에 대한 욕구는 지식에 대한 욕구만큼이나 컸다." "어느 날 보르가르의 가까운 친구는 자신의 아내와 침대에 누운 보르가르를 발견하고는 분노에 눈이 먼 나머지 두 사람 모두의 목을 졸랐다." 그나저나 보르가르의 이름에 담겨 있는 말장난은(보르가르는Beauregard는 '아름다운 시선'이라는 뜻이다—옮긴이) 결코 우연이 아니다. 이 소설 속 사람들은 서로에게 곧잘 이런 식으로 이야기한다. "당신의 연구 결과는 정수론의 고원으로 가는 지름길입니다. 당신이 제시하는 전망은 숨 막힐 듯 아름다워요."

파파크리스토스는 이미 명성이 상당한 정수론 학자이고 뮌헨 대학의 석좌교수임에도 "수학에서 위대한, 거의 초월적인 성공을 이루고 싶었고 세계적인 유명세를 가져다줄 완전한 승리를 원했다…….그리고 이 승리는 온전히 자신만의 것으로 마무리되어야 했다." 지위가 다르고 성과도 다르지만 두 주인공은 거의 똑같이 (그리고 아주 장황하게) 동료와 자신을 비교하며 불안해하고 누군가 '내' 문제를 먼저 풀어버릴까 두려워한다. (심지어 페트로스는 스리니바사 라마누잔[14]이 폐결핵으로 요절하자 기뻐하는데 라마누잔의 "독특한 지성만이 자신의 상賞을 빼앗아갈 수 있는 유일한 힘"이라는 단순한 생각 때문이었다.) 두 주인공의 연구는 시간과 세월과의 초조한 싸움으로 묘사된다. 두 소설 모두 순수수학이 "젊은이의 게임"이며 중요한 수학자의 절대다수가 35세 이전에 최고의 업적을 달성한다는 점을 깊게 다룬다.[15] 그리고 두 주인공 모두 괜찮은 수학자지만 위

---

14 《골드바흐의 추측》의 여러 주변 등장인물과 마찬가지로 라마누잔은 실존하는 정수론 학자로서 하디가 발견하고 가르친 인도의 석학이다. 로버트 카니겔의 《수학이 나를 불렀다》는 《페르마의 마지막 정리》 이후 시장에 나온 또 하나의 수학자 일대기다.

15 사실 이 생각은 하디의 통찰력에서 나온 것으로 《어느 수학자의 변명》에는 이런 유명한 구절이 나온다. "수학은 다른 어떤 예술이나 과학보다도 '젊은이의 게임'이라는 사실을 어떤 수학자도 잊어서는 안 된다." 《골드바흐의 추측》의 화자는 출처도 밝히지 않고 이 부분을 거의 그대로 따 가지고 왔다. (78쪽: "알고 보면 수학은 젊은이의 게임이다. 인간의 노력이 들어가는 일들 중에서 이처럼 위대해지기 위해서 젊음이 필수적인 필요조건[sic]인 일들은 많지 않다.") 각주에서 말이 나온 김에 지적하자면 독시아디스의 소설은 하디의 《어느 수학자의 변명》이나 찰스 퍼시 스노의 명 서문에서 가져온 내용을 아주 살짝 손본 내용들로 가득하다. 두 소설을 대충 넘겨만 봐도 알 수 있다. 《골드바흐의 추측》에는 이런 내용이 나온다. "과학자들이, 아주 순수하기 그지

대한 불멸의 수학자가 되지 못하는 좌절감에 대해 골똘하게 분석하고 장황하게 설명한다. 리만이나 오일러, 푸앵카레의 천재성을 제대로 알 수 있을 만큼 대단하기는 해도 그들과 같은 수준에 오를 정도는 아니라는 데서 오는 좌절감이다. 《골드바흐의 추측》의 페트로스는 조카에게 이렇게 말한다.

하디와 리틀우드를 봐라. 둘 다 최정상급의 수학자란다. 두

없고 가장 추상적이고 위대한 수학자들이 오로지 인류의 이로움을 위한 진리의 추구를 동기로 삼는다고 주장하는 사람이 있다면 뭘 모르거나 뻔뻔한 거짓말을 하고 있는 것이다." 이것을 하디와 비교해보자. "수학자나 화학자, 심지어 생리학자가 나에게 연구의 추동력이 인류를 이롭게 하고자 하는 욕구였다고 말한다면 나는 믿지 않을 것이다." 하디는 이렇게 쓰기도 했다. "갈루아는 21세에, 아벨은 27세, 라마누잔은 33세, 리만은 40세에 죽었다." 《골드바흐의 추측》에서는 이런 내용이 나온다. "리만은 39세에 죽었고 닐스 헨리크 아벨은 27세, 에바리스트 갈루아는 겨우 스물에 비극적으로……" 찰스 퍼시 스노는 하디와 리틀우드의 협업을 "수학 역사상 가장 유명한 협업"이라고 적었고 독시아디스의 화자는 "수학 역사상 가장 잘 알려진 협력 관계"라고 했다. 《골드바흐의 추측》의 129~130쪽에서 독시아디스는 심지어 하디와 라마누잔이 임종 때 나눈 대화를 거의 토씨 하나 틀리지 않고 베낀 뒤 이런 각주를 달아놓았다. "하디 역시 《어느 수학자의 변명》에서 이 사건을 기록하고 있지만 우리 삼촌이 거기 있었다는 사실은 명시하지 않고 있다." 이것은 주제넘고 짜증스러울 뿐만 아니라 잘못된 정보다. 이 장면은 《어느 수학자의 변명》이 아닌 스노의 서문에 들어 있기 때문이다. 《골드바흐의 추측》이 하디에 의존하고 있다는 점이 얼마나 비난받아야 할 문제인지 판단하기는 쉽지 않다. 노골적인 표절 같지는 않은데 표절에는 몰래 한다는 의미가 내포되어 있기 때문이다. 반면 독시아디스는 소설 서두에 출처를 밝히고 하디의 글귀를 넣기까지 했다. 뿐만 아니라 상업 장르 픽션이 역사적으로 기존 문학 작품에 갇혀 있던 내용을 풀어놓는 역할을 해온 것도 사실이다. 그러나 이것이 《골드바흐의 추측》을 불편하게 만드는 큰 요인에 해당한다는 점은 분명하게 해두고 싶다.

사람 모두 명예의 전당에 들어갈 만한 사람들이다. 아주 큰 명예의 전당이기는 해도, 아무튼 그런 사람들도 웅장한 입구에 조각상으로 선 에우클레이데스, 아르키메데스, 뉴턴, 오일러, 가우스 옆에 설 수 없었다⋯⋯. 그것이 오로지 나의 야망이었고 골드바흐의 추측을 증명하지 않고는, 그리고 그 과정에서 더 깊은 소수의 신비를 알아내지 않고는, 거기 다다랐을 수 없었을 것이다Could possibly have lead me there.(sic)

한편《천재와 광기》의 아이작 스위프트는 학계의 먹이사슬 안에서 좀 더 낮은 곳에 있는 사람으로, 이런 식으로 쉬지 않고 구시렁댄다. "영원한 무명 시절로 가는 길이라고 할 수 있다. 절대로 인용되지 않고 학회에서는 언제나 뒤쪽 어딘가에 앉아 있게 된다. 그것도 학회에 갈 수 있는 자금을 모을 수 있을 때 해당되는 말이다."

흥미롭게도《천재와 광기》《골드바흐의 추측》두 소설 간의 가장 중요한 유사점은 앞서 말한 청중이라는 수사학적 문제와 관련되어 있는 반면, 가장 큰 차이점은 그 문제를 해결하려는 방식과 관련되어 있다. 기묘하게도 두 소설 중 더 나은 소설은 청중이 과연 누구인가 하는 문제에 대해 가장 혼란스러워하고 있으며 혼란을 야기하고 있는 소설이다.

네덜란드 소설《De wilde getalen》의 영어 번역서로 배경이 암스테르담에서 어느 이름 없는 미국 대학 도시로 옮겨진《천재와 광기》는 둘 중 더 나은 소설이 아니다. 제임스 서버의 '미티'나 킹슬리 에이미스의《럭키 짐》유의 덤벙이 코미디의 일종으로 설계되었다.

《천재와 광기》 도입부에서 아이작은 변변찮은 인물로 출간된 논문도 많지 않고 슈퍼스타인 동료 디미트리 아르카노프[16]를 위해 지루한 계산이나 "정교화" 작업을 하는 신세로 그려진다. 그리고 나이서른다섯에 이런 식으로 이야기하고 다닌다. "늙고 우울한 기분이었다. 내 나이에 꿈꿀 여지는 더 이상 없는 것 같았다. 모든 것은 성공과 실패의 잣대에 견주어졌다……. 나는 내가 모든 면에서 뒤떨어진 인간이라고 결론지었다." 그런데 우연히 '와일드 넘버' 연구를 시작하게 되면서 아이작의 미래가 바뀌게 되는데 영어 번역본에는 이렇게 표현되어 있다.

보르가르는 언뜻 보기에 간단한 숫자인데 자연수와의 [정수?] 연산에서 처음에는 분수가 되었다가 [유리수?] 연산이 여러 번 반복되면 궁극적인 결과가 다시 자연수가 되는 [뭐라고?] 숫자가 있다고 말했다. 그는 사실 신이 나서 이렇게 말했다. "모든 숫자에는 와일드 넘버가 있어서 충분히 찌르면 나오게 되어 있어." 0의 와일드 넘버는 11, 1은 67을 산출했고, 2는 2, 3은 갑자기 4769로 나타났으며, 4는 놀랍게도 다시 67을 산출했다.

밤새 머리가 지끈지끈하도록 이어진 깨달음의 과정 끝에 스위

---

16 아이작은 아르카노프를 위해 '칼리브레이터 집합'과 'K-환산가' 관련 작업을 하는데 이 둘은 모두 가상의 용어로 수학과 관련된 책의 내용 안에서는 중요한 역할을 하지만 정작 여기에 대한 정의나 설명은 주어지지 않는다.

프트는 와일드 넘버 문제의 묵은 해답을 찾았다고 생각하게 된다. 와일드 넘버 문제란 쌍둥이 소수 문제[17]와 같은 정수론의 수수께끼를 흉내 낸 가상의 문제다.

"와일드 넘버는 몇 개지? 한정적인 숫자가 자꾸 반복된다면 과연 몇 개일까? 아니면 무한대일까?"

와일드 넘버의 집합이 무한하다는 아이작의 증명은(16번 각주에 언급된 'K-환산가'와 '칼리브레이터 집합'뿐 아니라 '와일드하지 않은tame 넘버'와 '유사 와일드pseudo-wild 넘버' 개념도 어떤 식인지 몰라도 이 증명 과정에 포함된다) 처음에는 탄탄해 보인다. 아르카노프도 이를 확인해주고 칭송하며 권위 있는 학회지에 결과를 제출한다. 스위프트는 순식간에 수학계의 이목을 끌지만 여기서부터 줄거리가 기이하게 꼬이고 또 꼬이다가 마침내 증명이 유효하지 않음이 발견된다. (그러나 아이작은 역시 커리어가 끔찍하게 뒤집힌 한 날카로운 이혼녀와 이미 진정한 사랑을 이룬 뒤이므로 종국에는 다 괜찮아진다.)

《천재와 광기》의 가장 심각한 문제는 처음에는 이것이 예술적인 문제처럼 보이나 사실은 수사학적 문제라는 것이다. 이 책에 나오는 모든 수학적인 내용은 꾸며낸 것으로 이것 자체가 큰 문제는 아니다. 아이작 아시모프에서 래리 니븐에 이르기까지 위대한 공상과학소설에는 다 가상의 수학이나 첨단 기술이 가득 들어 있다. 문제는 이 소설 속에서 가상 수학이 극도로 중요한 역할을 하고 있

---

17 (여기서 쌍둥이 소수 문제가 무엇인지 잘 모르겠거나 비유가 와닿지 않는다면 그냥 넘어가도 서로 굳이 원망할 일은 없지 않을까 필자는 가정하고 있다.)

음에도 극도로 모호하고 반복적이며 맥락 없는 언어로 그려진다는 점이다. "유사 와일드 넘버로 무한한 일련의 집합을 만들어서 그 교집합에 오직 와일드 넘버만 들어 있도록 하는 것이 요령이었다." "적당한 칼리브레이터 집합의 도움을 받아 K-환산가를 규정할 수만 있다면!" 그러나 여기에 대해 어떤 정의도 내려지지 않고 겉핥기식 설명도 주어지지 않아서 책 속의 수학과 관련된 논의는 마치 형편없는 저예산 공상과학영화의 유사 전문 용어처럼 되어버렸다. ("대위, 서둘러 항원 나노모듈을 준비해서 즉시 안정화 플럭스를 가동하게!") 수학 연구라는 활동에 대한 묘사 또한 마찬가지로 모호하고 다소 진부하다. 아이작 스위프트는 아주 늦은 밤에만 몽롱한 상태에서 수염을 깎지 않은 채 피로에 절어 연구한다. "복잡한 추리가 내 머릿속에서 윙윙거리며 나를 제자리걸음 하게 만들었다"며 스위프트는 "소수의 사람만 이해할 수 있는 난해한 공식을 만지작거리는" 연구를 한다.[18]

---

18 복잡한 추리와 난해한 공식이 무엇인지 구체적으로 설명하는 대신 《천재와 광기》는 암벽 등반 비유를 이용해서 고등수학을 연구하는 기분을 설명하려고 한다. 사실 '이용'한다는 표현은 옳지 않다. 소설은 비유를 반복하는 것으로 모자라 채굴하고 고갈시키며 다시, 또다시 강조한다. "어디로 발걸음을 떼든, 얼마나 작은 발걸음이든 수학이라는 이 장엄하고 기괴한 지역에는 새로운 산봉우리와 예상치 못한 계곡이 나타났다." "나의 또 다른 부분이 서둘러 나를 앞서나갔다. 산길에 서서 숨을 고르며 다른 어떤 인간의 눈도 아직 담지 못한 땅 위로 태양이 떠오르는 모습을 지켜보았다." 이런 식의 비유는 처음에는 약간 거슬릴 뿐이다가 "등산을 마친 뒤 우리는 무거운 배낭을 던지듯 내려놓고 이마의 땀을 닦았다. 우리는 이제 함께 산길에 서서 수학적 풍경에 경탄했다"처럼 종국에는 다소 우스워지기까지 한다. "나는 매번 비틀거리며 베이스캠프로 돌아왔고 내 뒤로는 착오적인 개념들의 산사태가 따라왔다."

이 책의 본질적인 약점은 논외로 하고, 이 책에 나오는 피상적인 가짜 수학은《천재와 광기》가 고등수학적 배경이 적거나 없는 독자를 위한 책이라는 사실을 명시하고 있다. 뭔가 대단해 보이는 용어들이 가짜라는 사실을 모르거나 용어들이 서로, 그리고 다른 어떤 것과도 연결되지 않는다는 사실을 개의치 않는 청중을 대상으로 하고 있는 것이다. 이것도 그 자체로 문제가 되지는 않는다. 로버트 A. 하인라인의《낯선 땅 이방인》부터 제임스 엘로이의《LA 컨피덴셜》에 이르기까지 수많은 성공작들이 실은 무척 복잡하고, 본질적으로 인간에 대한 극문학이라고 말할 수 있지만 장르적인 형식과 질서를 발판으로 삼았다. 그러나 장르 소설인데 그 장르적 요소에 기술적인 깊이나 울림이 없다면 호소력을 얻기 위해서 좀 더 전통적인 기타 문학적인 특성, 즉 줄거리, 인물, 문체 등에 기대야 하는 것이 사실이다. 그리고 이것은《천재와 광기》의 경우 매우 실질적인 문제다. 종류를 막론하고 문학적 서사로서 비교가 불가능할 정도로 형편없고 인물은 기껏해야 이차원적이며(신경질적인 덤벙이, 상냥한 스승, 오만한 괴짜, 교활한 기자, 조금도 이해하지 못하는 약혼자) 줄거리는 기함할 정도로 개연성이 없다. (예를 들자면 아이작과 노벨상 수상자 아르카노프가 아이작의 증명에서 기초적이고 초보적인 논리상의 오류를 찾지 못한 상태에서 줄거리 대부분이 진행되고 마침내 오류가 드러나는 대목이 이 소설의 절정, 덤벙이의 얼굴에 파이가 날아와 꽂히는 듯한 클라이맥스라는 점이 그렇다.) 최악은, 적어도 가장 신경 쓰이는 점은, 저자의 영문 번역이 아무리 좋게 봐도 미숙하다고 말할 수밖에 없다는 사실인데[19]《천재와 광기》의 직역 산문체는 딱딱하고 투박하다. "나의 고립된 존재는 모든 측정 감각을 상실하게 만들고 있었다." "나의 직관의 작고 떨리는 불꽃이 어떻게 나의 의구심의 수많은 공격을 견뎌낼 수 있었는지는 여전히 나에게 수수께끼로 남아 있다." "그녀는 원피스의 지퍼를 내리고 섹시한 몸짓으로 몇 번 꼼지락거리더니 원피스가 어깨에서 흘러내리게 만들었다." 그게 아니라도 영어 공부를 하는 외국인 학생이 저지를 법한 문법적 실수를 연발한다. "그녀는 입술을 뿌루퉁했다pouted." "멀리서 텔레비전 탑television mast의 백색 불빛 세 개가 깜빡거렸다." "기계의 단점을 미리 감안하자면accommodate for 내 사고가 질식할 것 같아." "수학에 대한 애정을 되발견했어found back." 의도하지 않게 우스운 번역도 있다. "그녀의 혀가 내 입안 깊숙이 들어와 탐험하는 통에 수학적 사유의 여지가 적었다." 그냥 형편없는 번역도 있다. "그것들은 그의 존재의 영롱한 햇빛 아래 꽃처럼 열려 가장 깊숙한 곳의 비밀을 그에게 드러낼 수밖에 없었다." 독자는 '왜 창피함은 우리의 몫인가'라는 기분을 저자를 대신해 느끼게 된다.[20]

---

19 (스호흐트의 네덜란드어 원문은 물론 그 문체가 경이로울지도 모른다.)

20 《천재와 광기》의 미국 출판사 포월스에잇윈도스Four Walls Eight Windows, Inc. 역시 이 산문체에 대한 책임이 있다. 이중언어를 구사한다고 보기에는 부족한 필리베르트 스호흐트가 모국어를 영어로 번역하게 내버려두었으면 편집자는 '텔레비전 탑'이 아니라 '안테나aerial mast'나 '송신탑transmitter'이라고 고쳤어야 하며 '뿌루퉁하다to pout'는 자동사이며 '감안하다to accommodate'에는 전치사가 필요 없다는 것을 지적했어야 한다. 또한 '제길Shucks' '영락없는 도시 사람city slicker' '술과 여자와 노래' 등의 표현은 이제 관용구가 아닌 끔찍하게 상투적인 표현이며, 오늘날의 미국인은 공식 석상에서라

《골드바흐의 추측》역시 저자가 직접 번역했고[21] 문체가 종종 어색하고 딱딱한 게 사실이다. ("이 연례 모임이라는 관습은 할아버지에 의해 시작되었고 전통에 쩔쩔매는 우리 가문에서 위반할 수 없는 의무가 되었다." "그 후 며칠 동안 나는 평소 우편배달 시각에 집에 있고자 아픈 체했다." "나는 그와 동일한 배짱으로 만들어져 있지 않았다. 나는 이것을 어떤 의심의 여지도 없이 깨닫게 되었다." 등)[22] 그러나 이 책의 투박한 영어의 문제는 배경이 그리스를 포함한 유럽이라는 점, 그리고 대부분의 사건들이 1930년 이전에 벌어진다는 점 덕분에 어느 정도 가벼워진다. 이 소설의 액자식(혹은 '포개진') 구성은 빅토리아 시대 소설을 연상시킬 정도다. 중년의 화자는 어린 시절 두문불출하는 삼촌과 함께한 과거를 돌아보고 그 자신 역시 위대한 수학자였던 페트로스 삼촌의 생애를 "삼촌이 말한 대로" 일련의 회상을 통해 이야기한다. 복잡한 구조와 액자식 구성에도 이 소설을 이끌어가고 소설의 핵심을 이루는 것은 페트로스 파파크리스토스의 집착적이고 괴로운 연구 활동이다.

《골드바흐의 추측》은 덤벙이 코미디와는 정반대의 극단에 있다. 오히려 이카로스 신화와 괴테의 베르테르를 접목한 것에 가깝고 심각하기가 심장마비 수준이다.[23] 20세기로 넘어갈 무렵 그리스

도 인사할 때 허리를 굽히고 절을 하지 않는다는 사실을(정말 소설에 이렇게 썼다) 지적했어야 한다. 편집자는 어디서 뭘 한 것인가? 편집자는 있기나 했을까? 어떤 독자가 이런 책을 읽는다고 생각한 걸까?

21 (원제는 'O Theios Petros kai i Eikasia tou Golbach')

22 이 책의 편집자는 또 어디서 뭘 한 걸까?

에서 태어난 페트로스 파파크리스토스는 수학 신동으로 인정받고 유럽 건너편에 있는 베를린 대학으로 보내진다. 거기서 1916년 "특정 종류의 미분방정식에 대한 해법"을 제시하는 논문으로 박사 학위를 받는다. 젊은 페트로스 삼촌은 이 논문으로 일찍부터 명성을 얻는데 제1차 세계대전에서 조준 포격 시 적용할 수 있는 내용이었기 때문이다. 삼촌은 또 베를린 대학에서 첫사랑이자 유일한 연애 상대를 만난다. 상대는 젊은 독일어 과외 선생이었는데(마침 이름도 노골적인 이졸데) 페트로스 삼촌의 마음을 갖고 놀다가 프러시아 장교와 눈이 맞아 달아난다. 페트로스를 골드바흐 추측에 도전하게 만든 원초적인 동기가 바로 이 이졸데였다고 (움찔) 말하는 부분은 이 책의 아쉬운 부분에 해당한다.

> 페트로스는 이졸데의 마음을 돌리려면 어중간한 방법으로는 안 된다고 생각했다…… 경이로운 지적 성취를 이루어야 한다고, 위대한 수학자가 되지 않으면 안 된다고 생각했다. 위대한 수학자가 되려면? 간단하다. 위대한 수학 문제를 풀면 된다! 다음 면담에서 페트로스는 (베를린 대학 지도 교수에게) 단순한 지적 호기심을 가장하고 이렇게 물었다. "교수님, 수

---

23 (저자는 책의 주제에 대해서도 마찬가지로 심각한 태도를 취한다. 화자는 반복해서 어떤 비꼼도 없이 삼촌을 "이상적인 낭만주의 영웅Ideal Romantic Hero"[대문자 표기는 원문대로]으로 묘사하고 이런 말을 하기도 한다. "성경에 나오는 지식의 나무나 프로메테우스 신화를 생각해보라. 삼촌 같은 사람은 일반의 잣대를 넘어선 사람이다. 인간에게 필요한 것 이상의 것들에 눈뜬 사람은 그 휘브리스의 대가를 치러야 한다.")

학에서 가장 어려운 문제가 무엇입니까?"

이런저런 연유로 페트로스는 남은 연구 인생을 미해결 문제의 에베레스트 격인 골드바흐 추측에 헌신했다. 페트로스의 20년에 걸친 노력은 실패와 좌절로 마감되었지만 독일에 은거하는 와중에도 케임브리지와 빈에 장기간 머물면서 20세기 수학에서 가장 중요한 역사적 인물들과 만남을 갖는다. 마치 영화 〈포레스트 검프〉에 나올 법한 이런 장치는, 즉 실존했던 유명한 수학자들을 허구적 서사의 줄거리와 대화에 집어넣는 방식은 《골드바흐의 추측》의 대상 독자가 적어도 하디, 라마누잔, 괴델, 튜링이 누군지 알고 있을 정도로 고등수학 관련 지식을 가진 사람들임을 의미한다. 그러나 이런 유명 인사가 등장하는 장면 자체는 촌스럽고 다소 거슬린다. 《어느 수학자의 변명》독자들이 알고 있는 다층적이고 섬세한 하디는 독시아디스의 소설 속에서는 고작 퉁퉁 부은 늙은 구두쇠 정도로 다루어지며 "잊지 말게, 파파크리스토스, 이놈의 골칫덩이 추측은 어렵다니까!" 등의 시시한 말들을 내뱉는다.

'실존하는' 하디가 다루어지는 방식은 《골드바흐의 추측》고유의 수사학적 문제의 한 가지 사례로 적당하다. 고드프리 해럴드 하디가 누구인지 실제로 알고 있는 독자들은 이 책이 그를 묘사하는 방식을 가장 불쾌하게 여길 사람들이다.[24]

24 이 책 줄거리상의 첫 번째 고비는 훨씬 더 심각한 사례로, 여기에는 쿠르트 괴델이 등장한다. 앨런 튜링은(여기서는 천진한 학부생으로 나온다) 1933년 우연히 페트로스에게 괴델의 제1불완전성 원리를 소개한다. 그러자 페트로스는 골드바흐 추측이 불

독시아디스의 소설은 줄곧 이런 식의 논리적, 수사학적 문제에 부딪힌다. 장르 픽션이지만 대상이 되는 청중이 누구인지 불확실하

완전성 원리가 말하는 "형식적 증명이 불가능한" 명제에 속할까 두려워 황망해한다. 이것은 거의 불쾌할 정도로 개연성이 없고 단순한 전개다. 《사이언스》 독자라면 어느 정도 알고 있겠지만(9번 각주 참조) 괴델의 제1불완전성 원리는 공리계에서 완전성의 추상적 가능성과 관련이 있다. 그리고 이 정리가 형식적으로 증명 불가능하다고 도출한 명제는 모두 매우 특수한 자기-지시적 명제로 "나는 거짓말을 하고 있다"는 식의 역설의 수학적인 형태다. 제1불완전성 원리가 골드바흐 추측과 같은 실제 정수론의 문제에 적용될 수 있다는 생각 자체가 너무 허술하고 혼란스럽기에 페트로스 수준의 전문 수학자가 이를 갖고 고민한다는 내용 자체가 말이 안 된다. "괴델의 결론을 듣자마자 페트로스의 머릿속으로 뛰어든 유일한 한 가지 어지럽고 소름 돋는 생각이 있었다……. 불완전성 원리가 그의 문제에도 적용된다면? 골드바흐 추측의 증명이 불가능하다면?"
그런데 여기서 끝이 아니다. 페트로스는 서둘러 빈으로 가서 괴델을 불러냈다고 한다. "보통의 키에 깡마른 젊은이로 두꺼운 안경알 뒤로 근시의 작은 두 눈이 깜빡였다." 이어진 연속극 같은 대화에 독자는 관련된 모두를 대신해 창피함에 오그라든다.

> 페트로스는 나지막하지만 강렬한 목소리로 말했다.
> "나는 평생 골드바흐 추측을 증명하려고 애써왔어요. 그런데 이제 와서 증명이 불가능할 수도 있다는 겁니까?"
> 괴델의 창백한 얼굴에서 핏기가 싹 가셨다.[sic]
> "이론적으로는 그렇습니다."
> "이론은 집어치워!"
> 페트로스가 고함치자 카페 자허의 품위 있는 고객층[sic]이 두 사람을 향해 고개를 돌렸다.
> "확실하게 알려달란 말입니다. 내가 인생을 낭비하고 있다면 알 권리가 있지 않습니까!"
> 페트로스에게 팔을 단단히 붙잡힌 괴델은 고통에 얼굴이 찌그러졌다……. 괴델은 벌벌 떨며 더듬거렸다.
> "교수님, 기, 기분이 어, 어떠신지는 알겠습니다. 하지만 교, 교수님 질문에 대답할 수 있는 방법이 안타깝게도 지금으로는 없, 없습니다."

다는 점에서 오는 기이한 혼란이 커다란 약점이 된다.

스호흐트의《천재와 광기》와 마찬가지로 이 혼란은 책에서 순수수학이 묘사된 방식에서 가장 잘 드러난다. 그럼에도《골드바흐의 추측》의 수학은 백 퍼센트 사실이며 책의 인물과 주제와 밀접하게 연관되어 있다. 페트로스가 자신의 증명에 들인 힘겨운 노력은 화롯가에서 옛이야기를 들려주는 식으로 조카에게(어린 시절의 화자) 그리고 독자에게 전달된다. 조카의 수학적 지식은 이미 성인과 맞먹을 정도여서 페트로스는 이야기를 하다 말고 정수론의 역사에 대해 간략한 미니 강의를 집어넣곤 한다. 소수의 무한성에 대한 유클리드의 간접 증명에서 소수의 분포와 연속에 대한 페르마, 오일러, 가우스의 주요 정리, 골드바흐의 추측을 망라할 뿐만 아니라 '분할 이론(정수를 합으로 나타내는 다양한 방식)'을 이용한 페트로스 자신의 분석적 공격도 언급한다.

그러나 성인이 된 화자는(페트로스 삼촌의 과거를 서술하는) 보다 전문적인 수학적 배경을 갖고 있기 때문에 이야기는 점점 더 복잡해진다. 이제는 화자 자신이 카바피의 시구에서 리만 제타 함수에 이르기까지 다양한 여담을 덧붙이며 설명을 거든다. 문제는 어떤 것을 부연 설명하고 어떤 것을 설명하지 않아도 되는지에 대한 독시아디스의 결정이 때로는 기괴할 만큼 일관적이지 못하다는 점이다. 누가 청중인지 불명확하다는 분명한 신호다. 괴델이 자살한 방식이나 무의식에 대한 푸앵카레의 이론, 혹은 숫자 1,729의 신기한 속성에 대한 각주가 길고 관련성이 적다는 데서 끝날 문제가 아니다.[25]《골드바흐의 추측》의 화자는 때로는 '정수'(1, 2, 3, 4, 5 등과 같은 양의 자연수) 혹은 '소수'(2, 3, 5, 7, 11 등과 같이 1과 그 자신으로밖에 나누어지지 않는 정수)와 같은 기본적인 용어를 신중하게 정의하거나 독자를 무시하는 듯한 부연 설명을 덧붙인다. "수학책은 보통 소설처럼 침대나 욕조에서, 안락의자에 널브러져서, 혹은 변기에 앉아서 즐길 수 없다는 사실을 비전문가들을 위해 짚고 넘어가야 할 것이다." 수학을 모르는 독자들을 청중으로 설정하고 있다는 의미다. 그러는 한편 어려운 기술적인 용어도 남발한다. "$\log_e n$분의 n" "페아노-데데킨트의 공리 체계" "클레로 미분방정식" 그리고 "Ωn의 꼬임 부분군 순서와 애덤스 스펙트럼 열"(농담이 아니다) 등의 용어가 어떤 설명도 없이 나뒹구는데 이것은(특히 괴델, 리틀우드 등 실존 인물들의 등장과 더불어) 수학에 일가견이 있는 독자를 상정하는 듯하다.

만약 화자의 이상하고 초보적인 정의가 단순한 실수나 오류라고 가정하고 《골드바흐의 추측》의 실제 대상 청중이 고등수학적 배경이 탄탄한 독자들이라고 생각해도[26] 여전히 마찬가지로 이상한 모순이 남는다. 이 모순은 골드바흐 추측 그 자체의 논의와 20세

---

25 어떤 각주는 너무 이상하고 미국 독자에게 적절치 않아서 구체적인 사례를 소개하면 이렇다. 화자가 미국 대학에 입학하는 내용에 이런 각주가 붙어 있다. "미국 학제에 따르면 대학 1, 2년 동안은 학위 전공을 정하지 않아도 되며 정할 경우 3학년이 되기 전에 바꿀 수 있다." 이게 정확히 무슨 의미인지는 아무도 모른다.

26 주의할 것은 여기서부터 본문에 나올 내용은 수학적 배경이 아주 강력한 청중을 상정하고 있고 그런 배경이 없다면 무엇에 관한 내용인지 알 수 없는 데다 필자는 그걸 설명할 공간도 전문 지식도 없다는 점이다. 따라서 대상 청중에 속하지 않는다면 이 문단을 건너뛰어도 괜찮다.

기 초기 수학 역사에 대한 서술과 관련이 있다. 일단《골드바흐의 추측》은 오일러의 '강한 골드바흐 추측'(각주 7번 참조), 그리고 마찬가지로 유명한 '약한' 추측 간의 중요한 차이를 언급하지 않는다. '약한' 추측은 9보다 크거나 같은 모든 홀수가 세 개의 홀수 소수의 합이라고 말한다. 뿐만 아니라 페트로스의 노력과 제2차 세계대전 이전의 정수론에 대해 상세히 설명하면서도 1920년대와 30년대 진짜 수학자들이 골드바흐 추측의 다양한 형태와 그 연장선상에 있는 문제들을 공격하기 위해 사용한 오일러의 피phi 함수(일명 '토션트totient' 함수)나 '체sieve' 형식의 해법은 한 번도 언급하지 않는다. 라마누잔의 연구에 대한 페트로스의 불안감은 몇 페이지에 걸쳐 서술했지만(실제로 골드바흐의 추측에 대한 라마누잔의 연구는 미미했다) 당시 실제로 발표된 중요한 결과들에 대해서, 예를 들어 짝수의 합으로 나타낼 수 있는 최대 소수에 대한 레프 슈니렐만의 1931년 증명이나 거의 모든 짝수가 두 소수의 합이라는 테오도어 에스테르만의 1938년 증명[27] 등에 대해 어떠한 언급도 없다. 가장 기이한 점은 독시아디스의 화자가 대수학적 정수론과 해석학적 정수론의 차이를 논하는 데 많은 시간을 할애하면서도(뿐만 아니라

27 관심이 있는《사이언스》독자라면 윌리엄 던햄의《수학의 천재들》에서 슈니렐만의 증명에 대한 논의를 찾아볼 수 있을 것이다. 그러나 테오도어 에스테르만의 증명〈골드바흐의 추측에 대하여: 거의 모든 짝수를 두 소수의 합으로 나타낼 수 있다는 증명〉을 찾아보려면 램프가 달린 광부 헬멧을 쓰고 런던수학학회의 1938년도 학회지(《Proceedings of the London Mathematical Society Series》 vol.2 no.44)를 파헤쳐야 할 것이다.

가우스의 소수 정리에 대한 '점근적asymptotic' 가설, 1896년 해석학 도구를 이용해 소수 정리를 증명한 자크 아다마르와 샤를장 드 라 발레 푸생에 대해서도) 러시아 수학자 I. M. 비노그라도프에 대해서는 한 마디도 없다. 비노그라도프는 1937년 삼각함수 합의 어림값을 매우 정교하게 구할 수 있는 강력한 방법을 고안함으로써 해석학적 정수론에 혁명을 일으킨 사람으로 이 방법을 이용해 약한 골드바흐의 추측이 충분히 큰 수에 대해 참이라고 증명했다.[28] 역사적으로 보면 페트로스의 진정한 경쟁 상대, 그가 진정 두려워한 '독자적인 지성'은 비노그라도프여야 했을 것이다. 그리고 파파크리스토스를 절망에 빠지게 한 주체가 괴델이 아닌 비노그라도프의 정리였어야 개연성이 있었을 것이다.[29]

이런 식의 누락이 문제가 되는 이유는 독시아디스가 《골드바흐의 추측》을 실제 정수론과 실존했던 역사적 인물에 지나치게 의존하게 만들었기 때문이다. 그래서 《골드바흐의 추측》은 다시 한 번 제 도끼에 수사적인 발등을 찍히게 된다. 이 소설에 짜여 들어간 '진짜' 수학과 역사를 알아볼 정도로 배경 지식이 있는 청중이라면 골드바흐 추측의 연구에 정말 실제로 기울여졌던 과거의 상당한 연구 노력이 묘하게 생략되어 있음을 눈치챌 것이다. 여기서 모순처럼 보이는 기괴한 문제가(즉 이 소설을 즐기기 위한 필요조건이 소설

---

28 전문적인 수학자가 아니라면 이 증명(정수론에서는 '비노그라도프의 정리'로 알려져 있다. 그만큼 유명한 사람이다)에 대한 치사량 이하의 논의를 찾을 수 있는 가장 좋은 곳은 리처드 가이의 《정수론의 미제들Unsolved Problems in Number Theory》 섹션 C다.

29 독자의 배경과 관심사에 따라 건너뛰어도 되는 단락은 여기서 끝.

을 싫어하게 만들 충분조건이 되는 문제) 다시 등장한다. 이 문제로 인해, 누구를 위해 책을 쓰고 있는지 갈피를 잡지 못하는 이 저자의 책은 망할 지경에 처한다.

그러나 독시아디스의 소설과 이 소설이 가진 결함마저 스호흐 트의《천재와 광기》에 비해 훨씬 흥미롭다는 사실을 인정해야 마땅할 것이다. 또한《골드바흐의 추측》에는 꽤 감동적이고 상당히 아름다운 구절도 나온다.

> 독창적인 연구를 하는 수학자의 고독은 어디에도 비할 데가 없다. 그가 살고 있는 우주는 문자 그대로 대중에게, 그리고 주변 환경에 닫혀 있다. 가장 가까이 있는 사람들도 의미 있는 방식으로 그와 기쁨과 슬픔을 나눌 수가 없는데 그 내용을 이해하는 일이 불가능한 탓이다.

또한 이 책의 적어도 한 가지 소주제는 하디가 수학의 비극에 대해 했던 그 어떤 말도 능가하는 통찰력과 독창성을 보여준다. 바로 페트로스의 야망과 수학계 내 페트로스의 위치에 관한 내용이다. 그의 우화적 비교 대상은 이카로스가 아닌 미노스로 보인다. 포세이돈 신이 미노스를 왕좌에 앉히고자 파도 거품으로 빚은 희고 거대한 수소를 너무나도 간절히 가지고 싶었던 나머지 미노스는 소를 제물로 바치겠다는 약속을 깨고 수소를 차지한다.[30]

---

30 기억이 나는 독자도 있겠지만(오비디우스의《변신이야기》) 이 수소와 미노스의

독창적인 수학 연구가 '외로운' 것은 사실이다. 그러나 전문 수학자들이 공동체를 이루고 있다는 것도 사실이다. 페트로스가 간절히 원하는 '인기와 불후의 명성'은 그의 작업이 다른 수학자들에게 가지는 값어치에 전적으로 달려 있지만 페트로스는 이를 결코 인정하지 않으려 든다. 전문가 공동체의 역할은 거의 모든 분야의 과학 연구에서 매우 중요해서 대부분의 《사이언스》 독자는 루이스 하이드가 《재능 The Gift》에서 좀 더 대중적인 독자에게 전달하려고 했던 아래의 메시지에 동의하고 그 중요성을 인정할 것이다.

> 본질적으로 다른 사실들의 덩어리를 재조합해 일관된 전체를 구성하는 과제는 한 사람, 심지어 한 세대의 지적 능력을 벗어나는 일이다. 그런 모든 폭넓은 지적 과업은 학자들의 공동체를 필요로 한다. 이 공동체 안에서 개별적인 연구자는 동지들의 생각 속에 잠겨 일종의 '집단 지성'이 생겨나게 되고 이 지성은 한 개인의 능력을 벗어나는 인지적 과제들을

왕비 사이에서 미노타우로스가 태어난다. 기형적인 모습이 흉측하기 그지없는 이 괴물을 미노스는 특별한 미로에 가두고 인육을 주어 달래는데, 이는 곧 미노스의 왕권 중심에 있는 도덕적 부패를 상징한다. 조지프 캠벨이 묘사하는 바에 따르면 그 부패는 일종의 소외된 이기심이다.

수소를 포세이돈에게 반환하는 행위는, 맡은 역할의 기능에 대한 철저한 복종을 상징했다……. 그러나 제의를 거부하는 신성 모독 행위로 개인은 사회라는 거대한 조직으로부터 하나의 단위로 떨어져 나오게 되었다……. 그는 공공의 이익을 독차지하는 자다. 그는 '내 것'이라는 탐욕스러운 권리에 걸신들린 괴물이다."《천의 얼굴을 가진 영웅》, 조지프 캠벨 지음, 이윤기 옮김, 민음사, 2018)

수행할 수 있게 된다.

화자는 "페트로스 삼촌의 죄"가 "오만"이었고, 마비된 은둔 상
태로의 후퇴가 "일종의 탈진 상태" "과학 전투로 인한 피로증"이었
다고 거창하게 선언하고는 있지만 《골드바흐의 추측》에서 드러나
는 페트로스의 비극의 진정한 원인은 그가 점차적으로 전문가들의
공동체에서 자신을 소외시킨 데 있었다. 골드바흐의 추측을 해결
하고자 하는 야망이 탐욕으로 이어져 동료들을 처음에는 경쟁 상
대로, 이후 적으로 보게 만든 것이다. 소설의 중간 부분은 이 점진
적 변화를 세심하게 추적한다. 시작은 케임브리지 대학이다. 여기
서 페트로스는 하디와 리틀우드와 학문적으로 협력할 기회를 거절
하는데 "두 사람의 문제가 자신의 문제가 되고, 무엇보다 두 사람
의 명성이 단연코 자신의 명성을 가릴 것이" 겁났기 때문이다. 이
어서 홀로 골드바흐의 추측을 연구하기로 마음먹은 페트로스는 뮌
헨으로 떠난다. 거기서 수년 동안 두문불출하며 쉴 새 없이 일하는
동안 사생활은 비밀이 되고 다른 수학자들에 대한 페트로스의 두
려움과 의심은 "편집증적인 수준"에 달한다. 페트로스는 "자신의
도서관 대출 목록을 보고 동료들이 어떤 결론을 도출하는 것을 막
기 위해…… 정말 원하는 책을 대출할 때 불필요한 책을 서너 권
함께 대출하거나 원하는 논문이 실린 학술지를 대출할 때는 그 안
에 실린 다른 논문을 찾는 것처럼 요청을 넣었다." (라마누잔의 부
고를 듣고 페트로스가 "걷잡을 수 없는 희열"을 느꼈다는 대목도 참조
바란다.)

그러나 진정으로 미노스적인 위기는 소설의 중간쯤 페트로스가 골드바흐 추측의 해법을 찾는 과정에서 중요한 "중간 결과"를 달성한 시점에 온다. "깊이 있고 선구적인 정리로서…… 정수론의 새 지평을 여는" 이 중간 결과를 얻은 페트로스는 어떻게 할지 고민한다. 결과를 발표할지 말지 고민하는 페트로스의 내적 갈등이 (알고 보면 공동체 일원으로서 하이드와 미노스 중 누구처럼 행동할 것이냐 하는 문제) 아마도 이 소설 속 최고의 순간일 것이다.

결과를 발표하면 페트로스는 의심의 여지없이 수학 학계에서 인정을 받게 될 것이다. 미분방정식의 해법으로 얻은 명성과는 비교할 수 없을 것이며 아마 세계적인 정수론 학자들로 이루어진 소수 정예의 공동체 중에서도 최상위 수준으로 급부상할 것이다. 그 수준에 있는 스타급 학자라고 하면……. 연구 결과를 발표하면 다른 수학자들에게 그 [골드바흐] 문제로 가는 길을 열어주는 셈이기도 했다. 그들은 새로운 결과를 얻어내고 외연을 확장함으로써 아무리 훌륭할지라도 고립된 한 명의 연구자가 바랄 수조차 없는 성과를 쌓을 것이다. 그리고 그들의 성과는 다시 골드바흐 추측을 증명하려는 페트로스의 연구를 도울 것이다. 다시 말해서…… 연구를 도울 수많은 조교를 얻게 되는 셈이었다. 불행히도 이 동전에는 다른 면이 있었다. 페트로스가 고용하지도, 원하지도 않은 조교가 우연히 페트로스 자신의 정리를 적용하는 더 나은 방법을 발견한다고 가정한다면, 그래서 페트로스보다 먼저 골드바흐의 추측을 증명한다고 가정한다면…….

오래 고민할 필요 없었다. 이득에 비해 위험이 훨씬 더 컸다.

페트로스는 발표하지 않기로 결심했다.

이 시점에서 주사위는 내던져진다. 페트로스는 왕이 아니므로 "공공의 이익을 독차지"한 데 대한 불가피한 처벌을 받는 대상은 페트로스가 속한 집단이 아닌 페트로스 자신이다.[31] "페트로스가 발견"했지만 발표하지 않은 결과는 다른 수학자가 독립적으로 발견하게 되고 페트로스는 이런 사실을 몇 년이 흐른 뒤에야 알게 된다. 이 사실을 말해준 하디는 "페트로스가 이를 몰랐다는 사실에 놀라움을 표했다. 연구 결과가 발표되었을 때 정수론 학계가 술렁거렸고 발표한 젊은 연구자에게는 상당한 호평이 쏟아졌기 때문이다."[32]

《골드바흐의 추측》의 줄거리가 전개되면서 페트로스는 이런 식의 이솝 우화 같은, 뿌린 대로 거두는 식의 처벌을 반복해서 받게 된다. 자아가 거듭 심해지는 타격을 받을수록 페트로스의 소외감과 편집증은 증가하고 결국 일종의 학술적 유아론 속으로 깊이 빠

31　페트로스의 진정한 '죄'는 명백히 '오만'이 아닌 흔한 이기심, 바로 '욕심'이다. 《골드바흐의 추측》의 화자가 정말로 이를 깨닫지 못하는지, 아니면 이것이 화자의 어수룩함을 강조하려는 장치인지, 모든 것이 번역의 문제인지, 그것은 명확하지 않다.

32　독시아디스는 이 탄탄하고 명백한 아이러니를 청중이 이해하지 못할까 두려웠는지 하디로 하여금 페트로스에게 "앞으로는 동료 학자들과 좀 더 긴밀하게 교류하는 게 유익할 것이라고" 거만한 조언을 하게 한다.

져버린다. 그가 괴델의 제1불완전성 정리를 오해했을 가능성도 있지만 무엇보다 페트로스를 '실패'한 수학자, 그리고 인간으로 만든 것은 바로 이 유아론이다. 페트로스는 밀턴의 사탄과 흡사한 끝을 맞이하게 되는데 단지 외로운 상태가 아닌 절대 고독의 상태에 빠져 모든 창작자들이 잘 알고 또 두려워하는 과대망상적 자기 연민으로 스스로를 지탱하게 되는 것이다. "나 페트로스 파파크리스토스는 값어치 있는 어떤 것도 발표하지 못한 채 어떤 성과도 거두지 못한 사람으로 수학 역사에 기록되겠지, 아니 기록조차 안 되겠지. 그런데 말이다, 난 괜찮아. 후회 없어. 어중간한 명성에는 만족할 수 없었을 거야. 나는 겨우 각주에나 등장할 정도의 껍데기뿐인 불멸성보다는 차라리 완전한 무명성이 낫다!" 그 속에 숨겨진 수학적 미로는 혼란으로 가득하고 또 혼란을 낳고 있지만 액자 속 페트로스의 몰락 이야기는 일종의 괴물 같은 보석으로서 여러 다양한 배경과 취향을 가진 독자들이 그 면면에 비친 자신의 일부를 보게 될 것이다. 여기에 뚜렷하게 함축된 의미가 있다면 이것이다. 수학이 예술일 수 있다면 어쩌면 장르 문학도.

(2000년)

결정자가 된다는 것

:2007년 미국 최고 에세이 특별 보고서

Deciderization

: 2007 A Special Report

◎　《2007년 미국 최고 에세이》 선집의 객원 편집자로서 쓴 서문으로, 좋은 에세이란 무엇인지 묻는 데서 시작해 더 심오한 시대적 문제까지 건드린다. 산문집 《육체이면서도 그것만은 아닌》에 수록되었다.

이 글을 누군가가 서문으로 읽고 있을 가능성은 거의 없다고 생각한다. 내가 아는 사람들 대부분은 '미국 최고Best American' 시리즈의 문집들을 마치 휘틀러 샘플러 초콜릿처럼 생각한다. 이것저것 아무렇게나 골라서 맛을 본다. 보통 책을 읽을 때처럼 순서대로 읽어야 한다는 의무감이 없다. 다시 말해 독자는 더 큰 선택의 자유를 가지며 그것은 매우 미국적인 정신에 속한다. 우리같이 평범한 독자는 먼저 차례를 펼쳐 좋아하는 작가들의 이름을 확인한 다음 제일 먼저 그들의 글을 읽을 것이다. 그런 다음 제목, 혹은 표면상의 주제, 때로는 심지어 첫 문장만을 보고 읽고 싶은 글을 정할 것이다. 일종의 선별 과정이다. 객원 편집자의 서문은 읽지도 않겠지만 읽는다고 해도 맨 마지막일 것이다.

마지막이고 가장 덜 중요한 글이라는 사실에서 오는 자유로움도 있을 것이다. 책의 판매율이 타격을 입거나 에세이 독자층에게 겁을 줄 수 있다고 여겼다면 언급하지 않았을, 새로이 밝혀진 진실도 자유롭게 말할 수 있다. 진실은 이렇다.《2007년 미국 최고 에세이The Best American Essays 2007》앞표지에 있는 중요한 낱말의 거의 대부분은 모호하며 논의의 여지가 있고 불안정하고 솔직하지 못하다. 혹여 이 낱말들이 '참'으로 여겨지는 맥락이 있다면 그 맥락 역시 불안정하고 파악이나 이해가 어렵다. 일반적으로 이 같은 선집을 만드는 일에는 독자의 어느 정도 어수룩하고 고분고분한 태도가 필요한데 이것은 언뜻 미국적인 것의 정반대처럼 보일 수도 있다.

……이렇게 우악스럽게 비보를 전했으니 올해는 객원 편집자 서문부터 순서대로 읽어야겠다고 생각한 독자라면 이제 그 생각을 멈추고 이 선집의 첫 에세이 조 앤 비어드의 〈워너Werner〉로 넘어가기로 결심했을 것이다. 정말 잘한 결심이다. 비어드의 글은 의심의 여지없이 훌륭하기 때문이다. 정교하면서 우아하고 어떤 무자비한 동정으로 충만하다. 이 글은 서사적 에세이라는 하위 장르에 속할 테지만 사실 이 글이 단편소설로 분류되었다고 해도, 그러니까 에세이가 아닌 허구라고 해도 나는 이 글을 덜 즐기거나 다르게 즐기지 않았을 것이다.

표지 내용의 진릿값을 결정하는 구성 요소 중 하나는 이 객원 편집자가 에세이가 무엇인지조차 확실하게 모르고 있다는 사실이다. 물론 이것은 놀랄 일이 아니다. 대부분의 문학 독자들이 '에세이'의 의미에 대해 취하는 태도는 미국 대법원 판사 포터 스튜어트가 '외설'에 대해 취한 유명한 입장과 크게 다르지 않다.(포터 스튜어트는 1964년 미국 대법원 판사 시절 음란물을 판단하는 기준에 대해 "보면 알 수 있다I know it when I see it"라고 말해 화제가 되었다.—옮긴이) '에세이'라는 용어를 실제로 정의하는 일이 얼마나 종잡을 수 없고 복잡한 일인지와 별개로 에세이를 보면 그것이 에세이인지 아닌지 알 수 있고 그걸로 충분하다는 것이다. 그렇지만 확실한 직감이 여기서도 과연 충분할지 잘 모르겠다. 개인적으로는 '논픽션 문학'이라는 말이 더 좋은 것 같다. 〈워너〉나 대니얼 오로즈코의 〈지진Shakers〉은 에세이가 처음 집대성될 무렵 몽테뉴나 체스터턴이 쓰던 글들에서 매우 멀리 떨어져 있어서 이런 글들을 에세이라고 부르면 이 용어가 너무 광범위해져 어떤 의미를 가지기가 힘들다. 그럼에도 비어드와 오로즈코의 글은 매우 인상적이고 생생하고 뛰어나서 그 특색은 객원 편집자의 눈길을 확 잡아끈다. 복사지에 인쇄된 글 열두 편을 한 줄로 펼쳐놓고 그 뒤에 또 열두 편을 한 줄로 펼쳐놓은 채 읽어나가고 있음에도 그러하다. 온갖 것들—추억과 서핑, 에스페란토어에서부터 유년 시절, 필멸성, 위키피디아에 이르기까지, 그리고 우울증, 번역, 공허함, 제임스 브라운, 모차르트, 감옥, 포커, 나무, 무오르가슴, 색깔, 노숙 생활, 스토킹, 펠라치오, 고사리, 아버지, 할머니, 매사냥, 슬픔, 코미디 영화 등—을 주제로 하고 있는 이 많은 에세이들을 속도감 있게 소화하다 보면 모든 것이 질 높은 묘사와 통렬한 반성의 획일적인 덩어리로 뭉쳐 엇비슷해지면서 얼얼함과 도취감을 주는데, 이러한 '완전 소음Total Noise'은 미국 문화의 소리이기도 하다. 다량의 정보, 해석, 서사, 맥락으로 이루어진 이런 문화를 이해하거나 어떤 특색이나 가치에 따라 분류하기는커녕 그것을 흡수하기조차 어려운 건 나만은 아닐 것이다. 그런 기초적인 흡수, 정리, 분류는 학식 있는 성인, 즉 교양 있는 시민에게 한때 요구되는 능력이었다. 적어도 나는 그렇게 배웠다. 그러나 이제 그 요구사항이 달라진 것 같다고만 해두자.

앞서 언급한 비보에 필연적으로 뒤따르는 사실은 내가 픽션과 논픽션의 차이에 대해서조차 그다지 자신 있게 말할 수 없으며 상관하지 않는다는 것이다. 여기서 '차이'는 형식상의, 혹은 개념상의 차이를 말하며 '나'는 독자로서의 나를 의미한다.[1] 작가로서 내가 알고 있으며 관심을 가지는 장르 간의 차이는 마침 존재한다. 그러나 픽션과 논픽션을 둘 다 쓰려고 시도하지 않는 사람들에게 그 차이를 설명하기는 힘이 든다. 설명하자면 촌스럽고 감상적으로 들릴까 우려된다. 하지만 그러지 않을 수도 있다. 독자 자신의 삶의 풍부한 주변 소음에 따라 주된 차이점은 이해할 수 있을지도 모른

---

1 여기 필연적으로 뒤따르는 추가적인 사실은 다음과 같다. 호튼 미플린 출판사와 '미국 최고' 시리즈는 객원 편집자로 전문적으로 글을 쓰는 작가를 선택하곤 한다. 이 업계에는 편집자, 비평가, 학자 등 전문적으로 글을 읽는 매우 숙련된 독자들이 많다. 그리고 객원 편집자의 일은 95퍼센트 독자가 되는 것이다. 그렇다면 이 시리즈에서 작가를 선호하는 이유는 다음 두 가지 중 하나, 혹은 둘 다일 것이다. (1) 좋은 작가는 그 사실 자체로 좋은 독자라는 믿음이다. 이것은 대부분의 추천사와 예술학 석사 과정의 바탕이 되는 추론으로 논리적으로 타당하지 않으며 경험적으로 거짓이다. (내 말을 믿어도 좋다.) 아니면 (2) 이 시리즈에서 선택하는 작가는 비교적 인지도가 높고 출판사에서는 이것이 폭넓은 관심과 높은 판매량으로 이어지리라고 생각한다는 사실이다. (2)는 마케팅과 수익과 관련된 전제로서 (1)과 달리 확실한 데이터와 고민이 뒷받침하고 있을 것이다.

다. 글을 쓸 때 픽션은 더 겁이 나지만 논픽션은 더 어렵다. 논픽션은 현실에 기반하고 있고 오늘날 느껴지는 현실은 압도적으로, 회로가 터질 정도로 거대하고 복잡하기 때문이다. 반면 픽션은 무無에서 나온다. 그런데, 말하자면, 사실 두 장르 모두 겁이 난다. 둘 다 심연 위에 걸친 줄을 타는 느낌이다. 그런데 그 심연이 다르다. 픽션의 심연은 침묵, 허무다. 반면 논픽션의 심연은 '완전 소음', 즉 모든 개별 사물과 경험의 들끓는 잡음, 그리고 무엇을 선택적으로 돌보고 표현하고 연결할지 어떻게, 왜 할지 등에 대한 무한한 선택의 완전한 자유다.

표지에 나오는 '편집자'라는 낱말에는 좀 더 실질적인 문제가 있다. 이런 편집자 서문이 상자 속에 든 초콜릿 중에 가장 외면받는 진짜 이유도 여기에 있을 것이다. 《2007년 미국 최고 에세이》에 실린 글은 작가 이름에 따라 알파벳 순으로 배열되었고 모두 다른 잡지나 문예지에 실렸던 글을 재수록한 것이다. 편집 교정을(가벼운 정도의) 거쳤다면 호튼 미플린Houghton Mifflin 출판사에서 한 것이다. 그래서 표지에 편집자라고 쓰여 있기는 해도 나는 어떤 편집도 하지 않는다. 나의 진짜 역할은 하나의 수식어로 가장 잘 설명할 수 있다. 이 수식어는 '영예로운 평화' '이란 콘트라' '플로리다 재검표' '충격과 공포' 등의 말이 암울하지만 효율적으로 한 해를 구성하고 상기시키듯이 훗날 2006년을 요약할 수 있을지 모른다. 현 편집자의 역할은 사실 '결정자Decider'다.

'미국 최고' 선집의 '결정자'가 된다는 것은 부분적으로는 영예로운 일이고 부분적으로는 봉사service인데, 여기서 봉사는 '공공에 봉사'한다는 의미가 아니라 '서비스 업계'라고 할 때의 서비스를 의미한다. 다시 말해서 어느 정도의 보수와 무형 자산의 대가로 나는 평가용 거름망 역할을 맡는다. 굉장히 폭넓은 가능성들을 추려 독자를 가장 기쁘게 할 만한 적당하고 흡수 가능한 상태로 만든다. 이런 종류의 '결정자하기Decidering'[2]가 필요한 데는 온갖 다양한 이유가[3] 있다. 그러나 포괄적으로 봤을 때 이것이 필요한 이유는 우리 일반 시민과 소비자가 전문가가 제공하는 거르기/추리기 서비스에 점점 더, 점점 다양한 방식으로 의지하고 있기 때문이다. 접할 수 있는 정보와 상품, 예술 작품, 견해, 선택이, 그리고 거기서 나오는 까다로운 문제와 파급 효과가 대략 무어의 법칙에 따라 증가하고 있기 때문이다.

한편 더 당연하고 직접적인 이유도 있다. 혼자 힘으로 모은 재산이 있고 늘 집에 틀어박혀 있는 독자가 아니라면 2006년 논픽션 문학을 펴낸 수백 종의 미국 내 정기간행물을 다 읽을 수는 없다. 따라서 이 일을 하청을 주어야 한다. 나에게 직접적으로 주는 것은 아니고 신뢰하는(어떤 이유에서든) 출판사에 주는 것이다. 그러면 출판사는 제정신이고 변덕을 부리지 않으며 너무 노골적인 '편파성' 없이 '결정자할', 신뢰하는(사실 독자가 신뢰할 것이라고 여겨지

2 (어원을 고려해서 만들어낸 말이다.)
3 가령, 정보이론의 관점에서 '결정자'가 하는 노동의 대부분은 후보작을 최종 수상작 목록에서 제외시키는 일이다. 그러므로 '결정자'는 '맥스웰의 악마' 혹은 기타 엔트로피를 감소시키는 정보 처리 장치와 똑같은 역할을 한다. 그런 처리 과정에서 가장 돈과 에너지가 많이 드는 일이 삭제/폐기/초기화이기 때문이다.

는[어떤 이유에서든]) 누군가에게 재하청을 준다.

'편파성'은 물론 처음부터 언급하기에는 너무 부담스러울 수 있는 용어다. 호튼 미플린 출판사는 아마도 주춤할 것이며 아무리 안심시키려는 맥락이라도 이 용어가 객원 편집자 서문에 언급되지 않는 편을 선호할 것이다. 안심시키고자 이런 식의 수사법을 시도하는 것은 시도 자체를 무효로 만들 수 있다. (말하자면 베이비시터 일을 구하기 위해 개인 구직 광고를 내면서 하단에 '걱정할 거 없음! 소아성애자 아님!'이라고 넣는 것이다.) '편파성'이 현재 미국 문화에서 너무 부담스럽고 위험한 이유는, 그리고 문화적인 논쟁에서 그토록 자주 언급되고 유력한 이유는, 우리가 어쩔 수 없이 다른 '결정자'들에게 얼마나 많이 하청을 주고 외주를 주고 그들에게 복종하고 있는지 이제야 조금씩 깨달아가고 있기 때문이다. 이것은(이런 깨달음의 시작은) 스스로를 지적으로 자주적인 행위자로 여기는 우리의 인식을 위협한다. 그럼에도 이런 외주와 복종의 뚜렷한 대안은 없다. 이제 얼마나 날카롭고 세련된 안목으로 '결정자'를 선택하고 복종하느냐는 것이 교양 있는 성인을 가늠하는 진정한 잣대일지 모른다. 나는 좀 더 전통적이고 계몽주의 시대의 기준을 갖도록 교육을 받았기 때문에 이런 가능성은 소비자 지상주의적이며 공포스럽다. 그러나 앞서 반박했다시피 대안은 실로 참담하다.

복종이라고 하니 말인데 두 문단 위에서 지나치게 단순하게 이야기된 부분이 있다. 현 객원 편집자는 하청에 하청을 받은 주계약자도 아니다. 정보를 처리하고 엔트로피를 감소시키는 진짜 결정자는 미국 최고 에세이 시리즈의 편집자 로버트 애트완 씨다. 이렇게 이해하면 된다. 나의 일은 시리즈 편집자가 보내주는 대략 100편의 후보작 중에서 스무 편 남짓의 이른바 '최고'를 선정하는 것이다.[4] 그러나 애트완 씨는 2006년 논픽션 문학의 거대한 웅덩이에서, 즉 수백 종의 정기간행물의 모든 호, 그리고 미국 전역에 펼쳐져 있는 신뢰하는 지인 네트워크의 추천작 중에서 이 결선작을 고른 것이므로 독자와 내가 할 수 없는, 전업으로 하는 읽기와 고르기는 실상 애트완 씨의 몫이다. 그리고 애트완 씨는 1986년부터 이 일을 해왔다. 나는, 아마도 대부분의 '미국 최고 에세이' 팬과 마찬가지로 애트완 씨를 한 번도 만나보지는 못했지만 지금 그 모습을 떠올려보면 눈과 뇌의 조합, 그리고 그 조합을 지탱하기 위한 퇴화한 기관들 이상으로는 잘 상상되지 않는다. 키는 약 172센티미터에

4 100편의 후보작에 들어가지 않은 에세이를 위해 로비할 기회도 주어졌으나 그런 외부 에세이는 단 한 편만 선집에 들어갔다. 내가 추천한 다른 두 편은 애트완 씨가 퇴짜를 놓았다. 아니, 퇴짜 놓았다기보다는 선택하지 말 것을 권장한 것인데 설득력 있는 이유에서였다. 그렇지만 대체로 누가 진정한 힘을 가지고 있는지는 명백하다. 내가 아무리 조종사복을 입고 고간 주머니를 차고 돌아다니며 나를 2007년 미국 최고 에세이의 결정자라고 칭한들 나의 선택을 받게 되는 후보작들의 범위를 한정 짓는 사람은 애트완 씨라는 사실을 나도 알고 있었다. 같은 맥락에서 많은 미국인들 또한 걱정한다. 우리가 경험하고 선택을 내린다고 여기는 현실이 실은 그림자 같은 존재와 세력들에 의해 기선택된, 현실의 작고 편향된 일부분일 수 있다고 우려하는 것이다. 그 존재와 세력은 좌측으로 기울어진 미디어일 수도 있고 대기업의 음모, 허위 정보를 흘리는 정부 관료자, 우리 자신의 무의식적인 편견일 수도 있다. 적어도 애트완 씨는 사전 선정 과정에 대해서 솔직했고 공정하고 균형 있어 보였으며, 물론 '결정자하기' 전선에서 수년의 경험을 쌓은 바 있었다. 나는 길고 긴 선정 과정 동안 대체로 애트완 씨와 그의 판단력을 점점 신뢰하게 되었고 그가 보내온 선정작 중 도대체 뭘 보고, 무슨 생각으로 뽑은 건지 모르겠다고 느낀 것은 아마 약 10퍼센트에 불과했다.

몸무게는 45킬로그램으로 모든 시간을 일종의 최첨단 의료 의자에 앉아 있을 것 같다. 의자에는 욕창을 방지하기 위해 자동으로 다양한 각도로 기우는 짐벌 장치가 있고 영양분과 배설물은 관을 통해 이동하며 주변으로는 전파장 조명과 잡지, 문예지 더미가 둘러싸고 있고 혹시 의자에서 떨어지거나 하는 등의 사고에 대비해 팔에는 특별한 응급 호출기가 찍찍이로 부착되어 있을 것 같다.

애트완 씨가 이런 수상작 모음집에 대해 막후에서 행사하는 말 없는 힘이 상당하므로 어떤 기준으로 선정해서 전송하는지 궁금할 수 있다.[5] 그러나 그는 너무 노련하고 빈틈이 없어서 이런 질문을 부추기지 않는다. 그의 2007년판 머리말이 근래의 것들과 비슷하다면 그는 자신이 찾는 에세이에 대해 아주 개괄적으로 "기술에 대한 자각, 사유의 힘을 보여주는 문학적 성취를 담은 에세이"라고 설명할 것이다. 합리적인 동시에 모호하고 충분히 무미건조한 기준을 내세움으로써 우리가 그 진정한 의미에 대해 멈추어 생각하거나 애트완 씨가 '성취'와 '자각', '힘'을(뿐만 아니라 '문학'을) 판단하기 위해 어떤 기준을 사용하는지 묻지 않게 한다. 현명하게 피해가는 것이다. 구체적인 질문은 구체적인 답을 요구하고 그러면 더 많은 질문이 발생하는 등 끝이 없기 때문이다. 그리고 이 과정이 지속되도록 충분히 내버려둔다면 어떤 '결정자'든 (1) 오만하고 독단적으로 보이거나("내가 문학이라고 하니까 문학입니다") (2) 나약

---

5 논픽션 업계에서는 이 지점을 전환이라고 부르는 것으로 알고 있다. 우리는 이제 주저하며 "최고"라는 낱말을 건드리기 시작했다. 이는 표지의 낱말 가운데 가장 명백하게 위험하고 편파성에 노출되기 쉽다.

하고 횡설수설하는 것처럼(온갖 짤막한 정의와 예외 조항, 필요조건, 외관상의 입장 번복을 끝없이 나열하며 몸부림치는 듯) 보일 것이다. 정말이다. 로버트 애트완이든 데이비드 포스터 윌리스든 어떤 기준이나 이유를 내놓으라고 압박하면, 그리고 그 의미가 무엇이며 어디서 나오는지 묻는다면 마비로 인한 침묵이 돌아오든가 모든 인지된 사실과 가치를 마지막 하나까지 설명하려고 참담한 헛소리를 마치 리전처럼(다중인격장애가 있는 마블 코믹스 캐릭터—옮긴이) 지껄이게 될 것이다. 애트완 씨는 사태가 이렇게 되도록 내버려둘 수 없다. '미국 최고 에세이'의 정규 직원이기 때문이다.

반면 나는 계약 기간이 분명히 정해져 있다. 이 일을 마치면 평범한 일반인이나 '미국 최고 에세이' 독자로(서문을 제외한) 영원히 되돌아간다. 따라서 나는 내가 '결정자하는' 기준을 적어도 부분적으로는 투명하게 공개해도 될 것이라는 기분이 든다. 그 기준의 일부는 당연히—우리 모두 성인이니 인정할 것은 인정하자—주관적이며 그러므로 어떤 면에서 편파적[6]이다. 게다가 나는 가상의 문답문 과정에서 언제든 멈추어 서는데 정서적으로든 정치적으로든 어떤 거리낌도 없다. 나는 어깨를 으쓱하며, 트집을 잡는 이유는 알겠지만 올해에는 어떤 이유에서든(여기에는 신의 뜻도 포함될지 누가

---

6 이 단어에 대한 반사적이고 부정적인 반응에 일부 독자들도 나처럼 피로를 느끼고 있지 않은지? 이 단어의 중립적인 의미, 즉 '한쪽을 선호하는, 한쪽으로 치우치는 성질'이라는 의미를 마술처럼 '편견에서 나오는 불공정성'이라는 비하적인 의미로 축소해버리는 것이 지긋지긋하지 않은지? '차별'이라는 말도 마찬가지다. 처음에는 좋고 가치 있는 말이었지만 이제는 누구나 이 말을 들으면 제정신을 잃는 것 같다.

알겠는가?) '결정자'가 나이므로 무엇이 최고인지, 적어도 애트완 씨가 한정한 결선작 104편의 범위 안에서 내가 정의하고 결정할 것 이라고, 그게 싫다면 중이 떠나라고 말할 것이다.

나의 결정자하기 역할이 반엔트로피적이고 대체로 제외하는 역할이라는 사실 때문에 일단 어떤 에세이가 다른 에세이보다 제 외시키기 더 쉬웠는지부터 설명해야 할 것이다. 솔직하면서도 최 대한 눈치를 발휘하며 설명해보겠다. 일단 회고록이 있다. 몇 가지 중요한 예외는 있지만 나는 해제반응을 일으키거나 참회의 고백이 담긴 회고록을 별로 좋아하지 않는다. 그 이유는 어떻게 설명해야 할지 모르겠다. 고백적인 회고록의 높은 인기가 오늘날 미국 문화 속 특히 변태적이고 나르시시즘적/관음증적인 어떤 것의 증상이라 고 주장할 수 있는 탄탄하고 진지한 근거가 아마 있을 것이다. 나르 시시즘과 관음증 사이 매개하는 정신 속에 깊은 연결 고리가 있다 고 주장할 수 있을 것이다. 하지만 그래서 회고록을 좋아하지 않는 것은 아니다. 진짜 이유는 단지 믿을 수가 없기 때문이다. 회고록/ 고백을 믿을 수가 없다. 그 속에 든 사실을 믿지 못한다기보다는 그 의도를 신뢰할 수가 없다. 요즘 시대의 회고록을 읽고 내가 받는 느 낌은 그 회고록에 작가조차 의식하지 못하고 인정하지 않는 목적 이 있다는 것이다. 그 목적이란 작가가 자신을 무한히 매혹적이며 중요하다고 느끼는 만큼 독자도 그렇게 느끼게 하는 것이다. 작가 들의 의도와는 다르겠지만 나는 회고록 대부분이 그래서 처량해 보인다. 물론 올해의 미국 최고 에세이에도 회고록 비슷한 작품들 이 있다. 그러나 이 작품들은 머리털이 곤두설 만큼 특이한 상황에 대한 글이거나 고백을 훨씬 더 크고 더 풍부한(내가 더 풍부하다고 느끼는) 구도 혹은 이야기의 일부로 사용하고 있다.

또 하나의 편견을 인정하자면 유명인의 인물 소개는 안 된다. 내가 서른다섯 살쯤 되었을 때 이미 개인적인 정량이 초과되었다. 이제는 대부분의 유명인에 대해 지금 알고 있는 것보다 더 적게 알고 싶다.

이 밖에 유일하게 내가 자각하고 있는 나만의 편파성은 아마도 임상 의사가 투영 혹은 전이라고 진단하기 쉬운 무엇일 것이다. 명확하고 간결하고 때로는 설득력까지 있는 글을 쓸 때 몹시 힘이 든다고 느끼는 사람으로서 나는 학문적 글에 대한 알레르기가 있다. 학문적 글의 대부분은 내게 의도적으로 불투명하고 거만하게 느껴진다. 물론 눈에 띄는 예외는 있다. 그리고 '학문적 글'이라고 할 때 나는 고립된 공간 속 특정한 방언과 어법을 말하는 것이지 대학에서 가르치는 사람이 쓴 글이 다 여기 해당하는 것은 아니다.[7]

---

7 예를 들어 로저 스크루턴은 학자이고 그가 쓴 〈육식주의자의 신조A Carnivore's Credo〉는 투명하고 요점만 압축해서 전달하는 글의 전형으로서 실은 바로 이것이 스크루턴의 주장이 귀중하고 선정작이 되어야 마땅한 이유 가운데 하나다. 물론 일부 주장은 이상하거나 아주 틀렸다. (가령, 인도적이고 목가적인 '전통 축산업'이 이 나라에서 과연 얼마나 남아 있다고 생각하는 것인가?) 한편, 윤리 및 정치적인 관점에서 스펙트럼의 정반대편에는 피터 싱어의 〈억만장자는 무엇을 내놓아야 하는가What Should a Billionaire Give?〉가 있다. 이 글은 순문학이라고 할 수는 없지만 학술적으로 화려한 문체는 분명히 아님에도 특색이 있고 인상적이며 제외시킬 수 없는 글이었다. 의심과 비판을 불러일으킨다는 사실에도 불구하고 좋은 글이라는 말이 아니라 의심과 비판을 불러일으키기 때문에 좋은 글이다. 이 글을 이미 읽었다고 가정해도 좋을지? 읽지 않았다면 본문으로 돌아가길 바란다. 하지만 읽었다면, 싱어의 요약이나 책임 공식이 좀 비현실적

이 편파성의 이면에는 명확성, 정확성, 단순성, 명쾌함, 그리고 가치를 떨어뜨리기보다 풍성하게 하는 마법적인 압축을 중요하게 여기고 동경하는 독자로서 나의 경향이 있다. 이런 식으로 글을, 특히 논픽션을 쓸 수 있는 능력이 있는 사람을 보면 나는 부러움과 경외심으로 가득 찬다. 2007년 미국 최고 에세이 선정작의 상당수가

으로 단순하다는 생각이 들지 않는지? 임금이 최고 10퍼센트에 들어가는 미국인이 이미 수입의 10퍼센트를 유엔형 자선 단체가 아닌 다양한 집단에 기부하고 있다면? 싱어는 그의 도덕적 의무가 줄어든다고 할 것인가? 줄어들어야 할까? 어떤 자선 단체나 기부 형식이 가장 효율적이거나 가장 도덕적 가치가 높거나 혹은 둘 다일까? 그리고 이를 어떤 방식으로 판단할 수 있을까? 연간 수입이 13만 2,000달러인 9인 가족이 연간 13만 2,000달러를 버는 무자녀 미혼 남성과 동일하게 10퍼센트의 도덕적 의무를 져야 할까? 혹은 수입이 연간 13만 2,000달러지만 한 가족 구성원이 암을 앓고 있고 보험 회사에 지불할 자기 부담액이 20퍼센트라면? 의료 비용으로 4만 달러를 소비하고 난 뒤 10퍼센트를 토해내지 못하는 것이 과연 물에 빠져 허우적거리는 아이의 생명보다 새 구두를 아끼는 행위와 도덕적으로 동등할까? 물에 빠져 허우적거리는 아이(들)의 비유가 너무 단순하거나, 적어도 어떤 경우에는 너무 단순한 것은 아닐까? 아니면 나 자신의 경우가, 제시된 비유나 기부 공식이 너무 단순하거나 융통성이 없어서 해당되지 않는 경우에 속하는 것일까? 이런 의심을 가져도 되는 걸까? 아니면 나 또한 수많은 사람들과 마찬가지로(싱어의 주장에 따르면) 단지 불편함과 의무감에서 벗어나고자 하는 마음을 정당화하려는 것일까? 의심은 이런 식으로 이어진다……. 아무튼 독자가 이 모든 것에 대해서 무척 골똘히 생각하게 된다는 사실이 중요하다. 문제가 대중적이고 공식이 몹시(논의의 여지가 있지만) 투박하고 거칠다는 바로 그 이유 때문에 싱어의 에세이가 뛰어나며 가치가 높다고 생각하는 '결정자'의 마음이 이해가 되는가? 아니면 에세이의 문학적 진가를 결정자하기 위한 기준으로서 이런 식의 '가치'를 따지는 일이 너무 바보 같고 정치적 올바름에 치중하는 잣대라고 여겨지는지? 문학의 예술성과 도덕적 가치는 정확히 어떻게 연결되어 있는지? 어떻게 연결되어 있어야 할지 결정할 때 어떤 도덕적 가치가 사용되어야 하는지? 요즘 시대에도 톨스토이의 《예술이란 무엇인가》를 읽는 사람이 있는지?

용법과 구문의 측면에서 짧고 간결하며 격식에 얽매임이 없는 작품인 것은 이런 이유에서다. 장르에 대해 논하기를 좋아하는 독자라면 올해의 최고 에세이 중 일부는 에세이라기보다는 코즈리cause-rie(형식에서 자유로운 짤막한 에세이—옮긴이) 혹은 프로포propos(이야기, 발언—옮긴이)라고 불러야 마땅하다는 소식을 반길 수도 있다. 그러나 근본적으로 짤막한 이런 촌철살인의 글들이 '에세이'라는 말의 본래 의미에 더 가깝다고 볼 수도 있다. 개인적으로 나는 이런 분류와 관련된 논쟁이 지루하고 무의미하다고 생각한다. 중요한 것은 수상집에 포함된 짧은 에세이 중 단지 짧다는 이유에서 선정된 글은 없으니 안심해도 좋다는 점이다. 명확성, 압축성, 그리고 언어적 메탄가스의 부재는 이 작품의 가치를 높인 이유의 일부에 지나지 않는다. 나는 '결정자'로서 올해의 최고 에세이를 고를 때 전반적인 가치를 주요 분류 및 거름 장치로 삼으려고 했던 것 같다.

　……그런데, 맞다. 여기서 '가치'가 무슨 뜻이며 이것이 표지에 있는 '최고'라는 말보다 그 구체성과 매력에서 더 개선된 것인지 묻고 싶을 것이다. 궁극적으로 '최고'보다 더 좋거나 덜 모호한지는 잘 모르겠지만 다르다는 것은 확실하다. '가치'는 일단 순수 미학을 그토록 골치 아프게 만드는 형이상학을 피해간다. 또한 더욱 공공연하고 솔직하게 주관적이다. 가치는 그것을 느끼는 사람에게 속한 것이므로 어떤 한계를 가진, 주관적인 인간이 가치를 매긴다는 사실이 그 말 속에 이미 들어가 있다. 여기까지는 말끔하고 논란의 여지가 없어 보인다. 그러나 한계를 가진 이 인간이 잣대로서 '가치'를 말할 때 도대체 무슨 의미인지는 여전히 의문으로 남는다.

확실한 한 가지 의미는 이것이다. 올해의 미국 최고 에세이가 2006년에 출간된 에세이 가운데 반드시 가장 잘 쓴, 가장 아름다운 에세이 스물두 편으로 구성된 것은 아니다. 물론 이 책에는 꽤 아름다운 에세이가 많고 대부분은 굉장히 잘 썼거나 작법에 대한 뛰어난 자각을 보여주거나(그게 정확히 무슨 뜻인지는 몰라도) 둘 다다. 그러나 어떤 글들은 딱히 잘 썼거나 잘 보여주지 못한다. 그러나 가치를 높여주는 다른 미덕이 있다. 그리고 그 미덕과 가치는 이 작품들이 '완전 소음'을 구성하는 주어진 사실, 맥락, 관점의 쓰나미를 다루고 거기 반응하는 방식과 관계가 있음을 나는 알고 있다. 이 주장은 그 자체로 모호하게 보일 수 있다. 어떤 에세이가 됐든 출간되었다면 그 격발을 구성하는 정보와 맥락은 곧 2006년의 전체적인 정보와 맥락의 굉음의 일부일 수밖에 없다. 그러나 어떤 것이 일정한 몫의 정보가 되는 동시에 의미를 가진 방향을 가리키는 일은 불가능하지 않다. 가령 '유익하다'의 두 가지 별개의, 그러나 관련된 의미를 떠올려보자. 올해 가장 가치 있는 에세이는 두 가지 모두의 의미에서 '유익한데' 정보도 제공하고 가르침도 주기 때문이다. 다시 말해 크고 복잡한 사실의 집합을 어떻게 의미 있는 방식으로, 즉 전체적인 굉음에 단지 더 많은 소음을 더하는 것이 아닌, 진실을 산출하고 밝히는 방식으로 거르고 추리고 정리할 수 있는지 모범을 보여주고 안내해준다.

이 모든 것이 너무 추상적으로 들릴 수 있으니 구체적인 예를 들어보자. 이 예는 표지의 '미국'이라는 말과도 관련이 있다. 이 2007년판 객원 편집자의 생각에 우리는 최고 경보 등급의 위기에 놓여 있다. '우리'는 정치적 조직체이자 문화로서 미국을 뜻한다. 이 위기의 일부분만이 현재 당파 정치라고 부를 수 있는 것과 관련이 있지만 아주 중요한 일부분이다. 내가 부시 정권, 혹은 이 정권이 연방 법, 정책, 행정 전반의 거의 모든 분야에 끼쳤다고 생각하는 끔찍한 피해에 대해 어떤 구체적인 주장을 하려는 것은 아니니 염려 말길 바란다. 그런 주장은 여기서 소음에 지나지 않을 것이다. 나와 같은 기분, 생각을 가지고 있는 독자에게는 동어 반복으로 느껴질 것이고 나와 다른 믿음을 가진 사람에게는 편파적인 쓰레기로 여겨질 것이다. 요점은 누가 옳으냐가 아니다. 요점은 내가 '가치가 높다'고 할 때 부분적으로 무슨 의미인지 설명하는 것이다. 2004년 이전, 즉 조지 W. 부시의 재선이 미국의 한 유권자인 나를 이 정권의 정책과 운영에 역사적으로 가담하도록 만들기 이전에는 이 미국 최고 에세이 결정자도 좀 더 많은 회고록, 혹은 고사리와 거위에 관한 묘사가 많은 글들을 선정했을지 모른다. 꽤 아름답고 좋은 작품이 많았다. 하지만 현 위기 상황에서 그런 에세이는 가령 마크 대너의 〈이라크: 상상력의 전쟁Iraq: The War of the Imagination〉 혹은 일레인 스캐리의 〈교전 규칙Rules of Engagement〉만큼 가치가 높게 여겨지지 않았다.

여기에 깔린 뚜렷한 전제는 다음과 같다. 만약 우리가 능력 있는 성인답게 주의를 기울였다면, 그리고 정보를 다루었다면 2004년의 재선이, 뿐만 아니라 이례적인 추방, 합법화된 고문, 해외 정보감시법 무시, 혹은 군사위원회법 통과 등의 일이 일어나지 않았을 것이다. 여기서 '우리'는 정치적 조직체이자 문화로서 우리를 말한다. 이 전제는 특정인에게 책임을 전가하고 있지는 않다. 아니, 이 문제들은 너무 깊이 얽혀 있고 제도적이라서 옛날 방식으로 손가락질만 해서는 해결할 수 없다. 예를 들어 제네바 협약을 쓰레기통에 처박는 행위의 도덕적이고 실질적인 위험을 우리에게 명확하게 알리지 못했다고 해서 영리 목적의 언론사들을 탓한다면 단순하고 잘못된 행동이다. 영리 목적의 언론은 우리가 원하고 우리가 가만히 앉아서 소화시킬 수 있는 상세 정보의 양에 대해 정교하게 파악하고 있다. 비대칭전 시대에 제네바 협약이 적용되어야 하는지, 그리고 어떻게 적용되어야 하는지에 관한 90초 길이의 보도는 아무것도 설명해주지 못할 것이다. 관련 의문은 너무 많고 복잡하며 민법과 군 역사에서부터 윤리학과 게임 이론을 망라하는 분야 속 수많은 맥락을 내포하고 있다. 제네바 협약이 어떻게 미군의 실제 행동 수칙으로 이어졌는지 알아보는 데도 한 달은 족히 걸리고…… 2002년에 그 수칙이 어떻게 대폭 수정되었는지, 정확히 어떤 행위가 제네바 협약의 어떤 조항을 위반하는지(혹은 위반하지 않는지), 그 판단을 누가 하는지 알아보는 데는 더 많은 시간이 걸린다. 이라크 대사변, 의회 감독 기능의 와해, 신보수주의 사상, 대통령의 서명 진술서가 가지는 법적 지위, 개신교 복음주의와 대기업 자유방임주의 간의 정치적 혼인 등을 이해하는 데 필요한 연구, 배경 지식, 교차 점검, 확증, 수사적 분석은 말할 것도 없다. 불가능하다. 그 속에서 익사할 수밖에 없다. 누구나 마찬가지다. 아무도 이를 딱히 거론하지 않는다. 거론되지 않지만 이 나라와 헌법을 만든 우리 선대가 학식과 교양 있는 시민이라고 불렀던 사람들은 더 이상 존재할 수 없다. 오늘날 '교양'[8]이 있으려면 완전히 새로운 정도의 하청과 의존이 전제되어야 한다.

이런 완전 소음의 맥락에서 마크 대너의 〈이라크: 상상력의 전쟁〉 같은 작품은 내가 '서비스 에세이'라고 말하는 특정 하위 장르를 대표한다. 여기서 '서비스'는 이 글의 전문성과 효용을 아울러 가리킨다. 여러 권의 책에 대한 서평 묶음으로 느슨하게 규정한 이글 속에서 대너는 방대한 양의 사실, 의견, 증거, 증언, 현지 경험 등의 정보를 처리하고 정리해서 재난과 같은 이라크 사태에 대한 설명을 제공한다. 이 설명은 명확하지만 지나치게 단순화되지 않았고 종합적이되 부담스럽지 않고 비판적이나 신랄하지 않다. 뛰어나면서도 그 기강이 흐트러지지 않으며 그 가치를 매길 수 없는 유익한 정보를 제공하는 글이다.

올해의 최고라고 주어진 글들 중에 이런 서비스 에세이가 몇개 더 있다. 일부는 대너의 에세이와 마찬가지로 저널리즘 문학이다. 그 밖의 에세이들은 좀 더 전통적인 논변이거나 논설이거나 개인적이다. 그중에는 꽤 짧은 글도 있다. 그러나 모두 다 영리한 글이

---

8 그나저나 바로 이 때문에 당파적 도그마가 매력을 가지는 것이다. 라디오, 인터넷, 유선 방송, 광고, 학술지에서 접할 수 있는 온갖 도그마, 즉 독단적 신념들 역시 우리를 익사시킬 수 있는 수준이지만 이런 방식의 익사는 좀 더 달콤한 해방의 기분이다. 우파, 신좌파, 무엇이 되었든 그 도그마의 매력과 심리는 동일하다. 혼란스럽거나 매몰될 것 같은 기분, 무식한 기분을 느끼지 않아도 된다. 생각할 필요도 없다. 이미 알고 있으며 무엇을 더 학습하든 알고 있는 것을 강화하기 때문이다. 도그마에 이런 식으로 발맞추는 행위는 내가 말하는 피할 수 없는 의존과는 다르다. 아니, 오히려 가장 극단적이고 겁을 먹은 형태의 의존이다.

며 유려하게 썼다. 그러나 이 글들이 나에게 가장 큰 가치가 있는 이
유는 특별한 정직성을 가지고 사실을 다루기 때문이다. 도그마와 위
선이 결여되어 있다. 그렇다고 서비스 에세이 작가들이 견해가 없거
나 주장을 내세우지 않는 것은 아니다. 그럼에도 올해 최고의 에세
이들에서 우리는(나는) 이미 정해져 있는 숨은 목적을 추구하기 위
해 특별히 구미에 맞는 사실만 선별했다거나 배치했다거나 하는 느
낌을 받지 않는다. 당의 정책 노선을 지지하는 전문가와 선전가들과
완전히 다르다. 요즘 특히 인기가 있는 이들에게 글쓰기는 사유나
서비스가 아니라 나약해진 왕을 조종하는 간신의 속임수에 가깝다.

 ······이 시나리오에서 우리는 힘을 빼앗긴 왕 혹은 불안하고 경
직된 대통령처럼 정보와 해석에 압도당하는 상황에 빠지거나 냉소
주의와 아노미로 인해 마비되거나, 가장 심하게는 특정한 도그마
의 논지들에 매혹된다. 정치적 올바름만을 추구하는 논리든 전미총
기협회의 논리든 합리주의, 복음주의, "치고 빠지는Cut and Run"외
교 정책, "석유를 위해 피를 흘려서는 안 된다No Blood for Oil"는 구
호이든 마찬가지다. 모든 것이 (누차 말하지만) 워낙 복잡하기 때문
에 객원 편집자의 서문에서 충분히 논할 수는 없지만, 마지막으로
2007년 미국 최고 에세이 선정작을 고를 때 노골적으로 그리고 편
파적으로 선호한 에세이는 바로 반사적인 도그마를 약화시키는, 성
실하고 전폭적으로 스스로 '결정자'가 되려고 시도하는 작품들이다.
공립학교에서 과학과 함께 창조론을 가르쳐야 한다고 고집하는 멍
청한 근본주의자들이나 모든 진지한 기독교인이 근본주의자들처럼
멍청하다고 고집하는 냉소적인 유물론자들처럼 좁은 구멍에 맞지

않는 현실을 죄다 삭제해버리는 행위를 피하고 있는 작품들이다.

그런 행위가 꽤 매력적으로 느껴진다는 점이 우리에게 닥친 위급 상황의 일부다. 우리는 편협한 교만, 미리 형성된 입장, 경직된 거름망, 성숙하지 못한 '도덕적 명확성' 속으로 자꾸 후퇴하고 싶어 한다. 대안은 방대한 고엔트로피의 정보량과 모순과 갈등과 불안정과 마주하는 것이다. 개인의 무지와 망상의 새로운 경지를 끊임없이 발견하는 일이다. 요약하자면 오늘날 제대로 정보를 습득하고 교양을 쌓으려면 거의 항상 내가 바보라는 기분이 들게 되고 도움을 구하게 된다. 이 이상으로 더 명확하게 말할 수는 없다. 이 수상집의 작가들은 같은 말을 더 잘, 더 간결하게 할 수 있을 것이다. 아무튼 내가 서비스적 '가치'라고 할 때 그것이 무슨 의미인지는 지금까지 말한 대로이며, 정치 문제나 갈등을 빚는 문제와 동떨어진 주제에 관한 에세이들도 여기에 해당된다. 여러 에세이들이 단지, 가장 높은 경지의 예술적인 지성을 가진 사람들이 특정한 사실 집합을 가지고 무엇을 할 수 있는지 보여준다는 점에서 가치가 있다. 일부 아이들이 사용하는 주파수 17kHz의 휴대폰 벨 소리, 개가 해석하는 움직임의 언어, 지진을 경험하고 묘사하는 무한대에 가까운 방법, 실존에 대한 제유로서의 무대 공포, 내가 믿고 우러러봤던 대부분의 것들이 제멋대로 만들어낸 쓰레기였다는 깨달음 등 주제는 다양하다.

맨 마지막에 실린 글[9]은 특히 가치가 있다고 생각한다.(신시아

9 만약 규정에 따라 이 객원 편집자의 서문을 마지막으로 읽고 있다면 어떤 글을 말하는지 잘 알 것이다. 규정을 따르지 않아서 무슨 말인지 모르겠다면 곧 아주 잔인한 선물을 받게 될 것이다.

오지크Cynthia Ozick의 〈재너두에서 나오기Out From Xanadu〉를 말하는 듯하다. 이 에세이에서 오지크는 청년 시절 겪었던 깨우침의 순간들에 대해 이야기한다.—옮긴이) 물론 기막히게 아름다운 언어 예술이기도 하지만 '완전 소음'의 맥락에서 자유롭고 교양 있는 성인의 삶이란 어떤 것인지 그 본보기를 제시한다는 점에서 그렇다. 그것은 자신의 오류 혹은 우둔함을 알아볼 수 있는 지성뿐만 아니라 그것을 인정하고 흡수하고 거기서 더 나아가는, 그래서 용감하게 그다음의 밝혀진 오류로 갈 수 있는 겸손이 있는 삶이다. 독자 여러분의 '결정자'가 생각하는 '최고'를 가장 솔직하고 편파적으로 정의한다면 아마 다음과 같을 것이다. 이 글들은 내 눈에 보이는 대로의 이 세상에서 내가 사유하고 살아가고 싶은 방식의 본보기, 거푸집이 아닌 본보기다.

(2007년)

옮긴이의 말

이 글을 누군가가 서문으로 읽고 있을 가능성은 거의 없다고 생각한다.[1] 이 옮긴이의 말이 책의 가장 앞에 아니면 가장 뒤에 실릴지 그것은 현명한 편집자의 결정이므로 나로서는 지금 알 수 없지만 내가 아는 사람들 대부분은 역서를 읽을 때 먼저 책을 펼쳐 과연 읽을 만한 번역인지 확인하고 읽을 만하다고 판단이 되면 본문을 다 읽을 때까지, 심지어 다 읽고 난 뒤에도 옮긴이가 덧붙인 말에는 큰 관심을 두지 않는다.

마지막이고 가장 덜 중요한 글이라는 사실에서 오는 자유로움도 있을 것이다.[2] 저자의 화려하고 자아도취적이며 얽매임 없는 자유분방한 문장과 문체로 인해 번역하는 내내 겪은 고충도 여기서 자유롭게 토로할 수 있을 것이다. 그러나 무엇보다도 이 옮긴이의 말에서 내가 저자 자신의 말을 빌려 저자와 저자의 글에 대해 이야기하려고 하는 만큼 본문을 아직 읽지 않은 독자는 먼저 본문을 읽어야 내가 저자의 말을 어디서 어떻게 얼마나 많이 빌려왔는지 알 수 있을 테니 어서 본문을 읽고 오길 바란다.

---

[1] 이 문장은 이 책에 실린 〈결정자가 된다는 것: 2007년 미국 최고 에세이 특별 보고서〉의 첫 문장이기도 하다.

[2] 이것도 위에서 말한 같은 글에 있는 문장이다. 이미 눈치챈 독자도 있겠지만 이렇게 불필요해 보이는 각주를 많이 첨가하는 것도 월리스 스타일의 모방이다.

데이비드 포스터 월리스는 이 책에 실린 〈결정자가 된다는 것: 2007년 미국 최고 에세이 특별 보고서〉에서 어떤 기준으로 선집에 실릴 에세이를 선정했는지 말하면서 '서비스 에세이'라는 '특정 하위 장르'를 언급한다. 월리스의 정교한 정의는 본문에 잘 나와 있으니 여기 다소 간략하고 투박하게 옮기자면 이것은 독자에게 일종의 서비스를 제공하는 에세이인데 그 서비스는 바로 방대한 양의 정보를 어떤 도그마로도 단순화하지 않고 다만 정직하게 처리해서 제공하는 서비스이며 "반사적인 도그마를 약화시키는, 성실하고 전폭적으로 스스로 '결정자'가 되려고 시도하는 작품"이(279쪽) 가치 있는 에세이라고 월리스는 말한다.

이 옮긴이의 말이 월리스가 생각하는 좋은 에세이에 조금이라도 근접할 수 있길 바라는 것은 아니다. 다만 나 또한 비슷한 서비스를 제공하려고 적어도 시도는 해보려고 한다. 여기서 방대한 양의 정보에 해당하는 것은 바로 데이비드 포스터 월리스의 글과 그 글에서 드러나는, 그리고 월리스를 알았던 사람들이 끝없이 고백하는 월리스 자신에 대한 사실들일 것이다.

일리노이주 축제, 데이비드 린치, 존 업다이크, 수학 장르 소설, 최고의 에세이를 선정하는 문제. 이것들은 이 책에 실린 에세이들에서 월리스가 주제로 삼은 대상이다. 우리는 이 글들을 통해 미국 중서부 사람들이 얼마나 촌스러운지, 데이비드 린치의 영화가 왜 흥미로운 표현주의 작품인지, 존 업다이크가 왜 우리 시대의 가장 위대한 남성 나르시시스트Great Male Narcissists, GMN에 속하는지 등에 대해 애초에 별로 궁금하지 않았다는 사실을 깜빡 잊을 만큼 잘 알게 된다. 그리고 그 와중에 그 무엇보다 그 누구보다 데이비드 포스터 월리스에 대해 어쩌면 우리가 알고 싶은 수준 이상으로, 현기증이 날 만큼 속속들이 알게 된다. 적어도 이 책에 실린 에세이들로만 보면 월리스의 글들이 다루고 있는 가장 핵심적인 주제는 월리스 자신이다.

월리스는 글에서 직접적으로 자신에 대해서 털어놓기도 하지만[3] 월리스가 데이비드 린치나 존 업다이크처럼 특정인에 대해 던지고 있는 말이[4] 사실은 자신에게 보내는 메모라는 매우 공감이 가는 지적도 있다.[5] 월리스가 고인이 된 지 12년이 흐른 지금, 월리스를 알았던 사람들의, 인간 월리스에 대한 고백도 여전히 이어지고 있다.[6]

그리고 이 모든 사실들은 옮긴이를, 독자를 혼란스럽게 한다. 그가, 데이비드 린치의 〈트윈 픽스〉에 나오는 로라 팔머처럼 "둘 다"이기(209쪽) 때문이다. 월리스는 노골적으로 자기중심적이면서도 타인과 세계의 특정 면면에 대해 놀라운 관찰력과 뛰어난 통찰을 보여주었다. 반면 어떤 방면으로는, 가령 여성을 대상으로 여기지 않기, 여성

---

3 "나는 매우 예민해서 차멀미, 비행기 멀미, 고소공포 멀미 등을 하며 동생은 내게 '인생 멀미'를 한다고 말한다."(37쪽)

4 데이비드 린치에 대해서: "자신에게 그 놀이와 그 놀이의 규칙과 부수적인 내용에 대한 창의적 지배력이 전적으로 주어지는 경우에만 친구들을 놀이에 참여시키는 아이 같았다." 존 업다이크의 소설 속 인물에 대해서: "원하는 사람과 원하는 때에 성관계를 가지면 인간 절망을 치료할 수 있다는, 사춘기 청소년 같은 괴상한 믿음을 버리지 않기 때문이다."

5 《에스콰이어》픽션 편집장이었던 에이드리언 밀러의 회고록《남자들의 영역에서In the Land of Men》에서, 월리스와 연인 사이였던 밀러는 이렇게 적었다. "그의 글에는 풍요와 위엄이 담겨 있었지만 실은 대체로 자신에게 보내는 메모일 뿐이었다."

6 위 각주에서 언급한 에이드리언 밀러의 회고록이 가장 최근의 고백이지만 그 이전에도 시인 메리 카는 여러 차례 월리스와의 관계에 대해 털어놓은 적이 있다.

의 생각을 객관적으로 미루어 짐작하기 등의 방면으로는 형편없었다. 주삿바늘처럼 아프고 정확하게 찌르던 통찰력이 여성의 앞에서만은 오작동을 거듭했다.

월리스가 미국 최고 에세이 선집의 서문에서 "완전 소음", 즉 "그 속에서 익사할 수밖에" 없는(277쪽) "정보와 맥락의 꿩음"(275쪽), 그리고 그로 인해서 "정보와 해석에 압도당하는 상황에 빠지거나 냉소주의와 아노미로 인해 마비되거나, 가장 심하게는 특정한 도그마의 논지들에 매혹"되는(279쪽) 세태를 언급할 때는 마치 2007년 과거에서 2020년 현재의 미국 상황을 꿰뚫어보고 말하는 듯해서 섬찟할 정도다.[7] 이런 세태 속에서 "가장 높은 경지의 예술적인 지성"을(280쪽) 가진 사람들에게 주어진 역할이 무엇인지에 대한 월리스의 예리하면서도 우아한 지적은 요즘 특히 큰 울림을 갖는다.

그러면서도 월리스는 그 기품 있는 지성을 번득여야 할 때 가차없이 침묵하기도 했다. 다른 어떤 대단한 영화평론가도 월리스 자신만큼 그 진가를 제대로 샅샅이 알고 있지 못한 영화감독 데이비드 린치의 촬영장에서 월리스는 주연 배우 퍼트리샤 아켓이 다음과 같이 말했다고 전한다. "빌과 밸새저가 대답해야 할 질문은 과연 프레드(혹은 피트)가 어떤 종류의 여성혐오를 보이느냐는 거예요. 여자와 데이트하고 잠자리를 하고 다시는 전화하지 않는 사람이냐, 아니면 데이트하고 잠자리를 하고 죽이는 사람이냐? 그런데 정말 탐구할 가치가

---

7 만약 도널드 트럼프가 미국 대통령이 되는 상황을 월리스가 살아서 목격했다면 어떤 반응을 보였을까. 그가 일리노이주 축제에 대한 글에서 특정 부류의 미국인들에 대해 털어놓은 생각들로 미루어 짐작해볼 수 있다.

있는 질문은 이거죠. 이 두 종류가 과연 얼마나 다른가?"(179쪽) 그러나 아켓의 이 통렬한 지적에 월리스는 단 한마디도 덧붙이지 않는다.

12세 이상 선수들의 배턴 트월링 공연에서 '노골적인 선정성'을 느끼고 16세 선수들을 멀찍이 피해 자리를 뜨는(69쪽), "법적 미성년으로 보이는 여성"이 "유혹을 하는 게 아닌가 싶을 정도로 눈을 아주 느리게 깜빡이는 버릇"이 있다고(183쪽) 말하던 월리스가 존 업다이크를 난타할 때 나는 그 진정성을 의심하지 않을 수가 없다. 모든 남자가 그렇지는 않다고 말하는, 나는 그 정도는 아니라는 이른바 선 긋기로 보이는 것이다. 또 월리스는 데이비드 린치의 영화가 관객을 불편하게 만드는 이유로 "사디즘과 변태 행위를 어느 정도 매혹적으로, 그리고 어쩐지 에로틱하게 느끼게"(142쪽) 되는 자신과 마주하고 싶어 하는 관객은 없기 때문이라고 한다. 린치의 영화에 대한 이런 월리스의 감상에서 나는 여성으로서 철저히 소외되는 느낌을 받는다. 독자는 나처럼 고민하게 될 수 있다. 월리스의 글을 읽지 말아야 할까? 이것도 파묻어야 할까? 이제 더 팔 곳도 없는데? 물론 억지로 다 파묻어버리면 평온이 찾아올 수는 있을 것이다.

그럼에도 이즈음에서 내가 나에게, 독자들에게 상기시키고 싶은 사실은 월리스가 글 속에서, 글 뒤에 자신을 숨기지 않았다는 점이다. 월리스의 글에는 성찰이 결여된, 때로는 병적인, 가끔은 비겁한 자기중심적 남성으로서의 그의 모습이 숨김없이, 그대로, 반복해서 드러나 있다. 앞서 출간된 월리스의 첫 산문집 《재밌다고들 하지만 나는 두 번 다시 하지 않을 일》을 옮긴 번역가 김명남도 그에 대해 "자기중심주의에서 벗어난 현자이기는 커녕, 그는 자의식이 강한 작가들 중에서도 심한 자기중심주의자였다. (……) 그가 글에서 드러내는 유아론적 자의식은 연기가 아니었고, 수사적 효과를 노린 위악도 아니었고, 그 자신이었다"라고 적었다.

숨김없이 드러나 있는 월리스의 다양하고 모순적인 면면은 숨김 없이 드러나 있다는 바로 그 사실 덕분에 독자로 하여금 월리스와 월리스의 글이 우리를 위해 제대로 봉사하고 있는지, 그래서 가치가 있는지 없는지 판단할 수 있게 한다. 월리스 자신이 판단의 기준을 제공했고 판단의 근거로서 자의식이 투명하게 드러난 수많은 글을 제공한 것이다. 그가 말했듯 주어진 맥락과 사실이 지나치게 방대하고 상호 모순적일 때 도그마 혹은 미성숙한 "도덕적 명확성"으로(280쪽) 빠지는 일은 쉽다. 하지만 '가장 높은 경지의 예술적인 지성'의 소유자이면서 "환상에 곧잘 잠기는 어린아이처럼 자아도취적"인(180쪽) 월리스의 이 '다양한 정체성'이 "다 같은 사람"에게(208쪽) 속한다고 해서 배신감을 느끼거나 독단에 빠져야 한다는 법은 없다.

뿐만 아니라 월리스의 글을 읽는 행위는 때로는 전율과 희열을, 때로는 혼란과 불쾌감을 야기할지언정 역설적으로 나에 대해 더 알게 되는 계기, 내가 여러 GMN들의 작품을 어떤 불편함도 없이 순수하게 동경하며 읽을 수 있었을 때로부터 얼마나 빨리 얼마나 멀리 떠나왔는지 알게 되는 계기가 된다. 모든 읽기는 글의 주제에 대한 깨달음과 글쓴이에 대한 깨달음을 주지만 궁극적으로 그 글을 읽는 자신에 대한 깨달음을 얻는 활동임을 유아론적 월리스는 상기시켜주는 것이다.

2020년 봄
이다희

거의 떠나온 상태에서 떠나오기

초판 1쇄 발행   2020년 4월 17일
초판 2쇄 발행   2020년 11월 18일

지은이   데이비드 포스터 월리스
옮긴이   이다희
책임편집   나희영
디자인   주수현

펴낸곳   (주)바다출판사
발행인   김인호
주소   서울시 마포구 어울마당로5길 17 5층(서교동)
전화   322-3885(편집), 322-3575(마케팅)
팩스   322-3858
E-mail   badabooks@daum.net
홈페이지   www.badabooks.co.kr

ISBN   979-11-89932-53-4 03840